Daniel Reiff
Das Blaue Wunder

Daniel Reiff wurde 1975 in Bayern geboren und lebt heute auf den Kanaren. Nach einem malerischen Sonnenuntergang saß er im Sommer 2014 auf einem verwitterten Vulkanfelsen auf La Gomera und dachte über die Welt nach. Dabei entstand die Idee zum vorliegenden Buch.

Alle in diesem Buch geschilderten Handlungen und Personen sind frei erfunden. Ähnlichkeiten mit lebenden oder verstorbenen Personen wären rein zufällig.

Bibliografische Informationen der Deutschen Nationalbibliothek: Die Deutsche Nationalbibliothek verzeichnet diese Publikation in der Deutschen Nationalbibliographie, detaillierte bibliographische Daten sind im Internet über http://dnb.dnb.de abrufbar.

Covergestaltung: Hannah Ferguson
www.hannahferguson.net
Coverfoto: Vincent von Brandenfels

Herstellung und Verlag:
BoD-Books on Demand, Norderstedt
3. Überarbeitete Neuauflage: Januar 2020
ISBN: 9 783743 138995
© 2016 Daniel Reiff

Daniel Reiff
Das Blaue Wunder

Prolog

Das Siegel war gebrochen. Die Chefstrategen unserer Milchstraße waren wegen der großen Scheiße, die bei den Menschen herrschte, ratlos geworden. In den unermesslichen Weiten des Nirwanas konnten sie das Schmerzensgeschrei und Wehklagen der gequälten Kreaturen vom Planeten Erde nicht mehr länger ertragen und baten das allumfassende Brahman um Hilfe.

Das Brahman empfahl ihnen Umbamal, den weisesten Gott unter ihnen, der bereits viele Ewigkeiten alt war und sich mit so etwas auskannte.

Umbamal weilte gerade oben im Barbelo auf dem Sonnendeck, als sie ihn riefen. Umgeben vom zartgoldenen Flackern der Atmosphäre ließ er sich's gutgehen und summte zufrieden vor sich hin. Umbamal war die Güte in Person und hatte stets ein offenes Ohr für die Sorgen und Nöte der Götter, die in den zahllosen Universen, Galaxien und Sonnensystemen lebten. Ewigkeit für Ewigkeit zogen sie an ihm vorbei - sie entstanden und vergingen.

Umbamal sagte ihnen seine Hilfe zu und wollte, wie es in solch einem Fall üblich war, gleich unser komplettes Sonnensystem mit einer Supernova auslöschen - hier war schon zu viel abstoßendes und für die restliche Schöpfung nicht mehr länger mit anzusehendes Elend hervorgebracht worden.

Auf seinem Weg zur Erde kam Umbamal jedoch in einem viele Lichtjahre entfernten Sonnensystem voller Harmonie und Frieden bei Jinama vorbei. Dieser kleine Umweg hatte schicksalhafte Folgen für uns alle, die im folgenden beschrieben werden sollen. Jinama war eine blaue Sonnenfrau von unglaublicher Liebe und Strahlkraft, die eine besondere Sympathie für die weit entfernt lebenden Menschen hegte.

Mit ihrer Liebe zog sie den alten Umbamal sofort in ihren Bann und wie das Leben so spielt, war es schnell um die beiden geschehen und wir befinden uns mitten am Anfang dieses Buches, denn wer den Anfang kennt, der kennt auch das Ende.

1.

Der Baron Horst Roland von Kappenberg hatte sie bereits. Doch gierig wie er war, bemerkte er sie nicht. Mit seinem Imperium aus Fernsehsendern, Mobilfunkanbietern und vielschichtig verflochtenen Mediengruppen war er ausnahmslos damit beschäftigt, Geld und Gewinn anzuhäufen und dann ins Ausland zu schaffen. Er war seit über zwanzig Jahren auf der Überholspur und wollte noch immer hoch hinaus.

Er war ein auf Erfolg getrimmter Spross aus vornehmen Haus, stilecht mit Adelstitel und Dienerschaft - altbayerisch, unternehmerisch und gruselig kalt. Er gab zeitlebens Vollgas und keiner wusste, woher jener überdimensionale Antrieb überhaupt kam. Zuerst baute er das bestehende Transportunternehmen der Familie deutschlandweit aus und so gab es bald keine Autobahn mehr, auf der nicht ein dicker LKW mit seinem neongelben Werbeslogan »Kappenberg, wir fahren für Deutschland!« vor einem herfuhr und die Luft verdreckte. Gleichzeitig erkannte er sehr früh die neue Medienwelle auf die Welt hereinbrechen und stattete mit einer Mobiltelefon-Firma auffallend visionär, zuerst München und dann den kompletten Freistaat Bayern mit Funkmasten und Handyantennen aus. So wurde er zum Primus in der Handybranche. Danach gründete er den ersten deutschen Privatfernsehsender überhaupt, RTV, und ging an die Börse. Sein roter Porsche war lange Zeit das Adrenalin und Aushängeschild Münchens.

Seiner Frau Rosa gefiel der Titel einer Baronin und ihre Gier nach Luxus und Ansehen kam mit ihm ganz und gar auf ihre Kosten. Die von Kappenbergs waren unersättlich. Sie luden die Reichen und Mächtigen ein und feierten wilde Orgien, die bald in aller Munde waren. Die Prominenz aus Adel, Showbusiness, Politik und Wirtschaft ging bei ihnen in Bogenhausen alsbald ein und aus. Über dem Eingangstor seiner Villa thronte das alte Familienwappen - ein röhrender Hirsch mit einem roten Kreuz zwischen dem Geweih. Das Anwesen verfügte über einen luxuriösen Gästebereich samt Hubschrauberlandeplatz und wurde von einer Sicherheitsfirma rund um die Uhr bewacht. Von Kappenberg spielte in einer scharfen Liga. Reibungslos liefen von dort aus die Geldflüge in die Schweiz und nach Liechtenstein ab. Der Baron betrieb kompromissloses Management, traf geheime Absprachen, schmierte Politiker und fuhr gepanzerte Limousinen. Die neuen Medien, gerade frisch geboren, dröhnten und ballerten begierig mit, denn eine neue Ära war gerade geboren, das digitale Computer-, und Medienzeitalter war da und der Baron aus München war ihr Dealer. Er gab ihnen jahrelang den Stoff, den sie brauchten. Die Handys, das Internet, das Wifi, Privatfernsehen, Börsenkurse, alles frei Haus, immer und überall. Anfangs angelte er sich die Menschen noch unschuldig mit seinen kostenlosen Klingeltönen, später schickte er ihnen die Pornos ins Haus. Das BKA in Wiesbaden und die NSA in Bad Albig spannten genauso mit, wie alle anderen auch.

Doch jetzt war es spät in der Nacht und er hatte sie. Unauffällig und klein, ja fast niedlich. Doch sie waren so sonderbar, dass es der Chefsekretärin seiner einflussreichen Media Solutions Zentrale, Simone Schwab, 38, schlagartig übel wurde und sie einen heftigen Brechreiz in der Magengrube verspürte, als sie die zartbraunen Punkte zum ersten Mal sah. Der Baron hatte über Nacht Sommersprossen bekommen.

Wie gewöhnlich bumste er sie dort oben, wenn er nicht mehr nach Hause fuhr. Das oberste, sechste Stockwerk seiner verglasten Hauptfiliale im Zentrum Münchens war sein Hoheitsbereich und strahlte Macht, Moderne und Erfolg aus. Dort war er der Boss und die Manifestation eines Machers. Simone tat generell, was er wollte. Eben das alte, über Jahrhunderte eingespielte Ritual und Rollenspiel der Frau, unten zu sein, zu dienen und gefügig zu sein. Hauptsache, der Mann bekam seinen Willen. Dem Baron ging es darum, die Frauen in seinem Leben unten zu halten und sie zu unterwerfen. Wehe, wenn sie nicht parierten, dann gab es die Peitsche.

Simone gefielen hingegen die üppigen Geschenke, die sie dafür bekam. Diamanten funkelten an ihren Ohren. Ihr Apartment war zur Hälfte abbezahlt und auf ihr schwarzes Mazda-Cabriolet, mit ordentlich Dampf unter der Haube, wollte sie nicht mehr verzichten. Das regelmäßige Gehalt, hier und da ein Blankoscheck, ihr fester Arbeitsvertrag, die Spesen für die Geschäftsreisen und sonstigen Vergütungen wogen für sie Vieles auf. Ihre blindes Gehorchen empfand sie mitunter als mystisch und sie genoss den Sex generell sehr. Nur die fortdauernden Grobheiten des Barons irritierten sie. Büro, Manager, Konferenzen, Café-Bars, Beauty, Wellness, Aerobic, und High Society waren ihre Welt. Sie ließ sich regelmäßig sugarn, samt Pofalte, damit sie auch immer sauber und gefällig war und gut roch.

Der Baron wälzte gerade seine Nase in ihren vollen Brüsten, als sie die Punkte zum ersten Mal sah. Simone Schwab erblickte die Sommersprossen nur ganz kurz und riss erschrocken die Augen auf. *Was war das?!* Urplötzlich war ihr speiübel. Da spritzte der Baron ab, doch Simone war nicht mehr da. Sie befand sich in einer Spalte aus Raum und Zeit, bevor sie sich unter ihm heraus wühlte, zur Toilette stürmte und sich in einem Schwall übergab. Sie würgte und röchelte die Überreste ihres Mageninhaltes heraus und blickte kreidebleich in den Spiegel. *Was war das bloß?* Noch immer hatte sie die braunen Pünktchen vor Augen. Ihr Kreislauf schwankte.

2.

»Bum, Bum, Bum, Bum...«, fielen zur gleichen Zeit in New Mexiko, Nordamerika, die Trommelschläge aus der Hand des Schamanen auf seine mächtig Rahmentrommel aus getrocknetem Hirschfell nieder und ließen sie vibrieren. Der Mann, er hieß Osario, war in Trance.

»Ni nanja hey Ah wa, Ni nanja hey Ah wa, Ni nanja hey Ah wa...«, sang er mit monotoner Stimme und verwob sie mit dem schnellen und lauten Rhythmus der Trommel.

»Bum, Bum, Bum, Bum...«

Das runde Zelt war in dicke Rauchschwaden gehüllt. Es roch nach Tabak, Zedernholz und Salbei. Auf einem kleinen Eisenherd, der in dem behaglichen Wigwam die Energie des Feuers verbreitete, stand ein Sud aus Birkenrinde, Beifuß, Schafsmilch, Ahornsirup und Mimosengewächsen. Leise schlängelte sich eine Rauchfahne aus dem Ofenrohr in die klare Bergluft New Mexikos empor. Drinnen saß ihm eine junge Indianerin gegenüber. Sie stand unter Schock. Dicke Tränen liefen ihr die Wangen hinab. Ihr Name war Rianna und sie hatte rabenschwarzes Haar, das ihr in einem langen Zopf über die Jeansjacke fiel. Dazu trug sie traditionellen Silberschmuck mit Türkisen und roten Korallen. Wie Osario gehörte auch sie dem Stamm der Apoixol-Indianer an und arbeitete im *Mountain Feather Casino*, das eine sprudelnde Einnahmequelle für ihr Volk darstellte, da in ihrem Reservat Steuerfreiheit galt und die reichen Amis dort ihrem Spielwahn frönten und massenhaft schwere Dollars zurück ließen. Rianna arbeitete im Service. Tags zuvor war ein übel aussehender Mexikaner mit zwei Gefährten angereist und hatte schnell ein Auge auf sie geworfen. Rianna fiel gleich seine kalte Ausstrahlung auf, von jener Sorte gab es im Casino genügend. Er war reich, besaß in Mexiko eine Supermarktfiliale und handelte mit teuren Autos. Der Mexikaner hatte dünne Finger, einen ebenso dünnen Oberlippenbart und Sommersprossen auf seinem blassen, durch Akne vernarbten Gesicht. Am Abend lud er sie dann zum Essen auf indianisches Hasengulasch ein. Rianna sagte zu, neugierig wie sie war, und sie speisten vornehm. Es kam, wie es kommen musste, und er lud sie auf seine Suite ein. Dort zeigte er ihr prahlerisch die Fotos seiner weitläufigen Ranch und die schmierigen Finger seiner dünnen Hand griffen bereits lüstern nach ihr. Da klopfte es plötzlich an der Tür und seine zwei betrunkenen Gefährten kamen lallend in die Suite herein gestolpert und sahen sie überrascht an. Der Mexikaner lachte jetzt böse. Riannas Herz schlug hart und laut gegen ihre Brust, Adrenalin schoss ihr ins Blut. *Schnell weg!* Er hielt sie grob am Handgelenk fest und sah sie geistesgestört an. Ihr stockte der Atem. Obszön wollten alle drei ihren Spaß mit ihr haben.

»Du kleine Dreckshure!«, raunte er ihr unvermittelt ins Ohr und schlug ihr ins Gesicht. Rianna riss sich aber los und stürmte an den Betrunkenen vorbei. *Bloß raus hier!* Vulgär lachten ihr die Männer hinterher. Schluchzend rannte sie davon. Zu Hause stellte sie sich erst einmal unter die heiße Dusche und dankte Manitu, dass ihr nicht mehr passiert war. Danach verkroch sie sich unter ihre Decke und zog die Knie ganz eng an sich. In der Nacht hatte sie einen Alptraum. Der grässliche Mann mit dem fiesen Gesicht sagte, dass er dem Tod geweiht war. Er packte sie und wollte sie mit sich in die tiefste Hölle reißen. Dabei lachte er verrückt. Rianna wehrte sich. Als es ihr schließlich gelang, sich loszureißen, wachte sie schweißgebadet auf.

Nach ihrem Morgenkaffee brach sie von der Ranch ihres Vaters auf und fuhr zu Osario, dem Schamanen und langjährigen Freund ihrer Familie, in die Mesa hinaus. Der alte Mann hörte ihr aufmerksam zu. Der Alptraum hatte ihn stutzig gemacht. Kurz darauf begann Osario mit der althergebrachten Zeremonie. Er zündete ein Bündel Salbei an und räucherte von oben nach unten die Frau ab. Damit es besser qualmte, fächerte er mit dem Flügel einer Eule. Dann flößte er ihr Abatonga-Tee, den heiligen Pflanzentrank der Apoixol-Indianer ein und ermahnte sie: »Rianna, sprich das Gebet, und es wird wieder rein werden, was verschmutzt worden ist!«

»Welo welo han yaya, Welo welo han yaya«, sang er.

»Welo welo han yaya«, stieg Rianna mit ihrer ruhigen Stimme ein.

»Welo welo han yaya«, sang sie. »Welo welo han yaya. Großer Geist, bitte mach mich wieder rein. Großer Geist, bitte mach mich wieder rein.«

Rianna lauschte dem vertrauten Klang der Trommel und erreichte den Punkt ihrer Gesundung, als plötzlich ein schriller Pfiff ertönte und ein lichtvoller Adler aus der Luft herab geschossen kam. Er umkreiste sie dreimal und landete direkt auf ihrer Brust. Der Greif krallte sich in ihrer Jeansjacke fest und zog mit seinem Schnabel einen Wurm aus ihrem Herzen. Dann schwang er abermals seine mächtigen Schwingen, stieg in den Himmel hinauf und flog über die Berge davon.

3.

Zu jener Stunde saß Dave Wagner in Jordanien und entfachte ein Feuer. Es war tiefschwarze Nacht. Laut knisterten die Flammen und brannten das dürre Reisig nieder, das er unter den spärlichen Büschen gesammelt hatte. Der heiße Schein der Flammen erhellte sein Gesicht. Dave hatte dunkelblonde Locken und eine Narbe am Kinn. Sein Blick schweifte in die Ferne und er dehnte sich in die volle Breite des Tales aus. Er spürte die dunkle und überaus mächtige Ruhe, die still und lebendig zwischen den massiven Bergflanken lag. Über seinem Haupt funkelten Myriaden von Sternen. Das Lagerfeuer wärmte ihn und ein Grinsen huschte über sein Gesicht. Er würde Edeltraud, seiner Verlegerin, einen aufpolierten Reisebericht über das »Wadi Rum«, das Tal der hohen Berge in Jordanien, wo er gerade war, und die Ägypten-Tour schreiben, seinen Scheck einkassieren und kein Sterbenswörtchen über die kleine Quelle verlieren, neben der er gerade kampierte. In einer kleinen Steingrotte am Fuß jenes Felsmassives tropfte seit Jahrtausenden kostbares Nass aus der mit Moos bewachsenen Decke herab und füllte ein uraltes Becken, das von Hand in den Stein gehauen war. Somit gab es dort Wasser in der Wüste. Dave war Reisejournalist und verdiente sein Geld mit der Schönheit der Welt. Am Morgen würde er mit den Beduinen sprechen, Fotos schießen und Kameltrips organisieren, das Übliche eben. *Inschallah, so Gott will, werde ich diese gebeutelte Region bald hinter mir lassen und auf Ali und Beas Hochzeit in Köln aufschlagen und mal wieder richtig feiern!* In jener Nacht schlief er gut und die Mücken ließen ihn auch in Ruhe.

4.

Nebenan, in Israel, tobte nämlich der Krieg. Im Gazastreifen rollten Panzer wie Kellerasseln durch die Straßen. Nachts flogen Raketen wie Giftpfeile der Teufel durch den Himmel und schlugen in den öden Wohnsiedlungen der Palästinenser ein. Stundenlang heulten dann die Sirenen. Zwei Wochen ging das Ganze schon und die Menschen waren verzweifelt. Zu hart waren die Detonationen, wenn wieder eine Rakete nieder ging und der Boden unter ihren Füßen bebte, als dass sie es länger ignorieren konnten. Aufgebrachte Männer mit struppigem Haar beschwerten sich, Hände fuchtelnd, über das großes Unglück, das über sie hereingebrochen war. Sie weinten in die Kameras und flehten die Außenwelt um Hilfe an. Alle hatten Tote und Verwundete zu beklagen.

Doch unnachgiebig und verrückt war der Widerstand der Hamas und ihrer Unterstützer. Ben Mirat, der israelische Premierminister, wollte sie endgültig auslöschen. Palästina wurde in Schutt und Asche gelegt. Als Auslöser des Krieges war in Jerusalem ein jüdischer Schüler bei lebendigem Leibe verbrannt worden. Als Rache waren dafür zwei arabische Mädchen zerstückelt und getötet worden. Hass und Vergeltung, Auge um Auge, bis alle blind waren, war das Motto. Die alten Testamentarier trieben den glutheißen Hass aus der Hölle auf die Erdoberfläche herauf, ließen ihn im Heiligen Land frei umher marschieren und weideten ihn großzügig.

Die Weltöffentlichkeit war entsetzt, doch wie so oft gelähmt und ohne Kraft. Sie brachte ein paar hilflose Appelle zustande, mehr aber nicht. Seit Tagen waren die örtlichen Krankenhäuser überfüllt und es gab keine Blutreserven mehr. Verbissen feuerte die Hamas, aus ihren geheimen Ritzen, ihre wackeligen Scuds auf Israel ab. Überall weinten Menschen, die Alten, die Mütter, die Väter und vor allem die Kinder, alle weinten sie. Traumatisierte Kinder kletterten verwirrt über die Trümmerreste ihrer ehemaligen Häuser und nässten nachts vor Angst in ihre Betten. Zerstörung und Tod suchten die Menschen in Palästina heim. Sie wurden nicht gezielt beschossen, aber auch nicht verschont, wenn ein israelischer Armeetrupp los preschte und einen Hamas-Kämpfer durch die Straßen jagte.

Simone Schwab sah dies gebannt auf dem drei Meter breiten Bildschirm, der an der Wand ihres modernen Großraumbüros in der Münchener Media Solutions Zentrale hing. Zur Mittagspause versammelte sich dort immer ihre Crew, um die Nachrichten zu verfolgen.

Das Fernsehen brachte gerade die groß und breit angekündigte Pressekonferenz. Der jüdische Premierminister Ben Mirat wollte seinen Krieg rechtfertigen, die Erfolge im Kampf gegen den Terrorismus bekanntgeben und ausführlich auf die Fragen der aufgebrachten Journalisten eingehen, denn die Unterstützung für seinen Krieg schwand, auch im eigenen Volk. Nachdem sein Verteidigungsminister Kriegsbilanz gezogen hatte, war er an der Reihe. Geschickt wartete der Premierminister die Reaktionen auf seinen Vorredner ab, bis wieder Ruhe im Saal eingekehrt war und sich die Kameras auf ihn konzentrierten. Bedeutungsschwer erhob er sich von seinem Stuhl und ging auf das Rednerpult zu. Millionen Zuschauer sahen live im Fernsehen, wie der Politiker nach wenigen Schritten in der Mitte des Saales innehielt, plötzlich strauchelte und zusammenbrach. Wie eine Marionette, der man mit einer Schere die Seile durchgeschnitten hatte. Zack, und der Premierminister lag vor den Journalisten auf dem Boden. Panik brach aus, die Menschen schrien und das Blitzlichtgewitter der Fotografen explodierte förmlich - alles war live.

»Was ist denn da los?«, fragten die Zuschauer.

Die Bodyguards zogen ihre Pistolen, rannten zum Premierminister, checkten seinen Puls und schirmten ihn ab. Sie forderten den Notarzt an und sicherten die Ausgänge, während die Kameras munter weiter filmten und die Bilder ins Fernsehen strahlten. Das Geschrei wurde nun hysterisch und laut, bis nach wenigen Minuten die Sanitäter erschienen und sich um Ben Mirat kümmerten, der mit seinem schütteren Haar noch immer regungslos am Boden lag. Rasch stellten sie aber nur noch den Tod des Politikers fest. Sie konnten keinerlei Anzeichen für ein Attentat oder Gewaltverbrechen erkennen und die Lage beruhigte sich. Simone tippte auf einen Schlaganfall und schüttelte sich vor dem Bildschirm.

»Oh mein Gott!«, stöhnte sie. »Der stirbt da vor laufenden Kameras, mitten im Krieg!«

Noch einmal blendete das Fernsehen eine Nahaufnahme vom Gesicht des Toten ein und Simone entfuhr ein schriller Schrei. Sie war entsetzt. Sie hatte Punkte auf Ben Mirats rechter Stirn gesehen, die gleichen, wie bei ihrem Chef auch, als es ihr am Vorabend so übel wurde und sie sich direkt übergeben musste.

5.

Karina Wollnschläger war gerade dabei, Blätter und Zierfarne an einem Beerdigungsgebinde anzubringen, als die Glocke in ihrem Kölner Blumenladen läutete, »Ding-Dong«, und es kam ein gut aussehender Mann um die vierzig herein.

»Grüß Gott«, sagte er.

»Grüß Gottchen auch. Womit kann ich Ihnen helfen?«, fragte sie.

Verdutzt sah sie der Kunde an und bestellte einen Blumenstrauß für die Hochzeit seines Freundes. Dave hatte Ali und Bea aus dem Bazar von Amman ein arabisches Teeservice mitgebracht, doch er wollte nicht ohne Blumenstrauß auftauchen.

Die Blumenverkäuferin war eine seltene Augenweide. Ihre ruhigen, grünen Augen wurden von einem freundlichen Lächeln umspielt, zudem war sie voller Sommersprossen, die sich auf ihrem jungen Gesicht wohlzufühlen schienen. Sie trug ein schwarzes Top und hatte ein farbiges Rosen-Tattoo, das sich um ihr Handgelenk und ihren Handrücken wand. Eine Bauch lange Löwenmähne umrandete ihr Gesicht. *Wow, ist die schön!* Dave hatte lange keine so attraktive Frau mehr gesehen, wie jene.

»Oh, einen Hochzeitsstrauß«, sagte sie. »Kein Problem. Wir haben rote Rosen, die passen immer. Gespickt mit ein paar weißen dazu, vielleicht noch ein paar fröhliche Tulpen dazwischen. Was meinen Sie?«

Dave war baff. Zu seiner Überraschung war sie auch noch gesprächig.

»Sehr gut«, sagte er. »Ganz, wie Sie meinen. Bunt, mit

Rosen, und genial, wenn das dann auch noch duftet.«

»Das dauert ungefähr eine halbe Stunde. Möchten Sie solange hier warten? Ich kann Ihnen in der Zwischenzeit eine Tasse Tee anbieten, wenn Sie möchten. Der hilft in dieser kalten Jahreszeit.«

»Ja«, sagte er. »Da warte ich gerne. Mir ist es auch viel zu kalt hier. Ich lebe normal auf den Kanaren, dort ist es wesentlich wärmer.«

Ah, der ist ja nett. Von den Kanaren hatte Karina schon gehört. Die lagen gleich neben Afrika im Atlantik und waren das ganze Jahr über angenehm warm.

»Da muss ich Ihnen recht geben. Hier ist es wirklich zu kalt, besonders im Winter«, sagte sie.

Eine seltsame Traurigkeit legte sich auf ihr Gesicht.

»Oh je, ist die schön!«, dachte Dave noch, dann war es um ihn auch schon geschehen. Seine Spiegelneuronen blitzten auf und die Schmetterlinge in seinem Bauch flogen aus. Jener liebevollen Traurigkeit konnte er nichts mehr hinzufügen oder entgegensetzten, denn sie war in tiefer Resonanz zu der seinen. Wie gewohnt tönte er los und erzählte ihr von seinem Job mit den Reiseberichten, von den Kanarischen Inseln und seinem Häuschen mitten im Atlantik. Ihm war es immer wohl ums Herz, wenn er von seinem Leben erzählte, auch wenn ihn die neue Einsamkeit oft schmerzte und er sich nach seiner Tochter Noellja, die seit einem Jahr mit ihrer Mutter in der Schweiz lebte, und einer neuen Frau an seiner Seite, in seinem Bett und seinem Leben sehnte.

»Ich heiße übrigens Dave«, sagte er und reichte ihr die Hand.

»Karina«, erwiderte sie.

Das war herzlich. Wärme floss aus ihrer Hand in die seine. Die beiden grinsten sich an und freuten sich auf eine neue

Bekanntschaft.

»Lecker«, lobte er den Tee.

»Ja, oder? Griechischer Bergtee aus den Wäldern rund um den Olymp. Aus echter Wildsammlung.«

»Hm, das riecht man.«

Dave sah sich entspannt in ihrem Laden um. Überall waren Pflanzen. Es standen Gladiolen, Efeu, Stockrosen, Palmen, Tulpen, Nelken, Rosen und Farne in Töpfen, Vasen und Pflanzkübeln herum. Sie ruhten zu dutzenden in Eimern und Wasserwannen und gaben dem Ganzen seinen Flair. Es roch feucht und erdig. Das Licht war mild gebrochen und kam aus der breiten Glasfront von der Straßenseite herein. Die Mitte des Ladens war der große Bindetresen neben der Kasse, wo die Sträuße geflochten, gebunden und geschnitten wurden. Drumherum lagen verschiedene Messern, Scheren und Packpapiere, darunter stand die Komposttonne mit den Abschnitten. Sogar an den Wänden rankten die Blüten verschiedener Jasmine und Trichterwinden empor. Weiß, violett, gelb und blau. *Eine schöne Baustelle, lebendig und kreativ. Und nicht stressig oder schwer.*

Karina wirkte mit ihrer wallenden Mähne, dem Rosen-Tattoo und der grünen Schürze sehr sicher und ruhig und verlieh dem Laden Schönheit und Anmut. Da hielt sie ihm frische Duftrosen vor die Nase.

»Riech' mal!«, forderte sie ihn auf. «Sind die nicht herrlich?«
Dave sog das Blütenaroma ein.

»Frisch aus dem Iran«, sagte sie, »meine Lieblingssorte«.
Dann begann sie mit dem Binden des Straußes. Dave machte es sich auf einer kitschigen Gartenbank in der Ecke des Ladens bequem, trank seinen Tee und sah ihr zu.

»Möchtest du heute Abend mit zur Hochzeit kommen?«, fragte er spontan. »Wir könnten uns schön den Bauch vollschlagen und dann ordentlich abtanzen. Ali ist ein lebenslustiger Mensch, das wird bestimmt eine coole Party.« Dave war über seine forsche Art überrascht.

»Oh, das ist ja eine tolle Idee«, sagte Karina. »Ich war lange nicht mehr aus. Vielleicht komme ich mit.«
Karina lächelte. Jetzt wurde es ihr warm ums Herz. Jener Dave gefiel ihr, wie er so salopp mit seinen tiefblauen Augen hereinkam und nach einem Hochzeitsstrauß fragte. Die Duftrosen mochte er ebenfalls. Sie widmete sich nun ganz dem Hochzeitsstrauß und hatte eine Freude dabei, wie lange nicht mehr und summte vor sich hin. Dave schmunzelte, das machte sie ihm nur noch sympathischer. Auch er trällerte oft tagelang den gleichen Ohrwurm vor sich hin - sehr zum Leidwesen seiner Freunde. Die irischen Liebesballaden, die aus Karinas Stereoanlage durch den Blumenladen tönten, vermengten sich mit ihren ruhigen und gekonnten Bewegungen beim Blumenbinden, dem Lärm draußen auf der Straße und seinen neugierigen Blicken, die ihr gebannt folgten. Dann war es soweit und sie hielt ihm den feudalen Strauß vor die Nase.

»Et voilà!«, sagte sie. »Er ist fertig.«

»Wow, wirklich nicht schlecht! Geradezu herrlich«, sagte er und steckte seine Nase hinein. Süßes Rosenaroma durchdrang seinen Kopf.

»Hm, und so ein toller Duft!«
Karina wickelte den Strauß in weinrotes Geschenkpapier und lächelte.

»42,80 €«, sagte sie.
Das war ein stolzer Preis, wie Dave fand. Wortlos legte er das Geld auf den Tisch.

»Die offizielle Prozedur auf dem Standesamt samt Ehevertrag und Urkunde beginnt um eins«, sagte er. »Die

Party hingegen steigt heute Abend. Wenn du Lust hast, würde ich dich so gegen sieben abholen und dir das Brautpaar vorstellen. Dann könnten wir feiern. Wäre das eine Möglichkeit für dich?«, fragte er.

»Ja, okay!«, sagte sie. »Einverstanden. Das könnte doch hübsch werden, ein bisschen Bewegung schadet nie. Dann bis um sieben. Ich wohne gleich hier über dem Laden, die Tür neben dem Eingang. *Karina Wollnschläger* steht auf der Klingel«.

Sie mochte ihn und freute sich auf ein wenig Abwechslung. Lustig würde es bestimmt werden. Karina kannte sogar die Location, wo die Hochzeitsparty stattfinden sollte. Es war die alte Tabakfabrik hinter den Gleisen, die jetzt in ein modernes Multikulti-Projekt umgebaut wurde, den *Roller*.

6.

Alwin Reeter grübelte. Er kraulte angespannt an seinem Kinn und zog die Augenbrauen nach oben. Das war ungewöhnlich für ihn, denn er war immer ein Einser-Schüler, Summa cum laude und Top of the Top gewesen. Jedermann sah es sofort - er war ein Engel. Hochgewachsen, weich und feminin, mit blonden Löckchen auf seinem immer noch jugendlichen Gesicht. Dazu schützte ihn seine ungeheure Intelligenz. Man ließ ihn einfach in Ruhe, denn er war ein Genie.

Mittlerweile war er der Vorstandsvorsitzende der *Spreeklinik,* einem hochmodernen Krankenhauskomplex für Forschung, Lehre und Medizin mitten im Herzen von Berlin. 2013, 2014 und 2015 wurde die *Spreeklinik* drei Mal in Folge zur besten Klinik Deutschlands gewählt. Sie war groß und ausufernd. Mit den modernsten Instrumenten ausgestattet, sah sie in manchen Gebäudetrakten mehr, wie ein futuristisches Raumschiff, als wie ein Krankenhaus aus. Dort gaben sich die führenden Mediziner aus aller Welt die Klinke in die Hand zogen ihre endlosen Kreise. Der Professor Dr. med. Alwin Reeter war zudem ihr Aushängeschild. Neun Jahre lang war er Direktor der neurochirurgischen Abteilung gewesen. Seine sichere Hand, sein kühler Kopf, in Verbindung mit seinem reinen Herzen und dem umfassenden Verständnis des menschlichen Körpers, hatten bereits viele hundert Menschenleben gerettet. Stars und Prominente aus aller Welt kamen in die *Spreeklinik*, um sich bei ihm unter´s Messer zu legen und sich ihre Tumore wegoperieren zu lassen. Seit dem Sommer war er nun der ganz große Chef hier. Die oberste

Gesundheitsbehörde der BRD hatte ihn um die Aufklärung von vier bizarren Todesfälle gebeten, deren Todesursache stets in einem Grüppchen Sommersprossen lag. Es bestand der Verdacht, dass es sich um eine neue Form eines malignem Hautkrebses handeln könnte. Streng vertraulich wurden ihm die vier deutschen Leichen zur Biopsie in die *Spreeklinik* geliefert. Der Professor sollte mit seinen Kollegen herausfinden, woran die Personen starben und was es mit den Sommersprossen auf sich hatte. Er sah sich nachträglich die Bilder aus Tel Aviv im Fernsehen an und war selbst überrascht, wie der israelische Ministerpräsident so plötzlich zusammenbrach. Alwin Reeter hatte ein Team aus seinen besten Pathologen, Biochemikern und Assistenzärzten zusammengestellt und sich sofort an die Entschlüsselung jener merkwürdigen Todesfälle gemacht. Er fühlte sich in seinem Element. Die Suche in der Tiefe des menschlichen Kopfes spornte ihn an. Er wusste, hier konnte er den Menschen weiterhelfen und es hatten sich alle im Team hochmotiviert an die Arbeit gemacht. Für sie gab es etwas Neues zu entdecken und zu erklären. Und wie so oft ging es in ihrem Beruf um Leben und Tod.

7.

Kim schulterte seine schwere Kalaschnikow und sie pirschten sich in der Dunkelheit an das Dorf Tepekorda heran. Dort sollten sich die Widerstandskämpfer der Zugi aufhalten. Die Anführer der Kuakana wollten ganz Süd-Rualla wieder unter ihre Kontrolle bringen und sich für die grausamen Morde der Zugi an ihren Stammesangehörigen rächen.

Schon kam das Angriffskommando und die mit MGs und Soldaten beladenen Jeeps rasten los und preschten mit ihrer tödlichen Fracht ins schlafende Dorf der Zugi hinein und begannen ein wildes Gemetzel. Kim und seine Freunde waren von Rafik, ihrem Aufseher, in Position gebracht worden. Sie mussten alle erschießen, die aus dem Dorf zu entkommen versuchten. Hauptsächlich bewaffnete Männer, doch auch die Frauen und Kinder sollten nicht verschont werden. Schon war das Gefecht in vollem Gang und Schüsse hagelten durch die Nacht. Menschen schrien, Hunde bellten und die Hühnervögel kreischten wie wild. Alles wurde vom lauten Hämmern, Brettern und Rattern der Maschinengewehre übertönt. Die MG-Salven von den Dächern der drei Jeeps waren gnadenlos. Alles im Umkreis von fünfhundert Metern wurde einfach vollkommen platt gemacht. Kim hatte mehrfach mitangesehen, wie so ein Überfall bei Nacht aussah. Der Stoßtrupp hatte die gegnerischen Rebellen ausfindig gemacht und diese flohen wie ein aufgescheuchter Hühnerhaufen aus dem Dorf und kamen direkt auf Kim und seinen Trupp zu gerannt. In ihre tödliche Falle!

»Feuer!«, schrie Rafik und sie schossen drauf los. Wie

immer zielte Kim über die Köpfe der fliehenden Zugi hinweg in die Luft und machte dabei ein grimmiges Gesicht, damit keiner Verdacht schöpfte, dass er zu hoch schoss. Die fliehenden Zugis fielen ohne jede Chance im Feuerhagel nieder. Plötzlich sackte sein Anführer Rafik mit schmerzverzerrtem Gesicht zusammen. Blut quoll aus seiner zerfetzten Uniform. Eine Gewehrsalve hatte ihn von hinten getroffen. Kim blickte zur Seite und sah auch seine Freunde fallen. Wie in einem Traum hörte er ihre ächzenden Schreie. Er drehte sich blitzschnell um und sah drei große, schwarze Krieger auf sich zukommen. Feuer spuckte aus ihren Gewehren und die Kugeln schlugen um ihn herum ein. Kim erschoss sie mit einer einzigen Salve aus seiner Kalaschnikow. Alle drei im Affekt. Blut spritzte aus seiner Hand und er schrie laut auf. Eine Kugel hatte seine kleine Kinderhand durchschossen. Kim jaulte vor Schmerzen, wie ein Tier, und drückte sich das Handgelenk ab. Schweiß trat auf seine Stirn und er sackte zurück. Alles war blutverschmiert und ihm wurde schlecht. In Notwehr hatte er gerade drei Menschen erschossen und seine rechte Hand war zerfetzt.

Ein anderer Junge, sein Freund Rulian, kam ihm zu Hilfe. Kim heulte ihm in seiner Stammessprache Kegeli vor, was passiert war. Rulian band ihm die Hand mit einem Stofftuch ab und zerrte ihn nach hinten, wo die Kriegsherren lagerten. Kims Knie begannen zu zittern, gaben nach und er klappte bewusstlos zusammen. Rulian brach unter Kims Gewicht beinahe zusammen, raffte sich mit letzter Kraft aber wieder auf und schaffte es trotz der Dunkelheit, Kim ins Lager zu schleifen. Die schweren Kalaschnikows und Patronengürtel ließ er im Gras zurück. Die Soldaten verbanden Kims Hand, der noch immer bewusstlos war, und brachten ihn zu den Verwundeten.

Die Kuakana hatten das Dorf erobert und die Plünderung nahm ihren Lauf. Insgesamt hatten sie in jener Nacht 273 Menschen erschossen. Als Kim am nächsten Morgen erwachte, sah er als erstes, wie die Anführer der Kuakana auf ihren Jeeps saßen, Filterzigaretten rauchten und die erbeuteten Waffen der Zugi aufluden. Das Dorf Tepekorda gab es nicht mehr. Dunkler Rauch stieg aus den verkohlten Überresten der Hütten auf. Stechend schoss Kim der Schmerz seiner Hand durch Mark und Bein und er erinnerte sich an die vergangene Nacht. Ungläubig hob er seine Hand und betrachtete den rotbraunen Verband. Fliegen saßen darauf und er weinte los.

Kim war acht Jahre alt, als ihn seine Eltern in der Hauptstadt Raobe für umgerechnet sechs Dollar an einen Sklavenhändler verkauften. Sie waren, wie zigtausend anderer Bauern aus dem Westen Afrikas, vor der verheerenden Hungersnot geflüchtet. Die Getreide der staatlichen Saatgutfabriken hatten sie nicht mehr ernähren können und weil sich die hochgelobten Gengetreide von Monsanto nicht selbst weiter vermehren ließen, mussten die Bauern nun jährlich teureres Saatgut nachkaufen. Die Gengetreide brachten aber nicht die versprochenen, hohen Erträge ein, um die Extraausgaben für die nächste Saat zu decken, und so waren die Kleinbauern die Verlierer jenes Geschäftes geworden.

Seine bis auf die Knochen abgemagerte Mutter hatte Kim unter Tränen dem Kinderhändler mitgegeben, damit er nicht verhungern musste. Der versprach ihr, Kim würde es gut haben und bei einer vornehmen, weißen Familie als Hausboy arbeiten. Vielleicht würde er sogar Lesen und Schreiben lernen. Sie solle sich keine Sorgen machen, sagte er und händigte ihr die vereinbarten Dollars aus. Alles Lüge. Kims Vater stand gebrochen daneben und verbarg seine Tränen hinter seinen großen Händen, die so gut auf der Djembe spielten.

»Pass auf dich auf«, hatten sie zum Abschied gesagt und ein letztes Mal gewunken.

Die Sklavenhändler brachten Kim und zwanzig andere Jungs dann tagelang nach Süden und verkauften sie schließlich als Soldatensklaven an die Kuakana. Vierzig Dollar das Stück. Ihnen wurden russische Kalaschnikows in die Hände gedrückt und sie mussten schießen lernen. Wer nicht parierte, wurde ausgepeitscht, bis das Blut floss. So hatten die Kinder zu Gehorchen gelernt. Als eines Nachts zwei Jungen bei ihrer Flucht gefasst wurden, gab es am nächsten Tag ein Exempel. Die Ausreißer wurden an einen Baum gebunden und die anderen Soldatenjungen mussten sie aus zwanzig Metern Entfernung erschießen. Der Aufseher gab das Kommando und beobachtete regungslos das unbeholfene Gemetzel der Kleinen, die fassungslos ihre Freunde erschossen. Kim wusste, dass er daneben geschossen hatte, weil er bei den Übungen immer ein guter Schütze war. Seine zerschossenen Freunde hingen blutüberströmt am Baum, zappelten, röchelten und schrien, bis sie ihr so kurzes Leben aushauchten. Da schwor sich Kim, dass er niemals jemanden erschießen würde, ganz gleich, wer das von ihm verlangte.

Traurig saß er da, hielt sich die Wunde vors Gesicht und noch einmal huschten die drei Männer vor seinen Augen vorbei, die er in der Nacht erschossen hatte. Kim war zu klein für all das und wünschte sich wieder nach Hause zurück. Doch er wusste, dass da niemand mehr war, weil es dort seit Monaten nichts mehr zu essen gab. Als auf dem Weltmarkt neoliberale Großbanken mit den Lebensmittel-preisen spekulierten und sich einige Manager richtig hohe Profite einfuhren, war das Los der armen Bauern endgültig besiegelt und sie mussten ins Elend fliehen.

Es kamen eine Handvoll Kuakana-Kämpfer herüber und lobten Kim für seine Tat. Zur Belohnung gaben sie ihm eine Schale zu Essen und Süßigkeiten. Kim schlang alles gierig hinunter und fühlte sich besser. Danach setzte sich der Konvoi ins Zugi-Land fort. Später kam Rulian mit einem Kräutersud vorbei, um die Wunde zu waschen. Kims Hand war dick angeschwollen und er sah sie zum ersten Mal ohne Verband. Eine Gewehrkugel war mitten durch seine rechte Hand gegangen und hatte ein richtiges Loch hinterlassen. Sein Ring-, und Mittelfinger baumelten leblos an der Haut, doch er hatte Gefühl in seinem Daumen und Zeigefinger und hoffte, dass sie heil blieben.

In der Nacht lag Kim in einem unruhigen Fieberwahn und träumte von seinen Eltern. Sie waren zusammen auf einem idyllischen Dorffest in Tschugesi und hatten ausgiebig gespeist, getanzt und gesungen. Sein Vater hatte mit den Männern bis spät in die Nacht hinein getrommelt. Danach trug er den kleinen Kim hoch oben auf seinen Schultern nach Hause und erzählte ihm auf dem Weg durch die warme, sternenbesäte Sommernacht von seinen Ahnen. Selig war Kim zu ihnen in den Himmel hinauf gestiegen, doch seine Hand brannte heiß, wie Feuer.

8.

Ungeachtet dessen kamen fünftausend Kilometer nördlich, im wohlhabenden Deutschland, die Leute in Köln zu Ali und Beas Hochzeitsparty zusammen und begaben sich in einen Rausch der Sinne und Lebensfreude, mitten in der grau kalten Metropole am Rhein. Dicke Boxen und satte Rhythmen heizten zum Soundcheck ein und versprachen viel. Drei Bässe und vier Tops hatte die Crew rund um den *Dj Black Beard* mitgebracht. Als Deko montierten sie flache Beamer im Raum, die ihre computergesteuerten Projektionen an die Wände warfen und für Atmosphäre sorgten. Über dem Dancefloor hing eine große Spiegelkugel, die sich drehte und von zwei Lasern und LED-Farbwechslern beleuchtet wurde. Ihre glitzernden Reflektionen funkelten durch den Saal. Bis in die hintersten Ecken und Enden der alten Tabakfabrik unterhielten sich die Leute. Es duftete nach schwerem Naturparfüm, Cannabis, Alkohol, Shakes und frischem Döner.

Die Frischvermählten waren ganz klassisch in schwarz und weiß gekleidet, ihre Eheringe trugen sie jedoch diskret als Intimpiercings unter der Wäsche. Zum Auftakt hielt Beas Vater, der einen grauen Anzug mit einer violetten Krawatte trug, eine rührende Laudatio. Tränen kullerten und die Musik begann mit einer Zigeunerhochzeit. Dann setzte der elektronische Sound ein und die Party begann zu grooven. Alle wussten sich jetzt zu bewegen. Keiner wollte jenem magischen Flow widerstehen und die Gesichter der Feiernden begannen zu erstrahlen. Die Hochzeitsgäste reckten ihre Gläser in die Höhe und waren froh, am Leben zu sein und dem Brautpaar viel Freude, Weisheit, Kinder, Frohsinn und

Kohle zu wünschen. In jener gelösten Stimmung konnten alle mal ihre Alltagssorgen vergessen und ein bisschen Abstand von sich selbst und dem Leben nehmen und sich des gigantischen und allem zugrundeliegenden Lebensprinzips auf der Erde bewusst werden, nämlich der Liebe.

Denn es war die Liebe, die alles weiterleben ließ und für viele der einzige Grund war, wofür es sich überhaupt zu leben lohnte, was noch irgendwie Sinn machte und Spaß eben auch. Sie war der Magnetismus zwischen einer Frau und einem Mann, dem Yin und dem Yang. Alle Komplikationen mit einbezogen, denn es gab niemanden an jenem Abend im *Roller*, der ihretwegen noch nie gelitten hätte. Und doch wollte keiner so recht an der Liebe zweifeln und an ihren Grundfesten rütteln. Schon eher an den Menschen, nicht aber an der Liebe, die dazwischen lag, sie alle verband und am Leben hielt. Das Vertrauen in die Liebe war der Beat ihrer Party. Die Liebe war jener dünne, seidene Faden, an dem sie alle hingen und der dennoch nie riss, denn die Liebe war treu.

Man hörte lautes Gelächter und Geflirte, Gläser schepperten. Die Körper vermischten und bewegten sich im grellen Zucken der Lasershow. Die Trancebeats heizten den Leuten kräftig ein und wurden schneller und schneller. Alle zappelten und ihre Lieblingstropfen, Pulver, Trips, Magic Mushrooms, Cocktails und Liköre waren auch mit hineingeflossen, in jenes rauschend schöne Fest. Karina hatte Freunde aus ihrem Bekanntenkreis getroffen und der Abend wurde mit jeder Minute ausgelassener. Dave war stolz, so eine attraktive Frau mitgebracht zu haben. Wie hypnotisiert beobachtete er sie durch einen Korridor aus tanzenden Körpern hindurch. Seine Ohren dröhnten. Karina war ganz in schwarz gekommen und trug ein grob gehäkeltes Top über ihrem Shirt. Ihre Silhouette tanzte vor seinen Augen. Ihre

Arme gingen auseinander und wieder zusammen und sie setzte geschmeidig ihre Beine zum Takt der Musik und wurde schneller und schneller. Dave sah mit offenem Mund, wie die Umrisse ihrer Brüste auf und nieder wippten. Ihr Haar glänzte im bunten Licht und sie lachte. Das hohe Tempo gefiel ihr. Dave musste mit seinen Buddies etliche Drinks auf die Ehe stemmen, obwohl er alles andere als trinkfest war.

»Halleluja, ist das heiter hier«, meinte er bald, ließ sich auf eine silberne Couch fallen und stieß mit einer netten Blondine an, die neben ihm saß.

»Ja schee, die Marion aus Nämbärch«, ahmte er ihren weichen Dialekt nach, »eine ächde Frängin!«

Der Beat wurde immer wilder. *Hoppla, geht das heiß ab hier!* Dave lachte. Es war erst elf Uhr und er wurde schon zusehends betrunkener. Dem übrigen Partyvolk erging es nicht anders. *DJ Black Beard* hatte die Sause auf eine angenehme Höhe getrieben, wo es rasant dahinging, doch der alte Recke wusste aus Erfahrung, wie man die Meute bei Laune hält und eine Party bis in den frühen Morgen rollt. So fuhr er die beats per minute langsam herunter und ließ es eine Weile bei 124 bpm zart-fröhlich weitergehen, bevor er wieder Gas gab. Dave gefiel das Spiel mit der Musik. Karina kam über den wogenden Dancefloor zu ihm hinüber gewandert.

»Geile Scheiße, geht das ab hier!«, sagte Dave euphorisch.

»Prost Karina!«

»Prost Dave«, sagte sie und sie stießen an.

Es gab Passionfruit Cocktails mit Absinth-Schnaps und Maracujaschuss. Dave wollte mehr mit ihr in Kontakt kommen und, wie der Cocktail in ihrem Glas, von ihr aufgesogen und geschlürft werden. Natürlich spürte sie das und lächelte. Auch sie hatte bereits einen sitzen und sah ihn warm an.

Da kam Werner, etwas mollig, hereinspaziert. Er war auch noch losgezogen. Mal wieder raus, nach dem langen Winter, und da sah er sie - die Karina. Sie saß sie in Gesellschaft eines wilden Lockenkopfes und einer adretten Blondine direkt vor dem Dancefloor. Wie ein Blitz durchfuhr es ihn und er wurde sofort wieder an sein grausames Liebes-Aus mit ihr erinnert. Leicht war es für ihn nicht, auf sie zu zu gehen. Karina bemerkte ihn und ein seltsamer Ausdruck huschte über ihr heute so fröhliches Gesicht, hinterließ jedoch keine dunkle Spur.

»Hi Karina«, sagte Werner. »Schön, dich wiederzusehen.«
Er umarmte sie und gab ihr einen Kuss. Sie waren wenigstens noch Freunde. Er war im Sommer hoffnungslos in sie verknallt gewesen, doch sie hatte ihm von Anfang an klipp und klar gesagt, dass sie alleine bleiben wollte. Und weil der Werner das nicht mehr hörte, denn Liebe macht ja nicht nur blind, sondern bekanntlich auch taub, gab sie ihm bei der nächsten Annäherung einen Korb. Werners Herz hatte zwar geheult, gejammert und geblutet, doch jetzt wusste er es wieder ganz genau: alles war gut.

Karina stellte die Jungs vor, Marion war auch nicht auf den Mund gefallen und machte sich selbst bekannt. Es kam ein alter, grauhaariger Türke mit einem Tablett Rakigläsern vorbei und sie tranken erst mal einen auf Ex. Werner entspannte sich, die Musik wurde zurückgedreht und der völlig betrunkene Bräutigam torkelte zum Mischpult.

»Ding, ding, ding«, lallte er ins Mikrofon. »Meine lieben Freunde, heute ist ein ganz besonderer Tag und ich möchte mich bei euch allen bedanken, dass ihr hier seid und mit uns feiert. Bea, komm, sag doch auch mal was.«
Die gleichsam beschwipste Braut kam mit ihren funkelnden Augen und den dunklen Locken herbei und prostete in die

Runde. Ali drückte sie feste an sich.

»Freunde«, fuhr er fort, »ihr wisst ja, dass das Leben immer anders spielt, als man denkt. Shit happens eben. Also lasst uns nie vergessen, wie gut es uns heute geht. Da kann auch ein kaputter Schlitten nichts daran ändern.«

Er versuchte zu lachen, zwei Tage zuvor hatte er sein nagelneues Auto, einen schwarzen Montana Mustang, bei spiegelglatter Fahrbahn wegen überfrierender Nässe mit Totalschaden gegen die Leitplanken gesetzt.

»Ja, ja, Alter, fahren müsste man halt können!«, lachten seine Freunde.

Bea schnappte sich den großen Blumenstrauß von Dave und hielt ihn beschwörend in die Menge.

»Chicas«, sagte sie. »Ihr Weiber, meine süßen, herzallerliebsten Mädels, ich danke jeder einzelnen von euch und wünsche mir, dass eure guten Wünsche in Erfüllung gehen und ihr alle hier glücklich und vergnügt werdet, tara!«

Sie drehte ihnen den Rücken zu und warf den Strauß rücklings, mit voller Wucht, über den Dancefloor in die Menge - und er landete direkt in Marions Händen, die neben Werner, Dave und Karina saß.

»Allmächd!«, rief Marion, hochrot im Gesicht, und reckte den Strauß prophetisch in die Höhe.

»Dange, Dange« rief sie.

Alle klatschten und der Beat ging weiter. Sie tanzten jetzt noch euphorischer, wilder und ekstatischer, als zuvor. An jenem Abend kippte das Partyvolk noch etliche Runden Raki und feierte munter weiter. Um drei Uhr meinte Karina, dass sie müde wurde und rief sich ein Taxi.

»Karina, es hat mich echt voll gefreut, dich heute getroffen zu haben. Sehen wir uns nochmal, bevor ich wieder auf die Kanaren fliege?«, lallte Dave.

»Na klar«, sagte sie. »Du wolltest mir doch noch von La Palma erzählen.«

Dave grinste besoffen.

»Ruf mich an, wenn du wieder nüchtern bist oder schau einfach vorbei«, sagte sie und zwinkerte zum Abschied.

Das Leben ging schnell weiter und Dave wurde noch regelrecht vernascht, in jener Nacht. Und zwar von der Marion aus Nämbärch, und er gehörte der Katz. Ihre Leidenschaft war fulminant und kurz vor ihrem Eisprung hatte sie ihn dann soweit. Er hatte ihr von der Wüste in Ägypten erzählt, da war sie so scharf geworden, dass auch er es allmählich kapierte. Ihr großer, roter Mund mit ihren weichen Lippen geriet immer mehr in sein Blickfeld. Das Feuer der Leidenschaft brannte und sie tanzten. Dave war bereits übervoll, er lallte, taumelte und verschüttete sein Schnapsglas auf den Dancefloor, an das er sich instinktiv klammerte. Als er an ihrem Hals roch, bekam er fast einen Ständer.

»Boah, riechst du gut«, sagte er.

Der Alkohol ließ Dave gehen und seine verborgenen Triebe stiegen ans Licht. Marion freute das und sie strahlte. »Jetzt wird er meins«, dachte sie und ihr wurde heiß. Sie torkelten über die Tanzfläche und gingen zu ihr. Dort rissen sie sich die Kleider vom Leib und knutschten enthemmt. Dave hatte einen Rausch und Marion war selig. Sie vögelten unbefangen drauf los, doch Marion wollte stets mehr. Gerne auch feste, von hinten und überall. Da dämmerte es Dave allmählich, dass er im Bett einer Nymphomanin gelandet war und fing inbrünstig das Beten an, auf dass der Große Geist ihm beistehe, seinen Mann zu stehen. Doch vom Beten wurde er nur noch besoffener und verlor sich ganz im Suff. Bald keuchten sie heftig und fuhrwerkten wild und benebelt auf und ab. Das

Bett knarzte. Marion war in Ekstase und Dave schnaufte besessen. Schließlich schrie sie lauthals auf und ihr klares Ejakulat lief ihm wie warmes Wasser über den Schoß. Marion hatte abgespritzt und alles war nass. Patschnass. Das hatte er noch nicht erlebt. »Was für eine Frau!«, dachte er, fiel um und schlief ein.

Als er nach einem schweren Schlaf erwachte, war er sich gewiss, dass es ihm gut ging. Marion war nackt und schön. Sie schmiegte sich auch gleich wieder an ihn und es gab sinnlichen Guten-Morgen-Sex mit netten Worten. Wo hatte er nur dieses Glück her, fragte er sich euphorisch. Marion machte frischen Kaffee und sie alberten herum.

»Dange, mein Lieber«, sagte sie.

Das ging Dave runter wie Butter. Glücklich lag er da und genoss die Wärme des Bettes.

»Wie schön du bist, Bellajoya!«, sagte er.

Dave sah sie freudestrahlend an und umfasste noch einmal ihren Allerwertesten, legte sein Gesicht zwischen ihre Brüste und jauchzte vor Glück. Marion schmunzelte. Später zogen sie sich an und aßen Toast mit Erdbeermarmelade. Daves Kopf war relativ fit nach der langen Nacht und er überlegte aufgekratzt, was er mit jenem Tag anfangen sollte.

Da traf es ihn wie der Blitz und er dachte an Karina. *Was sie wohl gerade macht?* Daves Herz schlug plötzlich höher und er war hellwach. Marion trällerte im Bad. Er räumte das Bett zurecht, lüftete die Bude und tanzte ein paar Hüpfer zu ihrem jazzigen Sound. Die vergangenen vierundzwanzig Stunden hatten ihn verjüngt. Der herzliche One-Night-Stand hatte ihm gut getan. Als er auf die kalte Straße hinausging, war er sich des Lebens wieder bewusst und fühlte sich wie neu geboren. Zum Abschied zwinkerte er Marion zu, die neben ihren bunten Vorhängen am Fenster stand und winkte. Dave war im

Fluss und wusste in jenem Moment wieder ganz genau, dass alles nur ein Spiel war, die Maya, ein irres, aberwitziges Spiel, aber es wollte gespielt werden.

Der Frühling schien aus ihm heraus zu strömen, als er durch die nasskalte Stadt schlenderte. Eine magische Ruhe trieb ihn voran und er war sich der Liebe bewusst, die ihn durchfloss. Dave war froh, dass seine kleine Tochter auf der Welt war, blies ihr imaginäre Schmetterlinge in die Luft und ließ sie nach Genf fliegen, wo sie wohnte. In zwei Tagen würde er seine Kleine mit der lustigen Zahnlücke wieder in den Armen halten und ordentlich durchkitzeln. Dann schleppte er sich zu seiner Privatunterkunft und ruhte sich aus. Am Nachmittag ging er zu Karina. Der Blumenladen war am Sonntag geschlossen und er klingelte. Ein Surrton erklang, er drückte die Tür auf und stieg eine alte, knarzende Treppe hinauf. Im zweiten Stock stand sie in ihrer Wohnungstür und lachte ihm entgegen. Er hatte Pralinen mitgebracht und gab ihr zwei Küsschen auf die Wangen. Schon schmolz er wieder dahin. Karina war weich, warm und duftete angenehm, ohne dass er sagen konnte, wonach. So grüne Augen hatte er in seinem ganzen Leben nicht gesehen. Goldbraune Sommersprossen tanzten auf ihrem Gesicht. Dave war bei seiner Liebe angelangt, was auch immer sie ihm jenes Mal bereit hielt, das wusste er sofort. Ihm war, als ob er wieder im Himmel angekommen war, dem irdischen Wunderland, wo alles gut, kitschig und unsagbar schön war. Jeder Moment, jede Silbe, jede Geste. Karina trug ein grünes Shirt und wollene Leggins.

»Hereinspaziert«, sagte sie und führte ihn ins Wohnzimmer.

Hinter jener Frau mit der vollen Mähne, dem dreifarbigen Tattoo und den freundlichen Augen, floss allmächtig die

Liebe, das größte Geheimnis von allem und sah den beiden liebevoll zu. Dave spürte das und wusste, dass Karina von ihr genauso beseelt und getragen wurde, wie alles andere auch. Draußen auf dem Balkon sah er ein blaues Handtuch im Wind flattern. Es schlackerte heftig hin und her und wurde umflossen. *Die Liebe ist immer da, lebendig und allgegenwärtig!* Dave ließ sich von diesem Gefühl durchfluten und blickte wie ein Krieger des Lichts in Karinas Gesicht. Ihr Wesen erspürte das seine und ihre Miene hellte sich auf.

»Eine schöne Wohnung, die du hier hast«, sagte er.

»Ja«, sagte sie. »Setze dich doch. Möchtest du wieder Tee?«

»Gerne«, sagte Dave mit einem Grinsen im Gesicht.

Karina verschwand in der Küche und kam mit zwei duftenden Tassen zurück.

9.

Drei Leichen hatten die Ärzte der *Spreeklinik* inzwischen zerlegt. Sie hatten sie gescannt, gefärbt, geröntgt und wieder gescannt, gefärbt und geröntgt. Auf diese Weisee hatten sich soweit vorgearbeitet, dass sie mit Sicherheit wussten, dass die Todesursache der Verstorbenen in der Zirbeldrüse lag. In ihrer vierten und letzten Zirbeldrüse, die ihnen noch blieb, (die anderen waren zerschlissen und aufgelöst), hatten sie es dann entdeckt, tief in den Gewebezellen der Zirbeldrüse, mitten im Kopf. Der Professor und sein Team hatten die modernsten Elektronen-Raster-Mikroskope um die winzigen Fragmente der erbsengroßen Zirbeldrüse eines ehemaligen Versicherungsvertreters positioniert und dort tatsächlich den Auslöser für den Tod des Mannes gefunden: ein merkwürdiges, funkelnagelneues Molekül! Sie haben es nach Alwin Reeter, seinem Entdecker, benannt und untersuchten sein biochemisches Verhalten.

Für die Wissenschaftler war es rätselhaft. In einer Gruppe harmloser Sommersprossen entstand genau jenes Molekül mit der chemischen Formel $O_2Nh_4C_{16}Al_3Br_3$. Sofort nach seiner Entstehung machte es sich auf den Weg in die Zirbeldrüse hinein, wo es eine hochtoxische Kettenreaktion auslöste, die zum unmittelbaren Tod führte. Sämtliche Hirnfunktionen wurden lahmgelegt, eine elektromagnetische Lichtwelle durchlief das Gehirn und das war es dann, aus und vorbei! Nach dem abrupten Kollaps gab es noch einen kurzen Nervenreflex, sonst nichts mehr.

Der Professor hatte der Deutschen Gesundheitsbehörde pflichtbewusst eine kurze Vorab-Info über die Entdeckung des *Reeter-Moleküls* gesandt und stürzte sich in die Arbeit. Seine Checkliste war lang:

Woher kamen die plötzlichen Sommersprossen?
Wie entstand das Reeter-Molekül?
Entstand es in den Keratinozyten, im Melanin oder in den Melanozyten?
Welche Rolle spielte das Sonnenlicht?
Was waren die Leiterreize des Moleküls?
Konnte man es auflösen?
Vermehrte es sich?
War es ansteckend?

Den Ärzten stellten sich viele Fragen, und keine leichten, wie sie vermuteten.

10.

Und so grübelte auch der einundachtzigjährige Indianer-Schamane Osario am anderen Ende der Welt, in New Mexiko, über Riannas Alptraum und ihr Erlebnis mit dem hässlichen Casinobesucher mit den Sommersprossen.

Der alte Mann kniff die Augen zusammen und kratzte sich hinter dem Ohr. Dann ging er zum Gatter vor der Weide und warf seinem treuen Pinto und den Rindern ein paar Gabeln Heu in die Raufen und ließ seinen Blick über die Landschaft streichen. Es hatte wenig geschneit jenen Winter, nur der morgendliche Raureif lag silbern auf den abgegrasten Weideflächen, wo das frische Präriegras allmählich zu wachsen begann. In der Ferne ragten kühl und mächtig die Rocky Mountains in den Himmel, bevor sie sich in die Mesa senkten und langsam zur Ruhe kamen.

Lange bevor die weißen Eindringlinge nach Nordamerika gekommen waren, hatten dort, auf jener weitläufigen Hochebene, seine Vorfahren gelebt und waren mit Pfeil und Bogen auf Kaninchenjagd gegangen. Osario hatte viele ihrer schwarzen Pfeilspitzen aus scharfkantigem Obsidian bei seinen Streifzügen durch das flache Prärieland der Mesas gefunden. Die Apoixol-Indianer waren ein Zweig der sagenumwobenen Anasztasi-Indianer, die in den Höhlen und Kivas des Great Canyons wohnten, bis sie eines Tages sang und klanglos verschwanden. Der Legende nach zogen sie mit der Weißen Büffelkuh-Frau quer durch den Kontinent nach Nordosten und wurden von ihr in die Geheimnisse der Großen Harmonie eingeweiht und dann von ihrem Gespielen Kokopelli in einem mächtigen Wirbelwind in ein anderes Land in einer anderen Welt gebracht. Osario hatte als junger Lehrling viele Geschichten von seinem Uronkel Aloke gehört und sich so viel wie möglich von den alten Sagen seines Volkes und den verschiedenen Indianerstämmen des Schildkrötenkontinents eingeprägt. Es schienen ihm alles sehr phantastisch und durcheinander zu sein, so dass es ihn Jahre dauerte, die Ausschmückungen und Verwaschungen auf ein gesundes Maß zu bringen und seinem Volk ein paar echte Geschichten erzählen zu können. Das Brauchtum der Ureinwohner Nordamerikas bestand aus, von Generation zu Generation, mündlich überlieferten Legenden.

Osario kraulte die Ohren seines gefleckten Pinto-Hengstes und kitzelte ihn an den Nüstern. Der alte Pinto streckte ihm seine dicken Lippen entgegen, als ob er lachte.

»Die Wahrheit«, erklärte Osario dem Pferd, »das, was wirklich war und ist, mein Lieber, liegt wie eine schöne Squaw sorgsam in warme Pelzdecken gehüllt in ihrem Tipi. Und sie ist froh, dass das Feuer brennt und sie nicht friert. Verstehst du? Die alten Legenden sind in der Metapher die Felle der Frau. Und die Squaw kichert, wenn du ins Tipi gehst und freut sich, wenn du dich des Abends zu ihr unter die Decken kuschelst.«

Der Hengst stampfte zustimmend mit den Hufen.

»Wenn du dann deinen Körper und deinen Geist an den ihren legst, mein Pferdchen, brauchst du nichts mehr zu suchen, denn in diesem Moment ist alles da, was du suchst und du bist mit der Wahrheit verbunden. Und wenn du dann ihren Atem hörst, sagt er dir genau, wo du her kommst und wohin du gehen wirst. Alles ist einfach«, sprach Osario und ahmte die Schnute des Pferdes nach.

Ein Schwarm blauer Präriefinken kam um die Zitterpappeln geflogen, ließ sich neben Osario auf der Wiese nieder und riss ihn mit seinem lauten Gezwitscher aus seinen Gedanken. Hunderte jener kleinen, blauen Vögelchen hüpften, fiepten und pfiffen um ihn herum, dass er sich vollkommen in ihrem Gezwitscher verlor und eins mit den blauen Vögelchen, der frischen Luft in seiner Nase und der Weite der Landschaft wurde, wo gerade schneeweiße Schäfchenwolken im blauen Himmel über seinem Kopf davon schwebten. Osario schaute hinter die Formen der Natur und verstand plötzlich ihre Botschaft: ein neues Äon brach heran. Das Blau der Vögelchen und die Strahlen der aufgehenden Sonne schenkten ihm jene Botschaft. Es würde etwas Neues geschehen und es würde friedlich zugehen. Osario war augenblicklich erleichtert und es fiel eine schwere Last von seinen Schultern, die er lange mit sich herumgeschleppt hatte. Nun kam das laute Gezwitscher der Präriefinken und nahm sie ihm ab. »Es würde friedlich zugehen«, murmelte der alte Mann seine Eingebung vor sich her. Ein freundlicher Schimmer huschte über sein sonnengegerbtes Gesicht. Schmunzelnd ging er ins Haus und machte sich Frühstück. Es gab Pfannkuchen mit Ahornsirup und Kaffee. Osario erfreute sich an dem herrlichen Morgen. Leicht gebückt stand er hinter seiner alten Eisenpfanne am Herd, wendete seine duftende Mahlzeit und schaute aus dem Fenster seines braunen Adobe Hauses, wo die von Hand gegossenen Lehmziegel noch immer so ruhig und beschaulich aufeinanderlagen, wie er sie als junger Mann vor einem halben Jahrhundert aufgebaut hatte. Stein für Stein. Osario genoss die Anwesenheit der Rockies in der Ferne, über denen sich gerade frisch und leuchtend die Sonne erhob und die breite Mesa mit Licht überflutete, das sich weiß schillernd auf dem Raureif der Wiese brach und sie mit unzähligen, glitzernder Farbpunkte überzog. Sein Pinto graste friedlich zwischen den Rindern. Osario drehte das

Radio an, hörte Countrymusik und lachte. Er dankte Manitu für die Vision und wagte ein Freudentänzchen. Dann verspeiste er die süßen Pfannkuchen und schlürfte den heißen Kaffee. Sein Leben machte plötzlich wieder Sinn. Osario ließ sich auf seine Couch fallen und vom Beat der Musik davon treiben.

Fünfzig Jahre zuvor hatte er mit seinem längst verstorbenen Vater und seinem Onkel Rowin Ta, Seite an Seite mit Tosen-Wind, dem alten Stammeshäuptling der Apoixol-Indianer und den anderen Tosen-Brüdern und ihren wunderbaren Schwestern, für ihr eigenständiges Reservat gekämpft. Sie hatten Protestaktionen organisiert und die Hippies der wilden 68er hatten sie zu Hunderten unterstützt. »Kennedy war auch nicht schlecht«, erinnerte er sich, »bis er 63 jäh erschossen wurde«. Die Welt befand sich damals im Umbruch und sie hatten nicht aufgegeben, bis zuletzt nicht. Sie hatten demonstriert und sich Schlachten mit der Polizei geliefert, die in New Mexiko nicht so brutal war, wie nebenan in Texas - und am Ende hatten sie tatsächlich gewonnen. Ihnen wurde ihr gesamtes Stammesland zugesprochen und die Apoixol bekamen ein eigenes Reservat. Einen Sonderstatus, den sie noch immer genossen. Kurz darauf hielt Osario bei Häuptling Tosen-Wind um die Hand von dessen Tochter Ripa an. Der alte Stammeshäuptling prustete los, wie ein verrückter Truthahn, ob Osario denn nicht ganz bei Trost sei und warum sich ein gesunder, starker Mann denn so etwas antun und gleich heiraten wollte? Mit den wenigen Zähnen, die er noch im Mund hatte und den dünnen Strähnen, die ihm ins Gesicht hingen, sah der Häuptling gespenstisch aus. Doch sein klares Lächeln in den verschmitzten Augen untermauerte umso mehr seine natürliche Autorität und seinen wachen Verstand. Der alte Häuptling willigte natürlich ein, mit der Bedingung, dass Osario Ripa schon selbst fragen müsse, ob sie seine Squaw werden wolle. Außerdem sollte er ihr ein gutes Zuhause bieten, den Traditionen seines Stammes treu bleiben und die Geschichten, ohne Wenn und Aber, bewahren und fortführen.

»Die Tosens«, dachte Osario, »waren kompromisslos und konsequent. Krieger und Häuptlinge. Und die Frauen schön wie die Nacht.«

Und so kam es, dass Osario seine Frau Ripa im Jahr 1969, dem »Summer of Love«, heiratete. Da war er dreiundzwanzig und ging bei seinem Onkel, dem Medizinmann Rowin Ta, in die Lehre. Die Frischvermählten bekamen mitten in der Mesa ein wunderschön gelegenes Weideland, samt eigener Quelle und einem Pappelwäldchen überlassen, worauf sie sich alsbald ihr Adobe-Häuschen bauten.

Dort lag er nun, sechzig Jahre später, auf seiner alten Couch mit der grünen, von seiner Frau Ripa handgewebten Indianerdecke, und genoss den sonnigen Morgen. Als er vierzig war, kam an einem verschneiten Dezembermorgen ihr einziges Kind, ein Junge mit dem Namen Kario Wan, zur Welt. Der war mittlerweile erwachsen und lebte mit seiner Familie als Lehrer einer Indianerschule in Santa Fe. Seine Frau Ripa war Osario vor drei Wintern in die ewigen Jagdgründe vorausgegangen und so gab es niemanden mehr, der ihn bei seinen wortreichen Pfannkuchen-Gelagen Gesellschaft leistete. Auch das hatte der alte Indianer mit der Zeit überwunden, genoss die Musik aus dem Radio und sang lautstark mit. Heute war sein Tag und er driftete wieder in die zeitlosen Erinnerungen seiner Ahnen ab, wo sich Kinderstimmen mit den schrillen Pfiffen der Steinadler vermischten und es nach frischem Weideland und Lagerfeuern duftete, über denen die Squaws Kaninchen brieten. Das Wasser lief ihm noch jedes Mal im Mund zusammen, wenn er daran dachte. Osario hatte das starke Gefühl, dass es wieder an der Zeit war, eine ihrer ältesten Zeremonien aufzuführen, die ein halbes Jahrhundert geruht hatte, weil die Umstände nicht stimmten und die Spirits von seinen Leuten nicht mehr verstanden wurden. An jenem Morgen wusste er mit absoluter Sicherheit, dass es soweit war, den heiligen Schlangentanz seiner Urahnen wieder aufzuführen und zu neuem Leben zu erwecken. Bei jenen Gedanken schien Osario vor Wonne auf seiner Couch zu zergehen. *Dass ich das noch erleben darf!*

11.

Bei Karina und Dave nahm die große Anziehungskraft ihren Lauf. Sie saßen im Wohnzimmer beisammen, kamen sich näher und ratschten über Gott und die Welt. Botenstoffe flogen durch den Raum und transportierten mikrobiotische Partikel Sympathie und Vertrauen hin und her. Die Chemie der beiden schien zu stimmen: sie konnten sich riechen und ihre Hormone mischten sich prächtig.

»Das war ja eine wilde Party gestern«, plapperte Dave.

»Oh ja, es hat gutgetan, nach dem langen Winter. Hast du dich schon wieder erholt?«

»Ja, geht so«, grinste er und wagte es, einen Blick in ihre Privatsphäre zu werfen.

Karina hatte eine Vorliebe für alte Holzmöbel. Hier war fast alles aus Holz, nur nicht ihr Plastikcomputer, der lag auf dem Tisch und machte Musik. Wie zu erwarten war, standen überall Blumen herum und es hingen meterlange Pflanzenarme von den Decken herab. Karina hatte in ihrer Altbauwohnung einen Kaminofen stehen, in dem ein warmes Feuer brannte. Ein dicker Kater kam verschmust auf seinen Samtpfoten heran geschnurrt und miaute.

»Das ist Mucki, unser guter alter Schmusekater.«

Karina hob ihn auf den Schoß und streichelte das gewichtige Tier, das sich dies gerne gefallen ließ.

»Ja, hier wohne ich. Meine Mutter hatte sich die Wohnung nach ihrer Scheidung gekauft und unten den Blumenladen aufgemacht. Da bin ich gerade zum Studieren nach Amsterdam gezogen und habe in einem Baucontainer gewohnt, weil unter den zigtausend Studenten und illegalen

Einwanderern katastrophale Wohnungsnot herrschte.«

Karina beschrieb Dave ihre wilde Zeit als deutsche Studentin in Amsterdam. Fasziniert hörte er zu und fragte ahnungsvoll nach ihrer Mutter.

»Oh weh«, stöhnte Karina. »Die rief mich eines Tages an, ich kam gerade von der Uni, und sagte, dass es ihr nicht gut gehe. Ob ich nicht am Wochenende nach Hause kommen könne, sie habe Krebs. Davon wusste ich nichts und war total geschockt. Ich habe mich am nächsten Morgen in den ersten Zug gesetzt und bin sofort runter gefahren. Meine Mutter sah furchtbar aus. Ich habe mich total erschrocken. Sie war ganz blass, ihr Gesicht war eingefallen und ihre Haare waren stumpf und ohne Glanz.

»Oh mein Kind, ich werde sterben«, sagte sie, als sie mich in ihre Arme nahm. Sie hatte Blutkrebs im fortgeschrittenen Stadium und die Ärzte konnten nichts mehr für sie tun. Sie gaben ihr noch maximal einen Monat zu leben.«

»Au, das ist hart«, meinte Dave betroffen.

»Ich bin dann bis zum Schluss nicht mehr von ihrer Seite gewichen«, erklärte Karina weiter, »und habe bei meiner Mutter im Krankenhaus geschlafen. Dort ist sie dann zwei Wochen später gestorben.«

Da wusste Dave, woher Karinas Traurigkeit rührte, die er bereits bemerkt hatte.

»Oh Mann«, seufzte er. »Das tut mir echt leid«, sagte er. »Das muss schlimm für dich gewesen sein.«

»Ja, das war es auch«, sagte sie.

Karina sah ihn offen an. Sie hatte den Blumenladen und die Wohnung von ihrer Mutter geerbt, war wieder nach Köln gegangen und hatte das Geschäft weitergeführt. Der jungen Frau wurde noch einmal bewusst, was sie alles durchgemacht hatte.

»Ich war zwei Jahre in einer schlimmen Trauerphase«, sagte sie, »und habe die Welt um mich herum nicht mehr wahrgenommen. Das war wie eine tiefe Depression. Echt schlimm. Erst jetzt geht es langsam wieder bergauf.«
Karina versuchte ein Lächeln. Dave nahm behutsam ihre Hand in die seine und drückte sie leicht.

»Ich habe den Blumenladen zum 31. März gekündigt und schon verkauft«, sagte sie stolz.

»Oh wow!«, rief er unvermittelt. »Das ist ja phantastisch. Dann hast du ja Zeit und kannst mich in La Palma besuchen!«
Karina lachte.

»Ja, warum nicht?«

Für den Laden ihrer Mutter hatte sie elf tausend Euro Ablöse bekommen und musste keine Miete bezahlen, weil die Altbauwohnung auch ihr gehörte. Sie konnte es sich leisten und musstenicht einmal ihre Ersparnisse anfassen.

»Hey komm' schon!«, drängte Dave. »Ich lade dich ein! Ich wohne in einem richtig schönen Kanarenhaus am Waldrand in den Bergen auf fünfhundert Metern Höhe und habe eine voll tolle Aussicht aufs Meer.«
Daves Hand beschrieb einen Bogen. Karina musste abermals lachen, die Idee gefiel ihr und sie sah sich schon mit ihrem roten Kangoo durch Spanien brausen.

»Und wo ist der Haken?«, fragte sie.

»Einen Haken gibt es nicht«, entgegnete er. »Letztes Jahr ist meine siebenjährige Tochter Noellja mit ihrer Mutter in die Schweiz gezogen. Das hat mir als Vater weh getan. Wenn du so eine schöne Zeit mit deinem Töchterchen hattest, wie ich, und sie dann von einem Tag auf den anderen weg ist, ist das richtig hart. Aber meiner Kleinen geht es gut und wir sehen uns regelmäßig. Die Schweiz ist zwar weit weg, aber na ja. Sehr traurig, aber das Leben spielt manchmal so. Ich habe mich mit ihrer Mutter auch nicht mehr sonderlich gut verstanden. Sie wollte zurück in die Schweiz, zurück in ihren Beruf, für Noellja eine bessere Schule finden, etwas Neues. Aber ein wirklicher Haken ist das nicht, oder?«

»Ach wie schade«, meinte Karina nur, nun selbst betroffen. Dave erzählt ihr von seiner Tochter, seiner Ex und seiner Zeit mit den beiden in La Palma. Da unterbrach sie Karinas knurrender Magen und sie beschlossen, etwas zu kochen. Sie legten Feuerholz nach, gingen nach unten auf die Straße und kauften auf dem Sonntagsmarkt frisches Obst und Gemüse ein. Karina hatte in Amsterdam in einem vegetarischen Restaurant gejobbt und führte das Kommando. Sie kochten eine Reispfanne im Wok, mit Kokosmilch und Bambussprossen. Als Nachspeise gab es gebratene Bananen. Karina war zufrieden und bestand auf zwei Kölsch. Weil Dave bereits in zwei Tagen weiter nach Genf zu seiner Kleinen und dann wieder nach La Palma flog, beschlossen sie, den Abend noch zusammen zu verbringen.

»Und jetzt erzähl' was von dir, du Bayer, du!«, sagte Karina, stupste Dave freundschaftlich in die Seiten und machte sich über seinen starken Dialekt und seine bayerische Herkunft lustig. Das hatte sie sich lange verkniffen.

»Oans, zwoa G'suffa!«, gab sie die Gebräuche der Bajuwaren zum Besten und lachte.

»Ja mei, Deandl. Wos woast na du scho?«, konterte Dave.
Karina war froh, dass ihr Gegenüber Spaß verstand. Sie saßen in den großen Sesseln vor dem ruhig dahin brennenden Kaminofen, Mucki lag laut schnurrend auf Karinas Schoß und grub seine Krallen genüsslich in ihren Pullover. Draußen rauschten die Autos vorbei, während Dave anfing, in seinen Kindheitserinnerungen zu kramen.

»Ich bin voll in der Pampa aufgewachsen«, sagte er dann.

»Im Oberpfälzer Wald, ganz nah an der tschechischen Grenze. Auf einem riesengroßen Bauernhof mit lauter Ökohippies der allerersten Stunde.«

Dave erzählte Karina stolz, wie er im Sommer als kleiner Knirps tagelang vor der Haustüre saß und Pfeil und Bogen schnitzte, während die Erwachsenen nackt im Sommerregen tanzten. Er schilderte ihr, wie er mutig auf den Schweinen ritt, nachdem er sie mit Kartoffeln auf einen Hügel gelockt und sich dann verwegen auf sie geschwungen hatte. Quiekend waren sie dann, mit ihm auf dem Rücken, zurück in den Stall gesaust. Karina spürte regelrecht Daves Freude und hatte die Szene lebendig vor Augen. Er sei regelmäßig unter dem hölzernen Küchentisch eingeschlafen, die Einkerbungen in den weichen Tischbeinen seien ihm genauso im Gedächtnis geblieben, wie der Geschmack vom Fußbodendreck und den allgegenwärtigen Hundehaaren. Dave erklärte mit Nachdruck, dass ihm die Kühe neben den Hunden seine liebsten Tiere waren.

»Kühe sind so ruhig und friedfertig«, sagte er.

Die Kühe interessierte es auch nicht sonderlich, wenn er sich mutig aufspielte und sich heimlich auf ihre breiten Rücken setzte. Sie ließen ihn einfach gewähren. Er gehörte eben genauso dazu, wie alles andere auch. Soviel Toleranz hatte ihn beeindruckt und geprägt. Dave meinte, dass jenes Band mit den Kühen bis heute bestand. Wenn er später mitansehen musste, wie jene wunderbaren Kreaturen, seine Freunde und Freundinnen aus frühester Kindheit, millionenfach gequält wurden, verging ihm noch immer die gute Laune. Darum aß er auch keine Milchprodukte aus herkömmlicher Tierhaltung mehr. In Bayern lebten die Kühe konventioneller Milchbetriebe ihr ganzes Leben lang in einer Eisenbox auf einem Gitterboden. Sie waren zeitlebens eingesperrt, durften nicht auf die Weide oder an die frische Luft. Sahen kaum die Sonne und wurden von den profitgierigen Landwirten nur ihrer Milch wegen ausgebeutet. Da überkam ihn tiefstes Mitgefühl und eine seltsame Liebe zu den Kühen, die ihn schon so manches Mal zu Tränen gerührt hatte. Karina spitzte die Ohren, sah ihn an und wurde betrübt. Jetzt war sie neugierig, mit wem sie es da zu tun hatte.

»Unsere Kühe hatten auch alle einen Namen«, schwärmte Dave weiter. »Mandra, zum Beispiel, oder Bella.«

Er wusste noch genau, wie er einmal bei der Geburt eines jungen Kalbes dabei war und als kleiner Knilch das Neugeborene mit Stroh abreiben durfte, damit es schneller trocknete und nicht fror. Andächtig sei das gewesen. Sein Vater hatte dem Kalb die Nasenlöcher geputzt, damit es atmen konnte. Ihr Hund, eine rotbraune Mischlingshündin mit langem Fell, hatte regelmäßig die blutigen Nachgeburten der großen Tiere verschlungen und war Daves ständige Begleiterin. Sei es, wenn er unter dem Küchentisch schlief, sich auf dem Hof herum trieb oder vor dem Obstgarten seine erste Bekanntschaft mit einer Ringelnatter machte. Weil er damals jung und ahnungslos war, hob er die Schlange einfach auf und ließ sie in ihrer vollen Pracht vor sich her baumeln. Das arme Tier wandte sich verzweifelt in der Luft hin und her.

Dave meinte, so in etwa sei seine Kindheit gewesen: unbeschwert, dreckig und frei. Er hatte keine Erwachsenen, die ihn zum Beichten in die Kirche trieben und ihm Gott vergällten, wie es den katholischen Nachbarskindern erging. Er konnte frei umher ziehen und das Leben erkunden.

»Allerdings gab es auch unangenehme Zeitgenossen«, erzählte er weiter, »die Gänse zum Beispiel«.

Vor denen hatte er als Kind einen Heiden-Respekt, weil sie ihn immerzu anfauchten und so feste in die Beine gezwickt hatten, dass er sich nur noch mit einem Stock gegen sie vorzugehen traute. Das war zwar feige, wie er sich eingestand, aber es half. Gerne erinnerte sich Dave auch, wie wohlig warm das große Bett seiner Eltern immer war. Daves Mutter hatte es selbst geschreinert, es war sehr hoch, aus Massivholz und riesengroß. Die nackten Körper seiner Eltern waren ihm unter der warmen Decke immer ein sicherer Hafen und Ort der Zuflucht gewesen. Dort wurde er stets herein gelassen. In jenem Bett war auch seine geliebte Schwester Ruanda zur Welt gekommen. Dave hatte durch einen Spalt unter seiner Zimmertüre mit zugesehen, wie die Kleine in einer Hausgeburt das Licht der Welt erblickte. Zur Begrüßung schenkte er ihr eine hölzerne Eisenbahn, doch sein Schwesterchen wusste noch nichts, damit anzufangen. Dave erinnerte sich sogar, wie er nach ihrer Geburt mit seinem Vater zur Mutter ans Bett kam und sie ihr frische Weintrauben, Kekse und allerlei Leckereien und Getränke zur Stärkung an das Wochenbett brachten. Dave blühte in seinen Erinnerungen regelrecht auf und ein freudiges Strahlen durchfloss ihn jedes Mal, wenn er davon erzählte. Für ihn waren seine Kindheitserlebnisse ein lebendiger Schatz, die wie kleine Sonnen von innen heraus leuchteten. Sie glänzten, wie kostbare Juwelen.

Das Gros der Ökos, Hippies, Linken und Intellektuellen demonstrierte damals in ganz Bayern und Deutschland gegen die Atomindustrie. Das war die Zeit, als »Die Grünen« aufkamen und die Anti-Atomkraft-Bewegung geboren wurde. Dave wusste noch, wie unheimlich stolz und geachtet er sich fühlte, als er seinem Grundschullehrer und der ganzen Klasse erklärte, wie gefährlich und schädlich radioaktive Strahlung war. Jenen Lehrer hatte er gern. Der redete viel vom Zweiten Weltkrieg und schilderte der Klasse lebhaft, wie die Soldaten tagelang im Schützengraben lagen und von den Russen bombardiert wurden. Wollten sie ein bisschen Ablenkung vom Unterricht haben, musste sie nur nach den Gefechten an der Ostfront fragen, und schon war eine Schulstunde hautnah erlebter Geschichte gebongt.

Viele zigtausend Menschen kämpften damals, dreißig Kilometer von Agating entfernt, in Wackersdorf, gegen die »WAA«, eine Wiederaufbereitungsanlage für atomaren Restmüll zur Stromversorgung, hochgiftig und gefährlich. Die Anlage sollte damals zehn Milliarden D-Mark kosten und das entstandene radioaktive Plutonium, Tritium, Krypton und Jod wären tausend mal höher belastet gewesen, als von einem herkömmlichen AKW. Ihr Bauernhof hatte sich binnen kürzester Zeit in eine Hochburg und ein Massenlager von Demonstranten aus ganz Deutschland verwandelt. Verblüfft sah der damals achtjährige einer Gruppe Essener Autonomer zu, wie sie sich für eine Schlacht mit der Polizei am Bauzaun rüsteten. Dafür zogen sie sich Schienbeinschoner an Armen und Beinen unter ihre Lederkluft, um gegen die Schläge der staatlichen Gummiknüppel gewappnet zu sein. Ihr schwarzes Rocker-Outfit verlieh ihnen zusätzlich einen gefährlichen Touch. Die Aktivisten hatten Dave ausführlich erklärt, was Krähenfüße waren: ein Stück Holz, aus dem mehrere spitze Nägel heraus schauten. Damit konnten sie Polizeiautos, Busse und sogar Panzerwagen zum Stoppen bringen. Das Geheimrezept für die gefürchteten Molotowcocktails behielten sie jedoch für sich. Im Nachhinein dachte Dave, dass mit solchen Mitteln heutzutage keine Schlacht mehr zu gewinnen sei. Doch nach den Tod des bayerischen Ministerpräsidenten, der bei einer Hirschjagd nahe Regensburg einem Herzinfarkt erlag, wurde der Bau gestoppt. Die breite Volksfront hatte gegen die Interessen der Politik und Atomindustrie gesiegt.

»Das war echt legendär!«, meinte Dave stolz.

Auch nahmen die Vögel eine wichtige Rolle in Daves Leben ein. Die Grünen, Greenpeace, der Bund Naturschutz und ähnliche Bewegungen hatten damals eine Vorliebe für markante Plakate, und so stand auf einem ihrer Manifeste in ihrem WG-Klo geschrieben: »Zahme Vögel singen von Freiheit, wilde Vögel fliegen!«

Das hatte Dave geprägt, doch dass wilde Vögel nicht sangen, glaubte er schon damals nicht. Auf jenem besagten Klo hatte ihm ein Erwachsener auch erklärt, wie man das Toilettenpapier richtig benutzte, und zwar, dass man nicht immer gleich die halbe Rolle abrollte, sondern nur ein paar Blätter nahm und diese dann zusammenfaltete. Falten! Jene Belehrung empfand Dave schon irgendwie autoritär, doch es funktionierte hervorragend, und von da an war das Klo auch nicht mehr verstopft, ganz zum Wohl seiner Mitbewohner.

»Übrigens eine Technik, die ich auch heute noch verwende«, sagte er augenzwinkernd.

Heldenmutig erzählte er weiter. Heftig sei es geworden, als er hinter der Scheune unter dem Kirschbaum mehrere Strohballen übereinander stapelte und ein Feuer schürte. Haus und Hof wären abgebrannt, wenn seine Eltern den Rauch nicht rechtzeitig bemerkt hätten und das junge Feuer im Keim erstickten. Da hatte es für Dave auch die erste Ohrschelle seines Lebens gegeben. *Patsch,* hatte es gemacht, von seiner Mutter, im Affekt, aber geschadet hatte sie ihm nicht, wie er Karina versicherte. Denn wegen jener spontanen Züchtigungsmaßnahme sei er dann doch relativ schnell aus seinem kindlichen Schwachsinn erwacht und der Kirschbaum blühte weiter. Dave steckte Karina mit seinen Erinerungen an und so kamen auch bei ihr Bilder aus ihrer Kindheit wieder hoch. (Wie sie als junges Mädchen mit ihrer besten Freundin Linda auf der Wiese unter dem Walnussbaum spielte, sie sich bunte Blumenkränze flochten und ins Haar steckten). Dave und Karina genossen die vertraute Atmosphäre, tauschten Telefonnummern aus und verabredeten sich ungesagter Weise schon in La Palma. Dann schlenderten sie entspannt in ein irisches Pub, in dem es den ganzen Abend Livemusik und Guinness gab, Karina hatte nämlich ein Faible für Bier. Der Laden war ziemlich voll. Dichter Rauch stand in der Luft. Schon kam das ölige Bier.

»Prost.«

»Prost.«

Und sie lachten. Karina war mit ihrer grünen Strickjacke eine regelrechte Wohltat für Daves Augen und ihre gute Laune schien mit jedem Schluck zu steigen. Der Alkohol trieb Karina die Röte ins Gesicht, zudem gab ein irischer Fiedler eine traurige Ballade zum Besten, die dann in einem ausgelassenen Tanz mündete. Gut gelaunt zogen sie nach zwei Guinness weiter. Karina hakte sich bei Dave ein und er verspürte immenses Verlangen nach ihr. Er brachte sie bis an ihre Haustüre und trug ihr zum Abschied eines seiner selbstverfassten Gedichte vor. Doch er merkte sofort, dass er damit nicht gepunktet hatte: Karinas Mundwinkel fielen nach unten ab und sie sah ihn fragend an.

»Hätte ich mal lieber einen Apfelkuchen hervorgezaubert«, dachte er geknickt.

Da hörte er in seinem Kopf prompt sein siebenjähriges Töchterchen quieken. »Hätte, hätte, Fahrradkette. Hätte, hätte, Fahrradkette«, lachte sie ihren Vater schlaumeierisch aus, jenen Vers hatte er ihr schon früh beigebracht. Also lächelte Dave ergeben, nahm die Blamage trocken hin und verabschiedete sich höflich.

Zu Hause ließ sich Karina in ihren Sessel fallen, legte die Füße hoch und schaute in die Glut des Ofens. Wie auf Kommando überwältigten sie die traurigen Gefühle der vergangenen Monate noch einmal. Ohne Vorankündigung überschwemmten sie die junge Frau. Leise und mächtig. Karina ergab sich ihnen und weinte ein letztes Mal die Tränen ihres Verlustes hinaus. Zum ersten Mal empfand sie nun aber auch Dankbarkeit und es kamen wieder fröhlichere Züge in ihrem verheulten Gesicht zum Vorschein. Plötzlich war sie glücklich, dachte an den Nachmittag zurück und legte ihre Hände auf ihr nasses Gesicht.

12.

Die CNN verkündete indessen, dass mittlerweile über zweihundert Personen an einer neuen Krankheit gestorben seien. So auch der Israelische Ministerpräsident Ben Mirat, und am Vortag völlig überraschend, der amerikanische Verteidigungsminister John Laven. Amerika und Israel trugen deshalb Trauerflor und nahmen Abschied von den Staatsmännern. Alle Opfer hatten vor ihrem unerwarteten Tod, der sie »brutal aus dem Leben riss«, wie der Reporter es nannte, von einem Tag auf den anderen Sommersprossen bekommen und der einzige Mediziner, der bisher nennenswerte Erkenntnisse gesammelt habe, sei der deutsche Gehirnchirurg Professor Dr. med. Alwin Reeter, Chefarzt der Berliner *Spreeklinik*. Er habe als erster das sogenannte »Todesmolekül« entdeckt.

Das Telefon riss den Professor um 6.00 Uhr morgens aus dem Bett. Verschlafen hob er ab. Es war der Gesundheitsminister Schrat. Der bat ihn, noch am selben Tag eine Pressekonferenz ab zu halten, um der Weltöffentlichkeit seine Ergebnisse zu präsentieren. Er sei ungemein stolz darüber, dass ein deutsches Ärzteteam als erste die Krankheit entdeckt hatte.

»Diese Butter dürfen wir uns nicht mehr vom Brot nehmen lassen«, meinte der Minister.

Gehorsam willigte der Professor ein und sagte ihm zu, um 15.00 Uhr eine Pressekonferenz zur »Reeter-Molekül-Krankheit« zu geben, wie die neue Krankheit fortan heißen sollte. Für die Vorbereitungen blieben ihm neun Stunden Zeit.

13.

In den frühen Morgenstunden brachen die Kuakana-Soldaten auf. Aus einem ihrer dunklen Militär-LKWs flog der taube Leib eines Jungen heraus und fiel hart zu Boden, gefolgt von einer Trinkflasche und einer zerlumpten Decke. Kim schrie. Er war aus dem LKW gestoßen worden, da sie ihn nicht mehr gebrauchen konnten. Von seiner zerschossenen Hand hatte er Wundfieber bekommen. Die nachfolgenden Fahrzeuge beachteten ihn schon nicht mehr. Seine Wunde schmerzte wie Feuer und er hatte sich die Schulter geprellt. Aus seinen verklebten Augen sah er verschwommen, wie der Soldatenkonvoi in einer Staubwolke verschwand. Auf allen Vieren kroch er voran. Mühselig holte er sich das Wasser und die Decke von der Piste. Dann schleppte er sich ins Gebüsch und fand unter einem großen Baobap-Baum Schutz vor der schwülen Hitze, die gerade herauf zog. Kim hatte Fieber und war erschöpft. Gnadenlos umkreisten ihn die Fliegen und fraßen seine verklebten Augensekrete fort. Die Moskitos brachten ihm die Malaria. Seine Augen waren rot unterlaufen, Schweiß stand auf seiner Stirn und seine breiten Lippen waren aufgesprungen. Kim kroch weiter unter den Baum und atmete schwer. Er hatte keine Kraft mehr und winselte. Erschöpft blickte er nach oben in die lichtdurchflutete Krone des Baumes und beobachtete die afrikanischen Tauben, die friedlich von Ast zu Ast flogen. Er legte seinen Kopf in eine Wurzelmulde und schlief ein. Er träumte von den drei toten Zugi-Soldaten, die ihn grimmig zerfetzen wollten, während sich in der Ferne eine zweite Staubwolke ihren Weg durch den Busch bahnte und langsam näher kam.

14.

Simone hatte einen freien Tag, weil sie das Wochenende mit ihrem Chef und seinen Managern auf einer Konferenz in Dortmund war. Es ging, wie immer, um dicke Geschäfte. Diesmal die Fernsehrechte der Fußball Bundesliga, die sich der Medienbaron für seinen Privatsender sichern wollte. So gingen sie allesamt ins Westfalenstadion, sahen sich das Revierderby mit Schalke an, das Dortmund gewann, und alle waren zufrieden. Die Verträge mit dem DFB gingen relativ rasch über den Tisch, auch wenn die Media Solutions weit tiefer in die Taschen greifen musste, als geplant. Die Nächte verbrachten sie im Hilton, wo sie den Deal mit Unmengen von Champagner begossen. Abends tanzten teure Callgirls auf den Tischen und Simone hatte frei, weil ihr Chef anderweitig sein Amüsement bekam. Ihr wurde es zudem immer noch übel, wenn sie die Sommersprossen auf seiner Stirn sah.

Umso mehr genoss sie ihren freien Tag und frühstückte ausgiebig. Sie faulenzte auf der Couch, fuhr mit ihrem schicken Cabriolet in die Münchner City und ging mit ihrer Freundin Susa ins *Beautydome*. Dort ließen sie sich wieder massieren und ihre Intimbereiche samt Arschfalten sugarn. Mit einer Zuckermasse rissen die Damen des Beautysalons ihnen sämtliche Schamhaare aus, bis sie schrien. Schönheit hatte eben ihren Preis, das spürten die beiden jedes Mal wieder. Danach saßen sie am Pool und quatschten bei grünen Smoothies vor sich hin. Je länger sie redeten, desto mehr entspannten sie sich und ihr Frauenbündnis war bald rundum erneuert. Hin und wieder warfen sie kokette Blicke auf die ansehnlichen Boys der Oase, die quasi immer heiß waren und denen das Testosteron förmlich aus den Eiern quoll. Ihr Lieblingsmodell war ein braungebrannter Orientale, der wirklich sehr zuvorkommend und ganz und gar nicht auf den Mund gefallen war. Schon drückte er ihnen einen Drink in die Hand und kurz darauf den nächsten. Während draußen die kalten Märztemperaturen stachen und ein fieser Wind durch Münchens betonierte Innenstadt pfiff, genossen sie dort drinnen das Leben, wie auf einer Südseeinsel. Es war warm, es gab Palmen, Papageien, Cocktails und braungebranntes, muskulöses Personal.

Der Iraner, Afshin, das wortwörtlich »der Erleuchtete« hieß, machte ihnen die neueste Massagetechnik aus Australien schmackhaft.

»Da geht es voll ab, Mädels«, versprach er ihnen. »Ihr liegt auf dem Rücken und ich hebe eure Füße an den Fersen auf und schüttle sie mit kurzen, kräftigen Bewegungen hin und her. Dann werde ich immer schneller, bis sich von den Beinen her eine schüttelnde Welle durch euren gesamten Körper hinauf bewegt, die alles lockert.«

Afshin hatte noch das Bild vor Augen, wie der Kundin am Vortag wild die Möpse hin und her flogen. Neugierig legten sich Simone und Susa auf die Massagetische im Tropengarten. Zwischen bunten Tropenblumen plätscherte ein Wasserfall. Südseemusik rieselte durch die Lautsprecher. Afshin, der sportliche Masseur mit einem Drachentattoo auf der Schulter, hatte seinen blonden, leicht untersetzten Kollegen Rob mitgebracht. Der war Physiotherapeut und beherrschte die Technik ebenfalls perfekt. Und wieder das gleiche Bild: die Masseure hoben die Füße der beiden an und begannen sie in schnellen, kurzen Bewegungen rhythmisch zu schütteln. Simone und Susa entspannten sich recht schnell und wurden angehalten, tief und feste zu atmen. Sie sollten positive

Energie einatmen und Stress, Frust und alles, was schieflief, in ihrem Leben, ihnen auf der Seele lag, ihnen im Kopf herumspukte und ihnen unter den Nägeln brannte, gründlich auspusten und sich selbst vergeben. Da kam den beiden eine ganze Menge in den Sinn und sie wurden mit jedem Ausatmen lockerer und die Wellen der Schüttelbewegungen rollten ihnen die Beine hinauf. Hochkonzentriert schüttelten Afshin und Rob ihre Füße. Irgendwann fingen die Frauen dann zu husten an, sie räusperten sich, kicherten und lachten. Als sie im Hals frei wurden, baumelten ihre Köpfe hin und her.

»Shaking-Wave-Massage« nannten sie das in Australien und die Masseure kamen dabei kräftig ins Schwitzen. Simone und Susa fanden sich in einer Wonne wieder, die ihnen neu und doch vertraut war und sie an ihre Zeit im Mutterbauch oder Kinderwagen erinnerte, nur etwas knalliger, mit den bunten Cocktails, die sie intus hatten. Minutenlang flogen ihre Köpfe hin und her.

»Herrjeh, ist das toll!«, meinte Simone.

»Suuupi!«, jauchzte Susa.

Wie verzaubert genossen sie die Session. Danach schlenderten sie entspannt zur Lounge des *Beautydomes,* ließen sich auf eine Couch fallen und bestellten sich zwei Chai-Tees. Vorher gaben sie Afshin und Rob zu verstehen, dass die Massage wirklich toll war und keine weiteren Nachbehandlungen nötig waren - sie würden aber bald wieder kommen und zwinkerten mit den Augen.

Sie schlürften ihre Heißgetränke und ließen sich vom großen Flachbildschirm der luxuriösen Anlage berieseln. Einschlagende Raketen flimmerten über den Bildschirm. Diesmal nicht in Israel, denn wegen des dramatischen Todes des israelischen Premierministers Ben Mirat hatten die Israelis ihre Militäraktion in Palästina bis auf weiteres eingestellt und die Menschen in Gaza konnten sich erholen. Nein, der Reporter erklärte, dass sich östlich von Kiew ukrainische Separatisten heftige Gefechte mit der russischen Armee lieferten und weit schlimmere Auseinandersetzungen zu befürchten seien, wenn Russland nicht bald einlenke. Russland verkündete stur, dass es auf keinen Fall eine weitere Ausdehnung der Nato bis vor seine Haustüre akzeptieren werde. Das sah nicht gut aus, was da vor sich ging, soviel wussten die beiden. Die Medien sprachen gar vom drohenden Dritten Weltkrieg, weil die Amerikaner mit ihrem hitzköpfigen Präsidenten hartnäckig Öl ins Feuer gossen und direkt an der russischen Grenze aufwendige Militärmanöver abhielten und provokant ihre Fahnen schwenkten. Im deutschen Ruhrgebiet rüsteten die Amis ihre Atomraketen auf, flogen geheime Drohnenflüge bis weit nach Sibirien hinein und verschoben nachts, von der Öffentlichkeit unbemerkt, ihre Militärmaschinerie nach Polen und in die Slowakei. Die Deutschen wollten ganz offensichtlich auch mal wieder an eine Ostfront und schickten auf Befehl ihrer psychopathischen Verteidigungsministerin schon mal Truppen vor, um den Frieden zu sichern. Doch das Make-up der Politikerin saß perfekt, wie Simone und Susa fachkompetent erkannten. Danach huschten die schwarz vermummten Männer des IS wie die leibhaftigen Teufel über den Bildschirm, reckten ihre Maschinengewehre in die Luft und schwangen die Fahnen ihres neuen Staates. Sie stürzten die uralten Steindenkmäler der Sumerer zu Boden und schlugen sämtliche nicht-moslemischen Bauten in Stücke. Alle Andersgläubigen sollten bekehrt, oder wenn sie bei drei nicht verschwunden waren, enthauptet werden. Das Internet war voll mit den Live-Exekutionen des IS. Aus Syrien trafen nicht enden wollende Flüchtlingsströme in Europa ein und überforderten die Hilfsbereitschaft der EU. Kalt lief den Mädchen ein Schauer den Rücken hinunter. Es war echt, was dort in den Nachrichten kam. Eine schaurige Welt, die sich nur wenige hundert Kilometer vor der Münchner Allianz-Arena abspielte.

»Mensch Simone, was soll das bloß alles?«, fragte Susa enttäuscht. »Wir hatten so einen schönen Tag!«

Doch Simone wusste es auch nicht und sah weiter auf die Bilder der verzweifelten Menschen. Zu Tausenden drängten sie sich über die Grenzen. Zu Hunderten ertranken sie im Mittelmeer. Der Nachrichtensprecher erklärte weiter, dass die deutschen Forscher der Berliner *Spreeklinik* rund um den Professor Dr. med. Alwin Reeter die Todesursache der neuen Reeter-Molekül-Krankheit entdeckt hatten, die bisher schon mehr als zweihundert Menschenleben gefordert hatte. Der Arzt berichtete, dass sich in einer Ansammlung frisch entstandener Sommersprossen ein neues Molekül bilde, welches über die Blutbahn ins Gehirn gelange und dort zum sofortigen Tod führe. Dabei handle es sich um eine bis dahin unbekannte Aminosäuren-Verbindung, die jetzt das Reeter-Molekül genannt wurde. Der Chefarzt der *Spreeklinik* und sein Team arbeiteten daran, ein Gegenmittel zu jener Aminosäure zu entwickeln. Sie wollten herausfinden, wie man ihre Entstehung unterbinden konnte. Auch sei noch völlig unklar, wo die Ursache für jene neue Krankheit lag, die im Volksmund schon salopp die »Sommersprossen-Krankheit« hieß. Damit blendete der Reporter aus und leitete zum Sport über, wo die Wolfsburger ihre siebte Niederlage in Folge hinnehmen mussten und zum ersten Mal seit sieben Jahren auf einem Abstiegsplatz standen. Der FC-Bayern lag weiter mit sechs Zählern vorne, gefolgt von Leipzig, Dortmund und Schalke. Damit ging es weiter zum Wetter. Der Frühling bahnte sich seinen Weg in die Bundesrepublik und die Temperaturen sollten am Wochenende erstmals die zwanzig Grad Marke überschreiten.

Doch Simone hörte das nicht mehr. In ihrem Gehirn liefen die Drähte heiß und ihre Gedanken lieferten sich ein wildes Orchester. Auf und ab. Tatü tata. Hatte ihr Chef diese Reeter-Molekül-Krankheit? Sollte sie ihn warnen, gleich anrufen? Und was, wenn die Sommersprossen ansteckend waren, wie die Masern, und auch sie schon infiziert war? Verunsichert fuhr sie mit der Hand über ihr Gesicht. Wo würde sie bleiben, wenn ihr Chef starb? Sie wusste, dass er für sie gesorgt hatte, denn sie hatte zu viel von seinen korrupten Machenschaften mitbekommen, mitangesehen und sich nicht eingemischt. Für jene stillschweigende Loyalität hatte sie der Baron mit großzügigen Boni, Sonderrechten und einem wirklich sattelfesten Arbeitsvertrag ausgestattet. Doch was, wenn der ganze Lug und Betrug der Media Solutions ans Licht käme und ihre Firma den Bach runterginge? Was nützte ihr ein sicherer Job in einer Firma, die es nicht mehr gab? Zu ihrer Überraschung stellte Simone erleichtert fest, dass ihr das nichts ausmachte und ein Lächeln huschte über ihr Gesicht.

»Susa«, sagte sie aufgeregt, »ich glaube, unser Chef hat diese Sommersprossen-Krankheit!«

»Was, die Sommersprossen vom Fernsehen? Meinst du wirklich?«

»Ja Susa. Der Baron hat quasi über Nacht Sommersprossen bekommen. Ich habe sie genau gesehen. Die waren mir sofort unheimlich. Ich muss ihn warnen!«

Und so liefen an jenem Märzabend nicht nur in Deutschland die Telefone heiß. Der Professor hatte mit seiner Presseerklärung zur Sommersprossen-Krankheit ein Erdbeben ausgelöst.

15.

Nach der Pressekonferenz kehrte der Professor nichtsahnend in die *Spreeklinik* zurück.

»Herr Reeter«, rief die Dame am Empfang, »Sie sollen bitte gleich in ihr Büro kommen, es sei dringend!«

Oben angekommen, mittlerweile war es dunkel, sprach seine Sekretärin.

»So hören Sie doch«, versuchte sie einen Anrufer abzuwimmeln, »der Herr Professor ist erst morgen wieder im Haus. Nein, ich weiß nicht, wo er sich gerade befindet. Nein, ich darf Ihnen seine Privatnummer nicht geben. Nein. So verstehen Sie doch! Was, ein Notfall? Wie bitte? Warten sie!«

Frau Nieret lauschte dem Anrufer. Der Professor eilte in ihr Büro und nahm ihr den Hörer aus der Hand.

»Hallo?«, fragte er. »Hier ist Professor Reeter.«

Keine Antwort. Die Leitung war tot.

»Wer war das, Frau Nieret?«

»Der Anrufer sagte, er sei ein guter Bekannter des Gesundheitsministers und habe diese Sommersprossen-Krankheit. Er sagte immer wieder: Ich werde sterben, ich werde sterben. Holen Sie gefälligst den Professor!«

»Schnell, rufen sie die Polizei!«, befahl der Professor. »Wir müssen einen Rettungswagen schicken.«

Alwin Reeter saß kaum in seinem Sessel, da kam auch schon der erste Polizeibeamte herein. Der Professor erklärte ihm die Situation. Der Mann in grün forderte Verstärkung an und ließ sich die Handynummer des ominösen Anrufers vom Display der Sekretärin geben.

»Bitte beeilen Sie sich!«, befahl der Professor.

Eine halbe Stunde später kam seine Sekretärin zaghaft zur Tür herein. Sie war kreidebleich im Gesicht. Der Polizeibeamte trat vor.

»Herr Reeter«, sagte er, »es war der Altbundeskanzler, der sie anrief. Er wurde von meinen Kollegen tot in seiner Villa aufgefunden. Sein Handy lag neben ihm auf dem Boden, es war noch an. Sein Gesicht war voller Sommersprossen! Der Notarzt konnte nur noch den Tod des Mannes feststellen. Der Todeszeitpunkt war vor circa dreißig Minuten.«

»Ach du meine Güte!«, entfuhr es dem Professor und er schlug die Hände über seinem Kopf zusammen.

»Lassen sie den Leichnam bitte sofort zur Autopsie kommen«, befahl er. »Wir müssen ihn untersuchen. So darf es nicht weitergehen!«

Der Professor setzte sich in seinen Sessel und starrte auf die Skyline der Stadt mit dem Fernsehturm am Alex. Alwin Reeter fühlte sich überrumpelt. Ratlos schüttelte er den Kopf. Schließlich aß er einen Müsliriegel und fuhr nach Hause. Er wollte eine Nacht über die ganze Sache schlafen. Er würde der Sache schon Herr werden, dachte er, steckte sich die Autoschlüssel ins Jackett, legte seinen Mantel um und ging. Seine Limousine fuhr ihn sicher nach Hause.

16.

Werner traf Marion in einem Kölner Straßencafé wieder. Sie saß am Tisch gegenüber und plauderte mit zwei Kolleginnen. *Na klar, das ist doch die Blonde von der Hochzeitsparty. Geil schaut die aus. Wie hieß die noch? Ah, Marion! Ich hab's. Siehst du, geht doch.* Selbstgefällig bahnten sich seine Gedanken ihren Weg durch sein Gehirn. Genüsslich verspeiste er seinen vegetarischen Burger. Der Lärm des klirrenden Geschirrs vermischte sich mit dem lauten Düsen der Espressomaschine. Die Menschen waren laut und tauschten sich rege aus. Werner tupfte sich mit der Serviette den Mund ab und ging zu ihr hinüber.

»Hallo Marion«, sagte er. »Grüß' dich. Ich bin der Werner. Erinnerst du dich noch? Die Hochzeitsparty von Ali und Bea? Du hast den Brautstrauß gefangen.«

»Na klar«, sagte sie. »Hallöchen! Setz' dich doch zu uns.«

»Gerne«, sagte er und holte seinen frisch gepressten Orangensaft zu Marions Tisch, ihre Kolleginnen gingen wieder zur Arbeit. *Oh, das ist aber ein schöner Mann! Der hat eine richtig gute Ausstrahlung und das kleine Bäuchlein stört mich auch nicht!* Plötzlich drang hysterisches Geschrei aus dem Erdgeschoss des Cafés herauf.

»Ah! Igitt!«, kreischte eine Frauenstimme.

Der Mark durchdringende Schrei kam aus der Damentoilette. Ein Frau war nach unten gegangen, um sich die Nase zu pudern, und entdeckte Sommersprossen in ihrem Gesicht. Der Kellner eilte nach unten. Ihre Augen waren weit aufgerissen, sie starrte apathisch in den Spiegel und schrie. Unheimliche Blicke huschten durch das Lokal.

17.

Osario trank seinen Kaffee aus, nahm die Autoschlüssel für den Pritschenwagen vom Haken und fuhr los. Carlos und Rianna im Pueblo besuchen. Er drehte die Heizung auf, schaltete das Radio ein, fuhr die vier Meilen am Young Willow Creek entlang und bog bei den Pinien in die Staatsstraße ein. Langsam wurde es wärmer und die Weiden grünten. Im Radio brachten sie Rock 'n' Roll, das animierte den alten Mann und er blickte verliebt in die Landschaft.
Osario steuerte das *Buffalo-Café* an.

»Wa-hoo!«, jauchzte Osario, als er eintrat. Er war lange nicht mehr dort gewesen und es tat ihm gut, wieder unter seinen Leuten zu sein. Carlos und Rianna saßen am Tisch neben der alten Juke Box und winkten.

»Hey Osario«, riefen sie, »hierher.«

»Howdy Guys! Schön euch zu sehen«, begrüßte er die beiden und klopfte Carlos auf die Schulter. Was für ein großes Glück er doch habe, mit jener wunderschönen Wüstenblume unterwegs zu sein, meinte er. Carlos überragte ihn fast um einen Kopf, hatte eine wahnsinnig tiefe Stimme und trug seine pechschwarzen Haare wie Rianna in einem langen Zopf. Carlos Anru war Folksänger - Countrystyle. Früher arbeitete er als Silberschmied in der kleinen Werkstatt seiner Familie und fertigte kunstvolle Indianerketten, Broschen, Gürtelschnallen, Ohrringe, Anstecknadeln und dergleichen an, doch in seiner Freizeit spielte Carlos Gitarre, komponierte eigene Songs und trat in den Pubs, Straßencafés und Festivals der Gegend auf. So hatte er sich über die Jahre hinweg einen guten Ruf erspielt. Carlos gewann den Albuquerque-

Kulturpreis, sowie den Taos Award, und ein Country Label wurde auf ihn aufmerksam. Der alte Schamane war bereits einer seiner größten Fans. Carlos erzählte, dass er einen Plattenvertrag bekommen hatte und eine Sommertournee quer durch den Südwesten der USA geplant war. Er würde alle namhaften Clubs und Festivals der Gegend anfahren. Den abschließenden Hauptakt bildete das legendäre Taos, NM, Folkfestival zur Sommersonnenwende, wo schon viele Stars von Rang und Namen vor ihm auf der Bühne standen. Carlos freute sich riesig. Rianna würde ihn begleiten. Osario war begeistert und spitzte die Ohren. Danach verschlang er hungrig seinen Toast und war froh, nicht mehr so jung zu sein. Er erzählte den beiden von seiner Vision mit den blauen Präriefinken und den Sommersprossen, die Rianna auf dem Gesicht des Mexikaners gesehen hatte.

»Das ist wohl diese Sommersprossen-Krankheit, die sich jetzt überall ausbreitet«, sagte er. »Letzte Woche hat sie auch unseren Verteidigungsminister John Laven dahingerafft und in Kalifornien bereits hundert Todesopfer gefordert.«

Osario eröffnete ihnen, dass es nun endlich an der Zeit sei, den heiligen Schlangentanz ihres Volkes wieder aufzuführen und zu neuem Leben zu erwecken. Dabei strahlten seine Augen. Carlos und Rianna verschlug es die Sprache.

»Was?«, fragten sie erstaunt. »Gibt es den wirklich?«

»Aber natürlich«, entgegnete Osario stolz und lächelte geheimnisvoll.

»Und du hast ihn behütet!«, staunte Carlos.

Die beiden Männer warteten kurz ab, sahen sich in die Augen und lachten hemmungslos. Rianna sah sie fragend an.

»Aha«, sagte sie, »der Schlangentanz der Apoixol wird also wieder aufgeführt.«

Carlos war baff, denn der Schlangentanz war eine Legende.

Den Tänzern floss dabei magisches Licht den Rücken hinunter und wenn es im Steiß ankam, sammelten sie es dort an und bewegten sich wie Schlangen hin und her. Sie tanzten wild und ekstatisch zu den lauten Trance-Rhythmen der Trommeln und Gesänge. Wenn sie genug Energie hatten, sprangen sie plötzlich in die Luft und ließen ihr altes Leben hinter sich zurück, wie eine Schlange, die ihre alte Haut abwirft.

Der Legende nach waren dabei schon viele ihrer Vorfahren zu den Wipfeln der haushohen Bäume hinauf geflogen und hatten dort oben von Manitu höchst selbst ihre Medizin erhalten. Der Philosophie der Apoixol zufolge besaß jeder Mensch eine Medizin für seine Brüder und Schwestern. Man musste sie nur teilen. So würden immer Wohlergehen und Harmonie unter ihnen herrschen und sie müssten keinen Winter fürchten. Osario hatte noch nie einen Tänzer oben, auf den Bäumen gesehen. Das Besondere waren für ihn einfach der Tanz, die Zeremonien und die Lieder, um jenen magischen Sonnenregen zu erzeugen. Die Gebete waren dabei direkt an den Anfang von allem gerichtet, an Manitu selbst, die Quelle.

Der Sound war mystisch, rasend schnell und monoton. Bum bum bum bum. Nachts saßen sie vor ihren fulminanten Basstrommeln, tranken Unmengen von Abatonga-Tee und hämmerten sich in Trance. Die Frauen sangen vor den riesigen Feuern und es wurde wild getanzt und gebetet. Carlos war fassungslos, als er Osarios Beschreibungen hörte. Seine Großmutter hatte ihm als Kind davon erzählt, doch als sie starb, hatte er nichts mehr darüber erfahren können.

»Wha-hoo«, jauchzte er.

Feiner Rock 'n' Roll klang aus der Jukebox des *Buffalo-Cafés*. Die Männer fühlten sich großartig und bestellten noch ein

Bier. Nur Rianna war ein wenig blass im Gesicht. Osario erklärte, dass er bereits mit seinen Freunden im Ältestenrat gesprochen und sie über seine Vision und die Wiederkehr des Schlangentanzes informiert hatte. Geschmeidige Lächeln seien über die Gesichter der Greise gehuscht. Natürlich begrüßten sie Osarios Vorhaben und sagten ihm ihre Unterstützung zu. Es würde ein, zwei Monde dauern, bis er mit seinen Freunden soweit war, das erste Schlangentanz-Fest der Apoixol seit über vierzig Jahren wieder aufzuführen, doch die Mühlen hatten zu mahlen begonnen. Die drei verabredeten sich für die folgende Woche, da wollten sie den alten Zeremonieplatz aufsuchen, der neun Meilen flussaufwärts hinter dem Casino am Little Snake River lag. Osario war lange nicht dort gewesen. Rianna würde einen Anhänger ihres Vaters mit drei Ponys mitbringen, damit sie bequem auf dem Rücken der Pferde hinaufreiten konnten, denn Osario war mit seinen einundachtzig Jahren nicht mehr der Jüngste. Sie freuten sich auf ihren bevorstehenden Ausritt und wünschten sich eine gute Zeit.

»Halt, Osario!«, rief Carlos mit seiner mächtigen Stimme. »Hier habe ich noch ein brandneues Exemplar für dich, wenn du eines möchtest«, sagte er und zog eine eingeschweißte CD aus seiner Stofftasche hervor und reichte sie ihm.

»Oh yeah, fantastisch«, freute sich der alte Greis und blinzelte warm.

Rocking my Babe, Summertime! von Carlos Anru, stand auf dem Cover.

Als Osario aus dem *Buffalo-Cafe* hinaus ins Freie trat, wusste er genau, dass nichts mehr so bleiben würde, wie es war. Die Welt war in Bewegung geraten und er war in seinem hohen Alter noch voll mit dabei. Nur Riannas Blässe machte ihm Sorgen. *Ob es mit dem Vorfall im Casino zusammenhing?* Seine Lederstiefel und die blaue Jeanshose verliehen ihm das unverkennbare Aussehen eines Cowboys, als er die Straße entlang schritt. Osario trug ein festes, schwarzes Hemd mit bunten Stickereien und eine warme Felljacke darüber. Sein volles Haar war nach hinten gekämmt und fiel auf seine breiten Schultern. Leicht gebückt stieg er in seinen braunen Mitsubishi Pickup, fuhr zum Supermarkt und erledigte seine Einkäufe. Die steigenden Frühlingstemperaturen lockten die Menschen auf die Straße. Als er den Highway aus der Stadt fuhr, brach die Wolkendecke auf. Grell schien ihm die Sonne ins Gesicht und überflutete die Mesa. Osario musste niesen. Gelbe Huflattich-Büschel blühten am Straßenrand, auf den verdorrten Wiesen trieb neues Gras aus dem alten nach und die Weiden strotzten vor Kraft. Geschäftig flogen die Feldsperlinge umher. Neues Leben hatte sich seinen Weg in die Welt gebahnt.

Über seine neue CD freute sich Osario mehr, als Carlos ahnte. Er hatte sie am Supermarkt eingelegt und sang seinen Schamanengesang dazu, wobei er stets die Basstrommeln seiner Leute in den Ohren hatte. Dankbar und überglücklich fuhr er durch jene vertraute Gegend nach Hause. Vor ihm huschte ein junger Kojote über die Straße und suchte Mäuse. Jenes Land war seine Heimat, dort hatte er sein Leben verbracht. Osario dachte an seine Frau Ripa und es liefen ihm ein paar dicke Tränen aus den Augen. Wer sein Leben lang anderen geholfen hat, durfte schon mal eine Träne vergießen, befand er. Manitu war stets mit ihm gewesen und hatte seinem Leben einen Sinn gegeben und es reich beschenkt.

Die Basstrommeln wurden immer wilder. Osarios Hand klopfte aufs Lenkrad. Die Sonne breitete unaufhaltsam ihre Wärme aus. Als er in seine Ranch einbog, stand er im gleißenden Sonnenlicht. Über ihm der strahlend blaue Himmel New Mexikos, wo sich im Westen die Wolken kilometerweit auftürmten. Wieder warf er den Rindern und seinem Pinto ein paar Gabeln Heu in die Raufen und sah nach dem Briefkasten. Die Küche war noch warm vom Morgen. Er setzte sich auf die Couch, trank warme Schafsmilch mit Ahornsirup und ging in den Schamanenwigwam, der einen Steinwurf hinter dem Haus zwischen den Pappeln stand. Die dunkelbraune Halbkugel war mit Rinderhaut bezogen und etwa fünf Meter breit. Vorne gab es ein Fenster, zu dem das Licht hereinfiel. Seitlich ragte ein Ofenrohr heraus, daneben hatte der Wigwam eine Tür. Der Schamane ging freudig hinein und machte sich an die Vorbereitungen für den heiligen Schlangentanz.

Als erstes entfachte er ein Feuer im Herd. Dann holte er die eisenbeschlagene Holztruhe aus ihrem Versteck unter dem Erdboden hervor und öffnete das alte Schloss. Vorsichtig nahm er drei schwere Bündel heraus und legte sie auf den Tisch. Zum Auftakt spielte er auf seiner Trommel und sang ein heiliges Lied. Danach steckte er sich seine Pfeife an und dankte Manitu und den vier Himmelsrichtungen, Norden, Süden, Osten, Westen, sowie Mutter Erde und Vater Sonne, für ihre Unterstützung, indem er allen andächtig eine dicke Wolke Tabakrauch darbot. Zuletzt hielt er sich die Pfeife an die Stirn und betrat die heilige Welt.

»Großer Urgeist, ich danke dir«, sprach er laut. »Bitte gib mir die Kraft, mit den heiligen Steingeistern zu kommunizieren, ihre Hilfe zu erhalten und unseren heiligen Schlangentanz wieder aufzuführen. Und zeige mir, wie weit die anderen Stämme sind.«

Laut rief er dann »Ahau«. Er begann sich wild zu schütteln und ließ Kraft durch seinen Körper fließen. Osario griff nach seiner Kürbiskern-Rassel und rüttelte sie laut und heftig über den drei Bündeln.

»Ha wa Yaaa, Ha wa Yaaa Ya. Rotto tokko tui rokko tokko

tui«, sang er.

Osario fand die Steingeister und begrüßte sie. Sie waren ihm freundlich gesinnt und schwirrten schimmernd um ihn her. Osario entrollte die Bündel. und es kamen drei kostbare Steine zum Vorschein.

Beim ersten handelte es sich um einen pinkfarbenen Brocken, der so groß wie Osarios Kopf war. Das war ein Eisquarz aus dem Himalaya und seit fünftausend Jahren im Besitz der Apoixol. Jener sollte ihn mit den heiligen Völkern Asiens verbinden. Der Eisquarz ruhte in Osarios Hand und dehnte sich weit ins Himalaya hinein aus. Er fand seine Geschwister und die Steine leuchteten bei ihrem Wiedersehen hell auf. Dieses Blitzen nahm Osario wahr und wusste, dass die Verbindung hergestellt war. Osario ließ die Kraftströme stärker werden und die pinkfarbenen Steine tanzten wie in einem Wetterleuchten um die Erde und erweckten ihre Familienangehörigen. Sie tauschten die Nachrichten vom bevorstehenden Schlangentanz aus und kehrten wieder an ihre Plätze zurück. Als nächstes entrollte Osario einen riesigen Zapfen aus reinstem Bergkristall, der aus den Bergen von Arkansas stammte. Der Kristall war so lang wie Osarios Unterarm. Kühl und schwer lag er auf dem Tuch. Osario hielt sich die Kristallspitze an seine Stirn und sprach lange mit dem Stein. Dann murmelte er ein Dankesgebet, reckte den Kristall in die Höhe, ließ die Energien frei fließen und legte ihn behutsam in das Tuch zurück.

Danach machte er eine Pause und schüttelte seine Rassel, die mit Adlern, Monden und Sonnen verziert war. Er trank einen Schluck Abatonga-Tee, öffnete das dritte Bündel und zog eine Goldkugel von der Größe seiner Faust heraus. Die Kugel war mit winzigen Dellen, Kerben und Kritzeleien versehen. Freudestrahlend legte er seine Hände über den weichen Stein, nahm ein kleines Obsidianstück, legte es auf die Goldkugel und schlug mehrmals gekonnt mit dem Tomahawk darauf, was eine Kerbe auf der Kugel hinterließ. So gravierte er weitere Striche und Muster auf die goldene Kugel. Dann wickelte er sie in ihr Tuch, spielte mit der Rassel und packte die Steine in die Truhe zurück. Sorgfältig versteckte er sie unter dem Fußboden. Vieles war gesagt und getan worden. Osario war zufrieden. Er ging ins Haus, legte sich auf die Couch und schlief wieder ein. Er war eben alt geworden.

18.

Der Baron von Kappenberg hingegen wusste, dass er große Probleme hatte. Er sah seine Existenz, ja sein ganzes Großreich zerfallen - es glitt ihm wie loser Sand durch die Finger und er stand wie ein Aussätziger in der Wüste und vertrocknete. Neben seiner krankhaften Paranoia, (er hatte panische Angst davor, dass seine Betrügereien aufflogen), kam eben seine blonde Fickmaus, wie er Simone immer nannte, herein und meinte, er habe die Sommersprossen-Krankheit. *Was soll das?* Tatsächlich hatte er Sommersprossen bekommen. Die waren ihm wegen seiner pornobraunen Solariumfarbe nur nicht aufgefallen. Seine Sekretärin hatte recht, doch er wusste nicht, wie er damit umgehen sollte.

»Die spinnt«, sagte er und zog sich eine Spur Koks in die Nase.

Sein Handy klingelte und der Informant eines namhaften Mobilfunk-Konzerns rief ihn an. Der alte Spezl warnte ihn, er müsse aufpassen, »es könnte brenzlig werden.«

Der Vater eines hyperaktiven Kindes hatte in aller Öffentlichkeit die Mobiltelefone und Funkmasten vor seiner Wohnung für die Unruhe seines Kindes verantwortlich gemacht. Als der Mann wie üblich lächerlich gemacht und als Penner abgestempelt wurde, untersuchte er die ersten drei Gutachten, die damals in den 80er Jahren von Kappenbergs Firmen über die Gefahr von Handystrahlen und Handyantennen erstellt wurden. Der Mann kam zu dem brisanten Schluss, dass sie allesamt gefälscht waren, da er selbst Techniker bei Stiftung Warentest und mit der Sache vertraut war. Natürlich wurde er auch diesmal wieder verlacht, doch der Vertraute bei der Handyfirma warnte den Baron: »Horst, das wird gefährlich. Der Schuss könnte nach so vielen Jahren noch nach hinten losgehen. Der Mann hat die Akten mit den untermalten Manipulationen kurzerhand ins Internet gestellt. Zigtausend Leute haben sich das bereits angesehen und kommentiert. Die Presse ist plötzlich wie wild auf das Thema!«

»Wahnsinn!«, schimpfte von Kappenberg.

Jetzt war er voll auf Koks und hatte ein Problem mehr am Hals. Da klopfte es an der Tür.

»Ja!«, schrie er ungehalten – es konnte nur seine Sekretärin sein. *Was will denn die schon wieder?*

»Horst, Ihre Frau ist unten am Empfang. Sie ist ganz aufgebracht und kreischt hysterisch umher, sie müsse unbedingt zu Ihnen.«

»Verdammt, auch das noch!«, fluchte der Baron. «Schick sie rauf.«

Da hörte er die Baronin auch schon im Treppenhaus herum schreien und sah, wie sie zur Tür herein kam. Entsetzt wandte er den Blick von ihr ab. Rosa sah aus wie ein richtiges Wrack. Ihre Schminke war unter dem verheulten Gesicht total verschmiert.

»Wir werden sterben!«, schrie sie.

»Wir werden sterben, wir werden alle sterben! Du Drecksack, du teuflischer Drecksack, du mistiger Hurensohn, du hast mein Leben ruiniert!«, brüllte sie ihn zornig an und schluchzte.

Sie zog ein paar Erfrischungstücher aus ihrer Handtasche und wischte sich damit immer wieder übers Gesicht.

»Siehst du das?«, schrie sie hysterisch. »Siehst du das?«

Der Baron wusste genau, was sie meinte. Ihr bleiches Gesicht war unter ihrer Schminke überall mit winzigen Punkten übersät. Die Baronin ging zu seiner Luxus Bar und schenkte sich einen Schnaps ein.

»Ich lasse mich operieren«, sagte sie trotzig. »Ich lasse sie mir alle wegoperieren, du Schwein!«

Grimmig leerte sie das Glas in einem Zug und donnerte es heftig gegen das teure Bild an Kappenbergs Wand. *Mein Baselitz hat ein Loch, verdammt!* Die Scherben fielen klirrend durchs Zimmer. Dann verschwand Rosa wieder so abrupt, wie sie gekommen war. Der Baron sah ihr fassungslos hinterher. Seine Frau Rosa war eine attraktive Studentin Mitte zwanzig gewesen, als er sie kennenlernte. Sie hatte gerade ihr Diplom in Germanistik absolviert, als sie ihre Verlobung bekannt gaben. Sie hätte ein friedliches Leben mit einem Garten und netten Kindern führen können, doch daraus wurde nichts, denn Rosas Baby kam tot auf die Welt und ihr Leben verdunkelte sich zu einem Alptraum, aus dem sie nicht mehr erwachte. Die Baronin fing an, ihren Mann zutiefst zu verachten und gab ihm die Schuld für den Tod ihres Kindes, da er während der Schwangerschaft nur noch wilder kokste und sie in seinem Drogenwahn hemmungslos mit allem Möglichen abfüllte und unbedingt einen Schwangerenporno mit ihr drehen wollte. Seit ihrer Totgeburt hasste sie ihn. Manchmal sah er, dass sie wie ein Geist hinter ihm auftauche. Seine Nackenhaare stellten sich auf und er blickte verängstigt über die Schulter. *War sie es?* Die Spirale der beiden drehte sich seither unaufhaltsam nach unten und sein Spiel mit dem Geld war nur noch eine Ablenkung von jenem Fall.

Simone war über den harschen Auftritt der Baronin erstaunt, hielt sich aber zurück. Der Baron ging jetzt selbst zur Bar, mixte sich einen Whisky und kippte ihn hinunter. Simone schenkte er einen süßen Likör ein, den mochte sie, doch er hatte leicht die Orientierung verloren. Das Kokain in seinem

Kopf machte alles nur noch schlimmer. Ihm saß ein Kloß im Hals, den er irgendwie loswerden wollte. Er ging betroffen zum Fenster und schaute von oben seiner Rosa hinterher. Da sah er eine Kolonne Streifenwagen mit Blaulicht im Hof stehen, doch er sah keinen Krankenwagen, nur Polizei. *Scheiße, was soll das jetzt?!* Der Medienmogul hatte plötzlich Angst. Noch wilder schoss ihm jetzt das Adrenalin in den Kopf.

»Jetzt ist es aus!«, rief er knapp und seine Schlagadern weiteten sich. Simone nippte derweil genüsslich an ihrem Likör und war wie immer verzaubert von jenem fantastischen Geschmack.

»Was ist aus?«, fragte sie verträumt.

Da klingelte ihr Telefon. Prompt kamen fünf Polizisten ins Büro gestürmt und hielten ihnen einen Durchsuchungsbefehl unter die Nasen.

»Steuerfahndung. Hausdurchsuchung«, schrien sie.

»Bleiben Sie stehen und rühren Sie sich nicht! Lassen Sie alles liegen und betätigen Sie keinen Computer mehr!«

Für den Baron war das zu viel und er fing wild zu schreien an.

»Aaaah, ich hasse euch!«, tobte er. »Ich hasse euch alle. Ihr Wichser!«

Er rannte zum Schreibtisch, riss die Schublade auf und griff nach seinem Revolver. Zwei Polizisten sprangen ihm geistesgegenwärtig hinterher, schlugen ihm die Waffe aus der Hand und warfen ihn zu Boden. Sie nahmen ihn brutal in den Polizeigriff und drücken ihm ihre Dienstwaffen hart in den Nacken. Der Baron lag hilflos da, hob seine Arme und gab auf. Er war schweißnass und keuchte. Die Beamten legten ihm umgehend Handschellen an und brachten seinen Revolver in Sicherheit. Simone stand fassungslos da. Sie war von den Ereignissen perplex. Nun kam der Hauptkommissar herauf, ließ sich von seinen Kollegen den Tatverlauf schildern und blickte auf den keuchenden Mann auf dem Boden.

»Sie sind also der Baron von Kappenberg?«, fragte er hämisch.

»Ja verdammt«, schrie der Baron zornig.

Die Beamten holten eine Tüte Koks aus dem Schreibtisch und zeigten sie dem Kommissar.

»Aha, Rauschgift auch noch, der Herr«, meinte der Kommissar.

Anklagend hob er die Augenbrauen und ließ das Kokain in einem Plastiktütchen verschwinden.

Die nächsten Tage durchpflügte die Steuerfahndung Kappenbergs Firmen, Filialen, Villen und Feriendomizile. Sie durchforsteten sämtliche Sonderkonten in Luxemburg, auf den Philippinen und in der Schweiz, die sie finden konnten. Der Baron saß unterdessen in Stadelheim in Untersuchungshaft und schob einen gewaltigen Turkey. Sein Anwalt erklärte ihm, dass ein arger Konkurrent aus der Hansestadt Hamburg von Kappenbergs Imperium systematisch ausspioniert hatte und ihn nun fertigmachen wollte. Wegen des Vorfalles mit dem Revolver und dem Kokain werde es schwer, ihn sofort frei zu bekommen. Er müsse wohl solange in U-Haft bleiben, bis sich die Sache ein wenig beruhigt habe.

19.

Carlos besuchte Rianna in ihrem Wohntrailer auf der Ranch ihres Vaters. Wohl gelaunt trat er ein und stutzte. Etwas Undefinierbares lag in der Luft, das merkte er sofort.»

»Carlos, ich bin schwanger«, sagte Rianna prompt. »Du wirst Vater.«
Oh. Vorsichtig fragte er nach.
»Wie, du bist schwanger? Von wem?«
»Na von dir, du Idiot, von wem denn sonst?«
»Oh Wow«, brummte er. »Ist das wahr?«
»Ja, mein Schatz«, sagte sie seelenruhig.
Stirn runzelnd setzte er sich, doch nach einer Weile hatte er die Nachricht verdaut, stand auf, hob Rianna in die Höhe und drehte sie im Kreis.
»Oh Rianna!«, sagte er dann. »Das ist ja fantastisch!«
Nun freute er sich und küsste sie dankbar auf den Mund.

20.

Alwin Reeter ging den Korridor im Bereich C der *Spreeklinik* entlang in den Süd-Trakt. Seine Schritte hallten an den Wänden wieder. Das Sicherheitspersonal grüßte ihn und er musste den neu eingeführten Daumenscan passieren. Eine gläserne Schiebetür ging auf und schloss sich vollautomatisch hinter ihm. Jetzt war er im neuen Forschungszentrum der Reeter-Molekül-Krankheit angelangt. Die Entschlüsselung der Sommersprossen-Krankheit hatte dort oberste Priorität.

»Guten Morgen, Herr Reeter«, grüßte ihn Dr. Schimany. Sein Kollege war ein hervorragender Chirurg mit unglaublichem Fingerspitzengefühl. Dr. Schimany war Iraner, hatte in Japan studiert und dort gearbeitet, bis er nach der verheerenden Atomkatastrophe von Fukushima nach Berlin an die *Spreeklinik* wechselte.

»Der Tote hatte wieder genau das gleiche $O_2Nh_4C_{16}Al_3Br_3$ Molekül in der Zirbeldrüse, wie die anderen auch«, erklärte er seinem Chef.

Der Professor setzte sich an den Tisch.

»Meine Kollegen«, sagte er, »die Erforschung der RMK gestaltet sich schwieriger, als erwartet. Heute morgen hatte ich hochrangigen Besuch. Mitglieder des Gesundheits-, und Innenministeriums und Vertreter der WHO waren in meinem Büro und haben mich gefragt, ob die RMK ein biologischer Kriegsakt sein könnte.«

Ein Angstflimmern huschte durch die Ärzteschaft. Als in Deutschland auch der überaus beliebte Altbundeskanzler an den Sommersprossen starb, stürzte sich die Boulevardpresse gierig auf das Thema und hatte schnell Ähnlichkeiten im gesellschaftlichen Status Quo der bisherigen Opfer festgestellt. Der israelischer Premierminister, der deutsche Altbundeskanzler, der amerikanische Verteidigungsminister sowie ein britischer Bankier. Es kamen Manager namhafter Großunternehmen, Bosse aus der Hochfinanz und Generäle des Militärs hinzu.

»Werte Kollegen«, fuhr der Professor fort, »ich habe der Delegation erklärt, dass ich einen biologischen Kriegsakt nicht ausschließen kann. Daher wurde ich gebeten, meine Forschungen unter diesem Gesichtspunkt massiv zu verstärken. Außerdem hat mir der Gesundheitsminister Schrat angeordnet, eng mit den amerikanischen und europäischen RMK Forschungszentren zusammenzuarbeiten und ihnen lückenlos unsere bisherigen Informationen zur Verfügung zu stellen. Meine Herren, gegen Mittag wird der neue Staatssekretär hier sein und uns weitere Anweisungen diesbezüglich zukommen lassen. Außerdem werden Beamte des Bundesnachrichtendienstes unsere Kommunikationswege auf ihre Sicherheit hin überprüfen und uns weitere Richtlinien erteilen.«

Ein Raunen ging durch die Ärzteschaft. Sie sahen ihre wissenschaftliche Unabhängigkeit gefährdet, doch die Brisanz des Falles war ihnen mittlerweile bewusst.

»Gibt es Hinweise für einen gezielten, biologischen Kriegsakt?«, fragte der Professor in die Runde.

»Hm«, war die kollektive Antwort und es brach eine rege Diskussion unter den Experten aus.

Alle trugen ihre Ideen und Mutmaßungen vor. Der Virologe Dr. Berg war ein Spezialist für Tropen- und Virenerkrankungen vom benachbarten Max-Plank-Institut. Der Professor hatte ihn explizit darum gebeten, im RMK Forschungsteam an der *Spreeklinik* mitzuarbeiten. Dr. Berg erklärte, die biologische Kriegsführung sei bei den Militärs, ähnlich wie Giftgas, weit verbreitet, geächtet und verboten, doch im vergangenen Jahrzehnt vehement forciert worden. Eine Bakterienerkrankung schloss der Virologe jedoch definitiv aus und nippte vorsichtig an seinem Glas Kamillentee. Wieder ging ein Raunen durch die Runde. Wieder wurde rege weiter diskutiert, hypothesiert, analysiert, verglichen und vermutet, doch nichts kam dabei heraus.

Der Professor streifte nachdenklich mit der Hand über sein Kinn. Ein angenehmes Gefühl huschte durch seine konzentrierten Gedanken und er musste lächeln. Er dachte daran, wie ihn seine Frau vor vielen Jahren auf den Malediven in die Liebeskunst eingeweiht hatte. Er war im Bett immer eine Null gewesen, ein Looser, und hatte jahrelang das beklemmende Gefühl mit sich herumgetragen, seiner Frau kein guter Liebhaber zu sein. Wenn sie des Abends zusammen saßen und fern sahen, waren ihm die erotischen Liebesszenen immer peinlich. Anne wusste aber sehr genau, was sie vom Leben wollte und hatte in Erwägung gezogen, sich einen anderen zu suchen. Eine Freundin riet ihr aus eigener Erfahrung davon ab und schenkte ihr stattdessen Bücher über Tantra, das Kamasutra und die asiatische Liebeskunst. Darin schmökerte sie Anne dann. Wurde heißer und heißer und konnte es nicht mehr erwarten, dass ihr Schatz endlich von der Arbeit nach Hause kam, sich gierig auf sie warf, ihr die Kleider vom Leib riss und wilden Sex mit ihr hatte. Doch daraus wurde nichts, denn Alwin war wie immer nur schüchtern, zaghaft und keineswegs feurig. Vor dem Einschlafen lag er meist verklemmt unter der Bettdecke und rechnete ängstlich damit, dass seine Frau bald wieder herüber gekrochen kam, ihre warmen Hände unter seinen Pyjama glitten und sie »Liebe machen« wollte. Was war ihm das immer für ein Graus gewesen, »Liebe machen«. Doch er gehorchte meist und nahm sie einmal sogar von hinten, als sie ihn ausdrücklich darum bat. Das war ihm allerdings viel zu heftig, so dass seine Knien schlotterten und er augenblicklich kam. Beschämt beließ er es bei jenem einen Mal *a tergo*. So war ihr Liebesleben dann monatelang zaghaft weitergegangen. Doch Anne hatte sich fest vorgenommen, dass es anders würde und ein teures Luxusressort auf Ha Takoto, einer der über elfhundert Inseln der Malediven, gebucht. Nach neun Stunden Flug waren sie dort. Es erwarteten sie zwei Wochen Kokospalmen und weißer Strand im Indischen Ozean.

»Willkommen im Paradies«, begrüßte sie das braungebrannte Personal, hängte ihnen duftende Blumenkränze um und sie bezogen ihren Bungalow. Anne drückte ihrem Mann bunte Shorts und ein Hawaii-Hemd in die Hand.

»Anziehen«, sagte sie. »Das ist hier so üblich.«

Vor der Haustüre lag ein intaktes Korallenriff, das den Professor sofort in seinen Bann zog. Anfangs stakste er noch etwas wackelig mit seinen Plastik-Schwimmschuhen über den Strand, doch das Riff faszinierte ihn total. Wie ein kleiner Junge erkundete er die Unterwasserwelt. Rot, grün, blau, gelb, und violett. In knalligen, satten Farben zogen unzählige Fische mit Mustern wie im Kino durch den lauwarmen Ozean und ließen den Professor großzügig an ihrem Leben teilhaben. Alwin war wie betäubt von der Friedfertigkeit der Meerestiere und dem schier unglaublichen Artenreichtum. Gebannt, stumm und zeitlos bestaunte er die Unterwasserwelt. Stundenlang schnorchelte er im lauwarmen Riff und ließ sich vom Personal die Namen und Besonderheiten der Meerestiere erklären. So sah er blaugelbe Doktorfische, bunte Kaiserfische, eine mannsgroße Leopardenmoräne, die auch zubeißen konnte, unzählige Drückerfische, Flammenfahnenbarsche, gelbe Falterfische, Streifen-Bannerlippfische, echte Barrettschildkröten und kleine Katzenhaie.

Der Professor vergaß tatsächlich, wer er war. Auf der Veranda ihres eingewachsenen Bungalows frühstückten sie leckerste Südseefrüchte und er war dann den ganzen Tag im Korallenriff unterwegs. Abends bestaunten sie farbenprächtige Sonnenuntergänge mit dem all-abendlichen Wetterleuchten, soweit der Horizont reichte. Als wieder einer jener paradiesischen Tage vergangen war, hatte Anne ihn dann geheilt.

»Fürchte dich nicht«, sagte sie.

In jenem Moment stimmte er ihr innerlich zu und die Wellen des Meeres rauschten leise zu ihnen hinauf. Anne zog sich ihre Bluse aus und bat Alwin, sich auf den Bauch zu legen und verwöhnte ihn mit den duftenden Ölen der Malediven. Sie massierte langsam und zärtlich seinen Rücken, seine Beine, seine Arme, seine Finger, seinen Hals und strich ihm blumige Öle unter die Nase.

»Atme ganz ruhig weiter und genieße meine Wärme«, sagte sie sanft.

Panik stieg in ihm auf und der Professor verkrampfte sich im Bauch. Er wollte die Flucht ergreifen, merkte aber, dass ihm sein Atem süßen Duft in die Nase trug. Jene Süße empfand er so angenehm, dass er beschloss, sich zu beruhigen und seine Frau gewähren zu lassen (wie bei einem Zahnarztbesuch). Langsam nahm er Annes Massage auf seinem Körper wahr. Ihre warmen Hände, ihre Handballen, ihre Finger. Er spürte ihren Körper, wie nie zuvor. Sanft strich sie über seinen Rücken. Zaghaft nahm er ihre wohltuende Energie in sich auf. Jene Eindrücke vermischten sich mit dem beruhigenden Rauschen des Meeres und der angenehmen Wärme im

Bungalow, so dass sich der Professor zum ersten Mal völlig entspannte und für seine Frau öffnete. Anne fand es ähnlich schön, ihren Engel in jener maledivischen Südseenacht zu verwöhnen, da sie merkte, dass er es endlich genoss und ihr zu vertrauen begann. Als sie fertig war, küsste sie zärtlich seinen Rücken. In jener Nacht kuschelte sie sich an ihn und war glücklich.

»Danke Anne«, hatte Alwin Reeter damals gesagt, war friedlich eingeschlafen und hatte von roten Fischen im warmen Pazifik geträumt.

So setzten sie ihren Urlaub fort. Anne ließ sich vom geschulten Ayurveda-Personal verwöhnen und verordnete sich Ruhe, Wellness und Sonnenbaden. Alwin schnorchelte mit seinen bunten Shorts im prallen Atoll. Sie entspannten sich und wurden schön braun. Bald fühlten sie sich pudelwohl. Des abends zog Anne ihre Bluse aus und setzte sich mit einem Tuch bekleidet auf ihren Mann. Anne Reeter hatte rehbraune Augen und liebliche Brüste, die wie Birnen an ihr herunter baumelten und Alwin wunderschön in den Händen lagen. Ihr Haar war kastanienbraun und glatt. Sie war liebevoll und ihr Schoß war warm. Täglich massierte sie ihn mehr, bis sie schließlich nackt aufeinander lagen und sie mit seinen Intimteilen fortfahren durfte. Auch dort ließ er sie gewähren und genoss es schon bald. Tagsüber warf er einen Blick in ihre asiatische Liebeslektüre. Er wurde dabei zwar noch rot und ermahnte sie pikiert: »Anne, pfui!«, doch die Bücher interessierten ihn bald genauso wie die farbenfrohe Unterwasserwelt draußen im Riff. Eines nachts schwang sich Anne wieder auf ihn und schob sich behutsam seinen Jadestab in ihre Yoni, wie die menschlichen Geschlechtsteile in ihren Büchern hießen. Sie ließ ihn darin ruhen, ohne sich viel zu bewegen. Da war es dann passiert! Die beiden sind verschwommen und verflossen und ein Liebespaar geworden. Alwin hatte tatsächlich Spaß an der körperlichen Liebe bekommen. Seit jenen Tagen auf Ha Takoto genossen sie ihr Eheleben. Braun gebrannt und zufrieden flogen sie heim. Sie stellten ihre maledivischen Mitbringsel und Trolleys in die Ecke, Anne streifte sich die Bluse vom Leib und sie liebten sich zum ersten Mal in ihrem eigenen Schlafzimmer richtiggehend heiß und innig. Alwin war stolz auf seinen sonnengebräunten Körper und gestand ihr strahlend: »Anne, jetzt weiß ich auch, was ich in all den Jahren verpasst habe.«

Da war Alwin Reeter dreißig und von dort an verlief seine Karriere steil bergauf. Jetzt war er nicht nur ein hervorragender Arzt, sondern auch noch ein potenter Mann geworden und seine Frau kam jetzt auch auf ihre Kosten.

Daran dachte der Professor, als ein Sicherheitsmann in der Tür erschien und verkündete, dass der neue Staatssekretär des Gesundheitsministeriums und die Beamten vom BND eingetroffen seien. Prompt kam ein junger Mann im Nadelstreifenanzug ohne Krawatte herein.

»Herr Reeter, ich grüße Sie. Wenn ich mich vorstellen darf, mein Name ist Ross, Lukas Ross.«
Alwin Reeter erstarrte. Der junge Politiker flößte ihm Angst ein. Der junge Mann trug dunkle Lackschuhe, hatte ein farbloses Gesicht und schüttelte ihm übertrieben feste die Hand.

»Ich bin seit November der neue Staatssekretär im Gesundheitsministerium«, sagte er, »und vom Gesundheitsminister Schrat persönlich damit beauftragt, für eine baldige Aufklärung der RMK zu sorgen.«
Sein weißes Haar war zu einem modernen Mittelscheitel frisiert und sein Hemdkragen war auffallend breit.
Die weiteren Männer, die durch die Sicherheitstür herein

kamen, waren allesamt vom Verfassungsschutz. Ihr Vorgesetzter, ein Mitfünfziger mit einer dicken Hornbrille, Bierbauch und stahlgrauen Augen, erklärte, sie würden die Informationsflüsse von und zum RMK-Forschungszentrum besser absichern und mit ihrer Zentrale vernetzen. Des Weiteren würden ihre Sicherheitsvorkehrungen erhöht werden. Dr. Schimany hob skeptisch die Augenbrauen. Die nächste Stunde wurden Unterlagen gewälzt, Geheimhaltevereinbarungen erweitert und unterzeichnet, Handys registriert, Daumen gescannt, Telefonate geführt, Faxe verschickt und sämtliche Computer in ihrem Bereich neu verkabelt. Der Verfassungsschutz bekam ein separates Abstellzimmer zugewiesen. Dort installierten sie ihren Rechner, der vollautomatisch mitlief und alles weiterschickte. Die Tür wurde flugs abgeschlossen und fertig. Falls etwas Ungewöhnliches vorfiel, würden sie es bemerken. Das Innenministerium hatte wegen dem Verdacht eines terroristischen Sabotageaktes die Sicherheitsstufe Vier angeordnet.

»Auch das noch«, stöhnte der Professor.
Ganz wohl war ihm nicht mehr zumute. Der Staatssekretär richtete sich persönlich an ihn.

»Herr Reeter, ich möchte Sie darüber in Kenntnis setzen, dass wir für morgen Nachmittag eine weitere Pressekonferenz zur Sommersprossen-Krankheit anberaumt haben. Unser Land ist in Aufruhr. Könnten Sie bitte ein kurzes, medizinisches Update zusammentragen und um 14.30 Uhr bei uns in der Presseabteilung des Gesundheitsministeriums erscheinen, damit wir vorher noch die Abläufe besprechen können?«

»Aber Herr Ross«, erwiderte der Professor, »ich muss Sie darauf aufmerksam machen, dass wir keine weiteren

Erkenntnisse gesammelt haben, außer der Tatsache, dass wir eine Bakterienerkrankung definitiv ausschließen können.«

»Hervorragend, Herr Reeter«, rief der Staatssekretär. »Das ist doch schon etwas. Sie wissen doch, wie das läuft. Gerade in diesem Fall ist es wichtig ist, die Öffentlichkeit auf dem Laufenden zu halten. Bis morgen, 14.30 Uhr also. Sie verstehen sicher, dass wir schnell handeln müssen. Sie schaffen das. Vielen Dank, Herr Reeter und auf Wiedersehen.«
Der junge Staatssekretär schüttelte dem Professor die Hand und verschwand. Alwin Reeter nickte nur. *Wiedersehen*.

Der Mann mit der Hornbrille war ein Sondermitarbeiter der amerikanischen NSA. Er führte im Geheimen einen winzigen Befehl aus, hob die Sicherheitsstufe Vier seiner deutschen BND Kollegen wieder auf, und die NSA konnte wieder alles mitverfolgen. Das amerikanische Sicherheitsministerium war in Alarmbereitschaft, seit ihr Verteidigungsminister bei einer Wehrübung auf Fort Nox vor seinen Leuten leblos zu Boden fiel. Die USA vermuteten hinter der RMK einen Angriff auf ihr Land und ihre Eliten. Eine biologische Offensive in Form einer Viruserkrankung kam in ihrer Werteskala gleich hinter einem Atomkrieg oder einem Cyberangriff. In der Sommersprossen-Krankheit witterten sie einen gezielten Sabotageakt und sahen ihre Stellung als Weltmacht Nummer Eins in Gefahr. Amerika wollte seine Feinde vorher zu Fall bringen und setzte all seine Mittel ein. Die USA hoffte, dass die Deutschen die Urheber jener unbequemen Krankheit fanden. Bolivien, Russland, Iran, China, einige Länder Südamerikas oder Indien kamen dafür in Frage. Noch tappten die Sicherheitsbehörden der NSA völlig im Dunkeln, doch an der Londoner Börse und der New Yorker Wallstreet machten sich bereits ungewöhnliche Kursschwankungen bemerkbar. Die Broker an der Wallstreet machten dafür tatsächlich die

Sommersprossen-Krankheit verantwortlich, da schon mehrere führende Köpfe internationaler Großunternehmen tot aufgefunden wurden. Die Aufsehen erregenden Bilder der Leichen mit ihren frischen Sommersprossen im Gesicht gingen bereits seit den frühen Morgenstunden um die Welt. Die rot gekennzeichneten Eilmeldungen überschlugen sich. Sämtliche Sender brachten Sondersendungen zur RMK. Als Alwin Reeter die aktuellen Berichte sah, erstarrte er.

»Herr Reeter, haben Sie das eben gesehen?«, fragte seine Sekretärin. »Es sterben immer mehr Menschen an den Sommersprossen«, sagte sie mit spitzer Stimme.

»Aber natürlich habe ich das gesehen«, gab er schroff zurück und wurde ungewohnt wütend. »Frau Nieret, ich habe keine Ahnung, was da vor sich geht. Die Krankheit breitet sich aus. Hier verselbständigt sich etwas - und ich weiß nicht, was es ist!«

Draußen blies ein eisiger Frühlingswind Schneeflocken, Bierdosen und leere Chipstüten über den Alexanderplatz. Gleichzeitig sprossen die ersten Blumen aus den mit Hundekot und Zigarettenstumpen übersäten Blumenbeeten der Stadt. In der U 1 roch es nach Knoblauch und die Leute verschanzten sich stumm hinter ihren Zeitschriften und Smartphones und simsten wortlos hin und her. Ständig kreisten Hubschrauber über der riesigen Metropole, die im Grunde aus mehreren, zusammengewachsenen Nestern bestand und seit Jahren mehr einer Großbaustelle glich, als dem Zuhause von zwei Millionen Menschen. Im dicken B wälzte das Leben unaufhaltsam voran und die Menschen hätten die Schlagzeile in der *Berliner Morgenpost* gerne für einen Aprilscherz gehalten. **Vorsicht Sommersprossen!** Man sprach gar schon von einer Pandemie. In sämtlichen Zeitungen des Landes las man jene drei Buchstaben schwarz auf weiß gedruckt: **RMK**.

Die Krankenhäuser quollen daraufhin über vor Leuten, die bei sich Sommersprossen entdeckt hatten. Zu zigtausenden machten sie sich auf in die nächsten Hospitale, sie wollten alle sofort behandelt werden. In den privaten Arztpraxen standen die Leute Schlange. Sie hatten über Nacht Sommersprossen bekommen oder vermuteten es. *»Herr Doktor, mein Mann hat Sommersprossen.... Der Nachbar hat sie.... Ich habe einen syrischen Flüchtling entdeckt, der hatte bestimmt welche.... Der Bankangestellte hatte die Sommersprossen beim letzten Mal noch nicht.... Herr Doktor, Sie müssen mir helfen, ich war ein schlechter Mensch!...Unser Metzger hat Sommersprossen bekommen. Sie glauben es ja nicht, so ein guter Mensch! Die Guten trifft es immer zuerst....«*

Die Ärzte waren ratlos und mit dem riesigen Ansturm von »Sommersprossen-Infizierten« total überfordert. Der Professor war sprachlos. Als er jenen Ausdruck zum ersten Mal las, erinnerte er ihn unweigerlich an »HIV positiv« und setzte sich in jenem Zusammenhang in seinem Gehirn fest. Die Ärzte schickten die Leute mit den Sommersprossen kurzerhand wieder nach Hause und erklärten, dass sie selbst nicht wüssten, was zu tun war. Alwin Reeters Ärztestab arbeitete einen Plan zum Umgang mit der RMK aus.

Entwarnung gab es für all jene, die schon immer Sommersprossen hatten. Bisher gab es keine Person, die ihr ganzes Leben lang Sommersprossen hatte und dann an der RMK starb. Das hatten die Statistiken soweit belegt. Alle Fälle von frisch aufgetretenen Sommersprossen sollten registriert werden und die Infizierten sollten befragt werden, ob sie zu weiteren Untersuchungen zur Verfügung stünden. Des Weiteren lag es im Interesse der Behörden, Panik zu verhindern. Doch dazu war es bereits zu spät.

Die radikalen Moslems freuten sich ungehalten über die Sommersprossen-Pandemie und triumphierten böse. In ihren Moscheen und faschistischen Sendern verkündeten die militanten Mullahs lauthals, die RMK sei die Strafe Allahs für alle Ungläubigen. Nachdem zwei Bischöfe der Katholischen Kirche über Nacht komplett mit den Punkten übersät wurden, setzte die radikal islamistische Propagandamaschinerie volle Kanne ein. Die einzig wahre Religion sei der Islam mit dem Himmel voller Jungfrauen. Halb Türkendeutschland jubelte und sog jenen verbalen Input auf wie ein trockener Schwamm das Wasser und es meldeten sich noch mehr junge Moslems für den Krieg im Islamischen Staat an. Sie sahen ihn gerechtfertigt und hielten ihr Tun für richtig. Außerdem wurde ihnen die Teilnahme an jenem Gemetzel mit erbeuteten syrischen Frauen schmackhaft gemacht. Die konnten sie als Sklavinnen missbrauchen und mit ihnen tun, was sie wollten. Für ihren Glauben wollten die Jungs im IS eifrig andersgläubige Artgenossen abschlachten und so ihr desolates Selbstbewusstsein aufbauen. Sie hatten keine Ahnung, dass eine Religion nichts weiter als eine altertümliche, seit Jahrhunderten eingekochte Gedankensuppe in einem tropfnassen Gehirnklumpen war. In Syrien und Nordafrika ließen die Fanatiker Taten sprechen. Sie verstümmelten und enthaupteten ihre Blutsbrüder, vergewaltigten ihre Blutsschwestern und glaubten, von Allah dafür in einen Himmel voller williger Jungfrauen befördert zu werden. Weil es auch den israelischen Premierminister Ben Mirat erwischt hatte, schien ihr Argument mit der Strafe Allahs stichfest zu sein. Selbst *Die Zeitung* fragte auf ihrer Titelseite provokant: **Sind die Sommersprossen eine Strafe Allahs?**

21.

Die Baronin hatte sich in der teuersten Privatklinik Deutschlands alle siebzehn Sommersprossen fein säuberlich wegoperieren lassen. Gut dreißigtausend Euro hatte sie dafür gelöhnt. Knapp zweitausend Euro ließen sich die Exklusiv-Spezialisten der Beautychirurgie jede einzelne Sprosse kosten. Unter ihrer Gesichtsmaske aus Kunstpflaster sah sie wie ein durchlöchertes Nudelsieb aus. In Tschechien, auf Bali und in Ungarn ging das wie immer billiger und in den folgenden Tagen sollte das Geschäft mit den chirurgischen Entfernung von Sommersprossen regelrecht aufblühen.

Nichts und niemand sollte der Baronin Rosa von Kappenberg das Leben nehmen - auch die Sommersprossen nicht. Es verging keine Minute, in der die zutiefst unruhige Frau nicht ans Sterben dachte. Die Vorstellung, dass es sie nicht mehr gäbe, raubte ihr schier den Verstand. Dabei flüchtete sie sich mehr denn je in ihre abgrundtiefen Hasstiraden auf ihren noch Ehemann Horst Roland und die Dämonen an ihrer Seite trieben sie schlichtweg in den Wahnsinn.

Ihre Rede zur Jahresfeier der Reinrasse-Pudel hatte sie absagen müssen, ebenso ihren Ausflug nach Nizza zu den Filmfestspielen von Cannes. Stattdessen lag sie in Hamburg in jener faden Privatklinik und sah sich *Tatort* im Fernsehen an. Doch der war das reinste Kinderspiel im Vergleich zu dem, was draußen, in der Welt, vor sich ging: Sommersprossen und Tote.

22.

Alwin Reeter und seine Kollegen arbeiteten auf Hochtouren. Sie gaben ihr Bestes und marterten sich rund um die Uhr ihre gescheiten Köpfe. Allesamt hatten sie dunkle Ringe unter den Augen und brauchten dringend mehr Schlaf, den sie sich nicht gönnten. Anne war aufgefallen, dass sich Alwins Kopfhaar rapide lichtete - ein Wettlauf gegen die Zeit hatte begonnen, nun auch auf seinem Haupt. Ununterbrochen liefen die Hightech-Maschinen, um die Ursache für die Sommersprossen-Krankheit zu finden. Es ging um ein Gegenmittel, ein Gegenmittel, ein Gegenmittel. Die Wissenschaftler hatten sich global vernetzt und gaben stündlich die neuesten Zahlen der RMK Infizierten und Todesopfer bekannt. Per Computer errechneten Mathematiker Auftreten und Hintergründe der Seuche. Die Medien waren unheimlich scharf auf solche Informationen, denn sie zogen daraus vorschnell Prognosen, wer als nächster Sommersprossen bekommen könnte und warum. Die Sommersprossen-Statistiken wurden zu einem richtigen Hype, gleich einem modernen Orakel, an dessen Lippen die Menschen hingen.

Führungspositionen waren bereits generell verpönt. Hatte jemand einen Chefposten bei einer Großbank, einem Chemieunternehmen oder dergleichen in der Welt inne, war er per se schon gefährdet, dass ihm eines Morgens die braunen Pünktchen aus seinem Spiegelbild entgegen lachten. Schlimm traf es Leute mit übermäßig viel Aktien. Mehr als drei Villen führten laut Statistik auch fast zwangsläufig zu den neckischen Punkten. Ebenfalls krass traf es die Yachtbesitzer.

»Warum in aller Welt sind die Sommersprossen so scharf auf die Yachtbesitzer?«, fragten sich die Statistiker. »Gönnen sie ihnen ihren Reichtum nicht? Sind die Sommersprossen einfach nur neidisch?«

Darauf hatten sie natürlich keine Antworten, nur Zahlen und Tendenzen, doch diese konnten die rasante Talfahrt im Yachtbau auch nicht stoppen. Zu Tiefstpreisen veräußerten die Bonzen der Welt ihre Luxusboote und Edelsegler, wo ein einfacher Mast leicht mehrere hunderttausend Dollar kostete. So fielen einigen abgebrannten Matrosen, wie aus heiterem Himmel, ein paar richtig schöne Stücke in den Schoß.

Die Computerspezialisten stellten den Menschen aber auch Präventivmaßnahmen vor. So sollte tägliches Hula Hoop Spielen vor den verheerenden Sommersprossen schützen. Laut Statistik hatte noch niemand die RMK bekommen, der regelmäßig Hula Hoop spielte. Und so schickten sich die Menschen eiligst an, Hula Hoop zu spielen. Männer wie Frauen. Die halbe Welt fing an, sich einen großen, meist bunten Plastikreifen um die Hüften zu werfen und dabei vor und zurück zu wackeln. Im täglichen Fernsehprogramm wiesen begeisterte Turnerinnen und Turner die Leute in die Kunst des Hula Hoop Tanzens ein. Selbst die deutsche Bundeskanzlerin hatte sich ein Set Sportringe bestellt und sich öffentlich zu dem Trend bekannt. Als Vorbeugemaßnahme ließ sie mindestens zwei Mal täglich ordentlich ihre Hüften kreisen und schwitzte unter ihrer grellen Fitnessbekleidung.

Alwin Reeter war entsetzt, als Anne eines Tages im Wohnzimmer stand, einen pinkfarbenen Ring um ihre Hüften wirbelte und angestrengt vor und zurück wippte. Er ersparte sich jeden Kommentar dazu und stürzte sich in seine Arbeit.

Die Aufklärung der RMK war alles, worum es in seinem Leben noch ging. Um 15.10 Uhr trat er im Presseraum des

Gesundheitsministeriums wieder vor die laufenden Kameras der Journalisten und erklärte ernüchtert, dass die Forscher bei der Aufklärung der Sommersprossen-Krankheit noch auf keine heiße Spur gestoßen seien.

»Ich kann die Weltöffentlichkeit aber darüber informieren«, betonte er, »dass die Reeter-Molekül-Krankheit nicht ansteckend ist. Nochmals: bei der RMK besteht keine Ansteckungsgefahr!«

»Was macht das Reeter-Molekül genau, Herr Professor?«

»Geau das versuchen wir ja momentan zu erforschen. Bisher wissen wir nur, dass es unmittelbar nach seiner Entstehung in den Keratinozyten der Gesichtshaut über die Blutbahnen direkt in die Zirbeldrüse wandert und dort zum sofortigen Tod führt.«

»Wie entstehen die Sommersprossen, Herr Reeter?«

»Es tut mir leid«, sagte er, »aber wir haben noch keinerlei Hinweise, wie die Sommersprossen entstehen.«

»Ist die Sommersprossen-Krankheit ein biologischer Terrorakt?«, bohrten die Schreiberlinge weiter.

»Auch das wissen wir nicht.«

»Herr Reeter, was sagen Sie zu den Gerüchten, die RMK sei eine Strafe Allahs?«

»Meine Herren, das weiß ich nun wirklich nicht. Mir erscheint diese These jedoch sehr abwegig. Vielen Dank.«
Schnell verließ er das Blitzlichtgewitter und kehrte in die *Spreeklinik* zurück, wo er sich sofort ins RMK Untersuchungscenter begab und weiter forschte.

23.

Karina fiel da ein Stein vom Herzen und sie atmete tief durch. Nach der Pressekonferenz war sie sichtlich erleichtert und schloss beruhigt ihre Augen. Tagelang hatte sie mit ihren Sommersprossen in Angst und Sorge gelebt. Ununterbrochen hatte sie Anrufe von Freunden und Bekannten bekommen, sie solle bloß vorsichtig sein, alle wollten sie wissen, wie es ihr ging. Ihre Freundin Laura brachte ihr sogar einen Hula Hoop Reifen vorbei, der bunt glitzerte, wenn er sich drehte, und ein Jazz-Dance Buch mit CD, denn Tanzen wirkte laut Statistik auch Wunder. Auf der Straße hatten die Leute Karina krass gemieden und grüßten sie teilweise gar nicht mehr. Während ihrer letzten Tage im Blumenladen starrten die Kunden zuerst wie hypnotisiert auf ihre Sommersprossen, sahen dann verstohlen zu Boden und mieden sie wie eine Aussätzige.

Karina war mit ihren Sommersprossen zeitlebens zufrieden gewesen. Sie fand sie schön und es hätte sie doch sehr befremdet, wenn aus jenen »Guckerschecken«, wie die Punkte in Österreich hießen, plötzlich das Todesmolekül entsprang und sie dahin raffte. Karina wollte plötzlich weg. Wenn schon überall die Sommersprossen wüteten, dann wollte sie das nicht in Köln miterleben. Noch einmal blickte sie in den Spiegel und besah sich ihr Gesicht. Ihre Sommersprossen waren für sie das Normalste auf der Welt und sie mochte sie wirklich. Sie zog ein paar Grimassen, bog mit dem Zeigefinger ihre Nase hin und her und schrieb Dave eine SMS:

Hallo Dave!
Ich lebe noch. Okay - jetzt ist es gebongt. Wenn es dir

noch passt, komme ich Dich im Mai besuchen! Ich ruf dich heute Abend an.
Liebe Grüße, Karina

Einmal täglich schaltete Dave auf La Palma sein Handy an, um seine SMS zu checken. Da erschien auch schon Karinas Nachricht auf dem Display und schüttelte ihn wach. Begeisterung schoss ihm ins Gesicht. *Oh Wow! Sie kommt!* Er warf seine langen Arme in den Himmel und jubelte.

»Ja klar, und wie das passt! Wa Hu! Wa Hu!«, rief er und warf ihr Kussherzen in die Luft. Dann sprang er auf seiner Veranda umher, rannte den Waldweg vor seinem Häuschen vor, und wieder zurück, und machte ab und an einen Luftsprung.

»Oh Yeah! Halleluja!«, jubelte er. »Juhuu!«, schrie er seine Freude in den Wald hinaus und küsste einen Baum am Wegrand.

Oh Geil. Sie kommt, sie kommt, sie kommt! Dave war wie elektrisiert und erst jetzt merkte er, wie sehr er sich innerlich schon auf sie gefreut hatte. Er fühlte sich einfach wunderbar.

Dann ging er zu seinem Nachbarn Howi rüber, um sich zu beruhigen und man konnte seinen Lockenkopf fix durch den Wald wandern sehen. Die Eichelhäher und Kanarengirlitze pfiffen laut um die Wette und flogen kreuz und quer über ihn hinweg. Howi war sein einziger Nachbar dort oben und wohnte vorne, bei der Straße. Howis Haus war riesig und die roten Ziegel waren fest auf sein Giebeldach gemauert, damit die heftigen Kanarenstürme sie nicht hinwegfegen konnten. Aus dem Schornstein stieg Rauch auf. Howi und Dave waren in den sieben Jahren, die Dave dort wohnte, Freunde geworden. Howi hieß eigentlich Holger, aber seine Freunde nannten ihn alle Howi. Und wann immer einer Probleme mit den Frauen oder sonst etwas in der Welt hatte, war der andere da und hörte andächtig zu, gab eine Binsenweisheit zum Besten oder erzählte von etwas Ähnlichem, das er auch schon erlebt hatte und milderte das Problem etwas ab. Am liebsten lachten die beiden Männer über ihre schmutzigen Witze und erfreuten sich Lebens. Howi hatte es finanziell einfacher als sein Nachbar. Er hatte sein Berufsleben bereits hinter sich gebracht und seine Schäfchen standen alle fein säuberlich gezählt, gekämmt und gebürstet im Trocken, während Dave noch immer dem Mammon hinterherlaufen und oft jeden Cent zweimal umdrehen musste. Was die beiden jedoch ungemein verband, war ihre Liebe zu den Kanaren und der Fakt, dass sie zwei deutsche Aussteiger im klassischen Sinne waren. Auf den »Inseln der Glückseligen«, wie der griechische Geschichtsschreiber Homer die Kanaren bereits in der Antike nannte, fühlten sie sich wohl. Es gab das ganze Jahr über leckere Bananen und Avocados zu essen und schneite selten. Howi hatte sich einen riesigen Fruchtgarten angelegt, für den Fall, dass es eines Tages zu einer Hungersnot kommen sollte. Auf den Terrassen rund um sein Haus tummelten sich sämtliche Obstbäume und Fruchtsträucher von A bis Z, die man in jenen Breitengraden kultivieren konnte. Die meisten hatte er selbst aus Kernen und Stecklingen gezogen, aber auch der Wildwuchs mit Agaven, Kiefern, Kakteen, Palmen und Zedern war immens. Seine Finca war riesig, er hatte sie vor drei Jahrzehnten für einen Apfel und ein Ei erstanden. Von seiner Gartenterrasse aus konnte man das ganze Jahr über den Sonnenuntergang im Meer bewundern. Dort oben gab es weit und breit keinen Menschen, der sie störte. Nur selten war ein lauter LKW zu hören, der sich die Straße hoch quälte, oder es verirrte sich eines der unzähligen Mietautos in den Waldweg hinein und überlas das große Schild, auf dem in fetten Lettern

»Privado« drauf stand. Dave pfiff durch die Finger und klopfte. Wie so oft saß Howi im Wohnzimmer und spielte Gitarre. Zur Begrüßung riss er euphorisch die Arme in die Höhe.

»Dave, komm' rinne!«, sagte er in seinem hessischen Dialekt. »Biste wieder da!«, freute er sich und umarmte seinen Nachbarn.

»Ja Mann«, erwiderte Dave und erzählte ihm ausführlich von seiner Reise nach Jordanien, der Hochzeit in Köln und seinem Kurzbesuch bei Noellja in der Schweiz.

»Und was machen die Weiber, Dave?«

Da berichtete er tollkühn von der Marion aus Nämbärch und ihrem nassen Orgasmus, worauf sich Howi auch gleich an eine nette Fränkin erinnerte, die er vor über vierzig Jahren kannte. Doch dann schwärmte Dave nur noch von Karina und verkündete glücklich, dass sie bald käme. Howi bemerkte da sehr wohl Daves Leuchten in den Augen.

»Und, hast du sie schon geölt?« fragte er gleich sehr direkt.

»Nein, noch nicht«, gestand Dave etwas geknickt.

Howi hatte wie so oft ein leckeres Mittagessen auf dem Herd stehen und lud seinen Kompagnon ein. Er genoss die regelmäßigen Besuche seines jüngeren Nachbarn dort oben in der entlegenen Wildnis La Palmas. Oft vergingen Tage, an denen er keine Menschenseele zu Gesicht bekam und nur mit seinem Hund Rudi sprach. Dave war wie immer ziemlich ausgehungert und verdrückte gleich zwei Teller. Es gab Kartoffelsuppe mit Gemüse und das auf den Kanaren typische Gofio (geröstetes Getreidepulver) zum Eindicken dazu. Danach tranken sie Pfefferminz-Tee aus Howis Garten.

»Dave, du bist doch auf dem Laufenden. Was hältst du von der Sommersprossen-Krankheit? Die breitet sich ja aus, wie die Pest. Wenn die nicht bald ein Medikament oder einen

Impfstoff finden, sehe ich schwarz!«

»Meinst du auch, wir gehen alle Hopps?« fragte Dave. »Ich bin ja skeptisch, was da alles in den Medien steht.«

»Medien hin oder her, Dave. Ich habe die Bilder mit den Toten im Fernsehen gesehen. Eiskalt lief es mir da den Rücken hinunter.«

»Ja, Howi, da hast du schon recht. Aber früher oder später müssen wir alle abtreten. Ich mache mir da keine Sorgen. Wenn unsere Uhr abgelaufen ist, dann ist das eben so. Da kann doch auch keine Medizin etwas dran ändern, oder?«

»Und die Flüchtlinge?«

»Oh Gott, Howi, alles voll davon. Ganz Köln und überall. Die wollen alle nur nach Deutschland, wie mir scheint. Dann dürfen sie neben den Türken, Russen und Polen für einen Hungerlohn Müll wegräumen und am Fließband arbeiten. Hin und wieder schmeißen ihnen die Nazis dann eine Brandbombe in die Bude. Was für ein Scheiß.«

»Oh Dave, wir können echt froh sein, dass wir hier sind und den ganzen Quatsch nicht mitkriegen.«

»Stimmt. Außerdem kommt jetzt bald die Karina!«
Dave wollte sich vom schrägen Weltgeschehen nicht seine gute Laune vermiesen lassen.

»Die musst du erst mal sehen, Howi. Die ist so richtig schön. Weißt du, so richtig schön, betonte er«, »und hat überall Sommersprossen. Voll geil, Mann.«
Howi lachte, hob seinen Teller an den Mund und schlürfte den Rest Suppe aus.

24.

Kim wachte in einem weißen Lazarettzelt am Rande des Kungaga-Dschungels neben dem Dschaga Noa River auf. Seine Augen schmerzten vom grellen Licht und er hatte einen trockenen Mund. Über ihm stand eine Frau von der Hilfsorganisation »Ärzte ohne Grenzen« und freute sich, dass er aus seinem Fieberwahn erwacht war. Kim blinzelte in ihr freundliches Gesicht. Sie hatte braune Augen und lange, schwarzgraue Locken. Ihr Name war Michelle Orelle. Sie begrüßte ihn auf Zugi.

»Kokee«, sagte sie.

»Kokee«, erwiderte Kim schüchtern. Er war ja gar kein Zugi. Die Ärztin hatte seine Malaria mit zwei Dosen MS geheilt und seine Hand nach westlichem Standard versorgt. Das Fieber war daraufhin stark gesunken und er hatte einen Bärenhunger. Als ob sie seine Gedanken lesen konnte, reichte sie ihm einen Teller Maniok-Suppe mit Gemüse und zog sich zurück. Im Zelt lagen zwei schlafende Männer, die das Massaker in Tepekorda überlebt hatten. Die von Krieg, Hunger und Insekten gebeutelten Afrikaner jener Region waren froh, dass es Menschen gab, die ihnen wirklich halfen und nicht nur ihre Bodenschätze ausbeuteten.

25.

Der Baron saß in einer sterilen Gefängniszelle in Stadelheim und marterte sich den Kopf, wie er aus seiner ausweglosen Situation wieder herauskommen konnte. Bartstoppeln wucherten unter seiner Nase, er drückte seine Faust ins Gesicht und ging stundenlang auf und ab. Nachts knirschte er mit den Zähnen. Steuerbetrug in mehrstelliger Millionenhöhe am deutschen Staat und Volk wurden ihm vorgeworfen und es schien ihm der Lebenssaft zu entweichen. Sein Gesicht sah zudem aus, als hätte er die Masern. Überall sah man kleine Punkte und täglich wurden es mehr. Der Baron konnte sein Spiegelbild längst nicht mehr ertragen. Schweißperlen standen auf seiner Stirn, sein unfreiwilliger Drogenentzug machte ihm zusätzlich zu schaffen. Von Kappenberg hatte hässliche Halluzinationen und hörte ständig Stimmen. Seine geheimen Hintermänner hatten allerdings längst ihre Hebel in Bewegung gesetzt. Auf deren Geheiß hin hatte der Freisinger Erzbischof den Bayerischen Justizminister angerufen und ihn gebeten, den werten Baron gegen eine ansehnliche Kaution frei zu lassen. Noch am selben Tag hatte von Kappenbergs Anwalt Meiser dem Haftrichter sieben Millionen Euro für die Freilassung des Barons überwiesen. Es wurde schnell gemacht - bevor weitere Vergehen des Barons aufflogen - und das Unmögliche wurde wahr: Der Baron Horst Roland von Kappenberg kam gegen Kaution auf freien Fuß und durfte bequem von zu Hause aus seiner Anklage und seinem Prozess entgegensehen. Aufgrund der allgemeinen Sommersprossen-Paranoia ging jener Justizskandal völlig in der Öffentlichkeit unter. Tags zuvor war im selben

Gerichtssaal eine Alleinstehende Grundschullehrerin zu einer Geldstrafe von zwei Monatsgehältern verurteilt worden, weil sie 0,1 Gramm Marihuana besessen hatte. Das war in etwa so berauschend wie ein Schluck Bier.

»Wir sind hier in Bayern«, hatte die Richterin erklärt.

Der Baron atmete erleichtert auf, als er von seiner Entlassung erfuhr. Freude wollte allerdings keine aufkommen, zu viele Leichen lagen in seinem Keller, als dass er sich Hoffnung auf ein unbekümmertes Leben in Freiheit machte. Ein paar Fotografen klickten gelangweilt auf ihre Kameras, als er nach Abwicklung der Formalitäten bei strömendem Regen unter einem Schirm in seine schwarze Limousine schlüpfte und wie so viele Politiker und Prominente darin verschwand. Gepanzerte Luxuslimousinen waren ihre Anonymität. Dort drinnen fühlte er sich seit langem ein wenig besser.

»Vielen Dank, Herr Meiser«, sagte von Kappenberg. »Ich stehe tief in Ihrer Schuld. Aber ich brauche dringend was, Sie wissen schon.«

Jene Worte waren seinem Anwalt eine Genugtuung und er schob dem Baron ein kleines Tütchen Koks, sein Handy, seine Geldbörse und seine goldene Rolex auf der ledernen Rückbank hin.

»Keine Ursache«, sagte Meiser und sie fuhren los.

Der Fahrer war loyal. Die Männer waren unter sich und der Baron bediente sich gierig an dem weißen Pulver. »Willkommen im Club«, flüsterten ihm seine Gedanken ins Ohr, als er sich das Zeug ins Gehirn ballerte. Aus seinen trägen Augenwinkeln hatte er gesehen, dass sie alle drei die Sommersprossen hatten. Zu Hause machte er sich sofort an die Vorbereitungen für seine Flucht. Die war als Notnagel von langer Hand geplant worden und konnte jederzeit umgesetzt werden.

»Es ist wohl Zeit für einen kleinen Ausflug ans Meer, Herr Baron«, meinte sein Anwalt.

»Ja, Meiser, lassen Sie sie kommen.«

Drei Stunden später fuhr ein grauer Transporter die Einfahrt hinauf. Zwei Südländer brachten den Baron über Nacht Nonstop nach Genua, wo er auf eine kleine Luxusjacht umstieg und nach Sardinien übersetzte. Dort bekam er in einer Spezialklinik sein neues Aussehen als deutscher Rentner in Florida verpasst. Sein neuer Pass lag schon bereit. Nach seinen finanziellen Verlusten blieben ihm jämmerliche achtunddreißig Millionen Dollar, um sein restliches Leben in den USA zu bestreiten. Zudem juckte es ihn fürchterlich im Schritt. Er hatte sich die Sackratten geholt.

26.

»Angst zieht einen doch nur nunder, Liebe wieder nauf«, sagte Marion und sah Werner mit großen Augen an.
Ihr großer, roter Mund war für ihn seit Tagen das Tor zum Paradies.
»Allmechd, des ganze Gschmarre mit der Sommersprossen-Pandemie geht mir langsam auf'n Sengl«, schimpfte sie, stand auf und ging für kleine Mädchen.
Werner war sichtlich beeindruckt. Marion hatte einen wahnsinnigen Sexappeal, war unheimlich nett und zu allem Überfluss auch noch richtig heiß auf ihn. Seit zwei Wochen waren sie ein Paar und frönten ihrer Lust. Seine neue Flamme war allzeit bereit und für alle Schandtaten zu haben. Das hatte Werner lange gefehlt. Jetzt hatte er es dicke hoch zehn. Sie saßen im Paparazzi, aßen krosse Pizza und schlürften trockenen Rotwein. Der Kellner klopfte ihm auf die Schulter und Werner spürte einmal mehr, wie aufbauend es war, mit einer tollen Frau unterwegs zu sein. »Iss ma, mein Junge! Das gibt Power auf den Boxen!«, kamen ihm die Worte seines Onkels in den Sinn, der als Binnenschiffer sämtliche Kanäle Europas befuhr. Gierig nahm er Messer und Gabel zur Hand und aß weiter. Als Marion zurück kam, sah er sie zärtlich an, legte sein Besteck beiseite und sagte ihr, wie toll er es mit ihr gerade fand. Da ließ sich Marion nicht zweimal bitten, stand auf, setzte sich auf seinen Schoß und knutschte ihn lange. Ihre weichen Lippen drückten sich auf die seinen und ihre fleischigen Zungen fanden sich. Der Laden knisterte. Als er nachts in ihre Augen sah, wusste er genau, dass sie gar nicht meditieren musste. Sie war ja schon im Himmel.

27.

Neben den üblichen Frühlingsromanzen liefen die Computeranalysen, Prognosen und Statistiken zur RMK schonungslos weiter. Der Stand vom 14. April kam einem Supergau gleich. In der BRD gab es 218 Tote und über zweihundert Tausend Sommersprossen-Infizierte. Weltweit waren es zweiundvierzig tausend Tote und beinahe achtzig Millionen Infizierte. Ständig kamen neue hinzu. Im Minutentakt fielen die Menschen mit Sommersprossen zu Boden und waren tot. Die Anwesenden brachen in großes Wehklagen aus, riefen den Krankenwagen und verständigten die Polizei. Blaulichter blinkten und die Sanitäter schoben die mit Punkten übersääten Leichen ins Auto und brachten sie zur Untersuchung ins Hospital. Die Ärzte diagnostizierten die Todesursache RMK und füllten die Sterbeurkunden aus.

Der Professor fand längst keinen Schlaf mehr und es fielen ihm immer mehr blonde Locken aus, die ihm lange sein engelhaftes Aussehen verliehen hatten. Er war auch gar nicht glücklich darüber, dass sie das tödliche Molekül nach ihm benannt hatten. Seine Versuche, die Namensgebung rückgängig zu machen und es umzubenennen, fruchteten nicht. Auch die Bezeichnung »Todesmolekül« wurde lediglich als Beiname akzeptiert. Bei Wikipedia hatte das Reeter-Molekül jeden Tag mehrere hunderttausend Klicks. Weltweit gab es jetzt vierzehn riesige Forschungseinrichtungen von der Größe mehrerer Wohnblocks. »Wie kann man die RMK-Epidemie wieder stoppen?«, schwebte die Frage wie ein riesiges Monster in der Atmosphäre.

28.

Karina Wollnschläger hopste davon völlig unbeeindruckt und vergnügt in ihrer Wohnung umher. Sie hatte zwei Wochen nicht mehr gearbeitet und war froh, dass sie den Blumenladen verkauft hatte. Die traurigen Erinnerungen an den Verlust ihrer Mutter waren endgültig von ihr abgefallen und sie freute sich auf ein neues Leben. Bald wollte sie sich auf die Reise nach La Palma machen und der Hysterie um die RMK entkommen, denn ihr Leben mit Sommersprossen war mittlerweile die reinste Tortur. Täglich klebten hämische Blicke auf ihrem Gesicht, die Leute luden ihre unguten Gefühle auf ihr ab und musterten sie streng.

»Aber nein«, wehrte sie sich. »Die Sommersprossen habe ich schon immer. Seit meiner Geburt. Mir fehlt nichts, wirklich nicht!«

Karina war es leid. Sie wollte nur noch weg. Den knallroten Renault Kangoo ihrer Mutter hatte sie als einziges Souvenir behalten. *Blumenladen Wollnschläger* stand in großen Lettern darauf und ein fröhlicher Blumenstrauß mit einem bunten Schmetterling schmückten den Slogan. *Was für ein schönes Andenken an Mama!* Damit wollte sie quer durch Frankreich und Spanien bis zur Hafenstadt Huelva an der Meeresenge von Gibraltar fahren. Von dort ginge es vierzig Stunden mit der Autofähre weiter nach La Palma. Sie hatte die Route gründlich recherchiert und wusste bereits haargenau, wo Dave wohnte. Sie wünschte sich nur noch eine Begleitung, denn von Köln bis La Palma waren es immerhin 4100 km. Angst hatte Karina nicht. *Zur Not werde ich einfach in ein paar Pensionen übernachten. Genug Geld habe ich ja.* Ihre Nachbarin, Frau Cylum, versprach, sich solange um ihren Kater Mucki zu kümmern, bis sie wieder kam. Das war sehr zuvorkommend von der Kurdin, deren Mann Ilkay als Schweißer arbeitete und oft nur am Wochenende nach Hause kam. Ihre Wohnung hatte Karina an eine junge Studentin untervermietet. Sie hatte noch eine kleine Abschiedsparty geplant, doch Ende April sollte es losgehen. Die Tage vergingen wie im Flug und ihre Vorfreude stieg von Tag zu Tag.

29.

Auch Carlos und Rianna machten sich eifrig an die Vorbereitungen für ihre Tournee. Der Mai rückte immer näher und sie hatten sich von Carlos' Vetter ein geräumiges Wohnmobil ausgeliehen, mit dem sie quer durch den Südwesten der USA fahren wollten. Sie staffierten es für ihre Reise aus und beklebten es mit Werbeplakaten. »Carlos Anru, Rocking my Babe, Summertime«, stand darauf. Carlos lehnte dabei lässig mit seiner Gitarre an einer alten Zeder. *Das fühlt sich gut an und die Plattenfirma pusht mich auch mächtig.* Carlos gab Interviews und Country FM spielte seine Songs. Das war ein gutes Zeichen. Außerdem war die Freude über Riannas Schwangerschaft allgegenwärtig. An Weihnachten sollte ihr Baby auf die Welt kommen. Carlos war so besorgt um die beiden, dass es oft lächerlich war, wie er sich benahm. Unentwegt blickte er Rianna liebevoll an, las ihr jeden Wunsch von den Lippen ab, liebkoste sie und streichelte ihren Bauch. Allein die Vorstellung, dass sein Kind bereits so groß wie sein Daumen war, beeindruckte ihn zutiefst und er sprach schon mit dem kleinen Winzling. Rianna verzieh es ihm gerne, da er ja zum ersten Mal Vater wurde. Manchmal ließ er die Proben für seine Konzerte ausfallen. Da ermahnte sie ihn zu mehr Disziplin. Ihr Kind sollte eines Tages einen berühmten Papa haben. Das leuchtete ihm ein und er setzte sich sogleich an seine Gitarre und spielte weiter. Seine Stimme schien noch zu reifen und er bastelte an neuen Songs - allesamt Liebesoden an seine schwangere Rianna und ihr gemeinsames Baby.

30.

Der Professor zitterte am ganzen Körper. Ausgebrannt saß er am Schreibtisch und verbarg sein Gesicht in den Händen. Knochig und matt fühlte es sich an. Mit einem tiefen Seufzer stieß er das strenge Gemisch seiner Verzweiflung aus. *Ich kann nicht mehr.* Seine Augenlider waren schwer und er spürte seine Schädeldecke. Sie schmerzte höllisch und wollte ihm während der OP schier zerspringen. Seine Zunge hing ihm fade im Mund. Der Tag hatte Spuren hinterlassen.

Irgendetwas war bei den fanatischen Moslems total kaputt, das wusste er jetzt. Kritik an ihrer Religion oder Mohammed ertrugen sie nicht. Sie hatten sich in Europa festgesetzt und der Professor fand seit langem, dass sie ein mittelalterliches Flair von Unfreiheit, Unwissenheit und Unterdrückung verbreiteten. In Deutschland prallten kulturelle Welten aufeinander und die massiven Flüchtlingsströme aus Syrien verstärkten den Kontrast zusätzlich. Salafistische Prediger priesen ihren Islam als die einzige Wahrheit an. So selbstgefällig, wie die katholische Kirche vor tausend Jahren verkündete, die Erde sei eine Scheibe und der Mittelpunkt der Welt, sprachen manche Muslime von Mohammed. Sie kannten nichts anderes und wurden in den Augen des Professors ihr ganzes Leben lang einer altertümlichen Gehirnwäsche unterzogen. Außerdem fand er, dass es den orthodoxen Juden da nicht anders erging. Für ihn lebten sie alle noch im Erdzeitalter von Hammelfleisch und Erbsünde und ließen sich von scharfmachenden Hetzern beschreien, bis sie taub waren. Dann machten sie blind, was ihnen befohlen wurde. *Die dümmsten Kälber suchen sich ihre Metzger selber.* Der Professor war traurig und wütend zugleich, denn die Sprache der wahnsinnigen Fanatiker war wieder einmal das Maschinengewehr.

Die Berliner Redakteure und Herausgeber eines Satiremagazins hatten ihre Comicserie »Mohammed und sein Quietscheentchen« mit riesigem Erfolg verkauft, denn Europas Liberalismus dürstete nach Abstand zum Islam. Endlich wollte man frei über Moslemwitze lachen, doch die Antwort kam laut und brutal. »Krasch, klirr!«, und die Scheiben der Redaktion in Friedrichshain zerbrachen im Kugelhagel. Hartnäckig feuerten zwei MGs auf den Laden ein. Die Schaufenster zerplatzten und die Einrichtung flog auseinander. Zwei vermummte Selbstmordattentäter des IS stürmten die Redaktion und schossen auf alles und jeden, der sich darin befand. Die Angestellten schrien, kreischten und fielen getroffen zu Boden. Blut spritzte und das Foyer verwandelte sich binnen Sekunden in ein Schlachtfeld. Doch bevor die Attentäter einen Massenmord anrichten konnten, gingen sie selbst zu Boden. Mitten im Gemetzel fielen sie um. Sie zuckten noch kurz, dann war es still. Wie durch ein Wunder zündeten die Sprengsätze an ihren übergewichtigen Leibern nicht. Nur das Röcheln und Stöhnen der Verwundeten war zu hören.

Die ersten Polizisten vor Ort entschärften die tickenden Zeitschaltuhren an ihren Sprengstoffgürteln und die Sanitäter bargen die Verwundeten. Vier Jugendliche einer Berliner Schülerzeitung schwebten mit schwersten Schussverletzungen in Lebensgefahr. Eine von ihnen war selbst Muslimin. Sie wollte für die Jahresausgabe ihrer Schülerzeitung ein Interview mit den Autoren des Satiremagazins führen und stand wissbegierig in der Eingangshalle der Redaktion, als die Vermummten kamen.

Alwin Reeter war gerade im Labor der RMK Abteilung, als ihn die Notaufnahme rief. Der diensthabende Unfallchirurg traute sich die Operation nicht alleine zu und bat umgehend seinen Chef um Hilfe. Der Professor war zu jenem Zeitpunkt der sicherste Gehirnchirurg Europas. Sofort eilte er in den OP. Sein junger Kollege hatte bereits die Vollnarkose und Röntgenaufnahmen durchgeführt und zusätzlich Dr. Schimany verständigt. In der *Spreeklinik* waren zwei Mädchen der vier Schüler mit den lebensgefährlichen Kopfschussverletzungen gelandet. Sie drohten in den nächsten Minuten oder sogar Sekunden an ihren starken Gehirnschäden zu sterben. Die Einschüsse hatten ihre Schädel schwer verletzt. Alwin Reeter wusste nur, dass sie überleben konnten und wie durch ein Wunder gelang es ihnen, die beiden Mädchen tatsächlich zu stabilisieren. Sie wechselten behutsam von Patient zu Patient und entfernten die Knochensplitter und stoppten alsbald die inneren Blutungen. Die drei Chirurgen nähten in stundenlanger Kleinstarbeit die durchtrennten Blut- und Nervenbahnen zusammen und hatten ständig ein Auge auf die EKGs und Messinstrumente an ihrer Seite. Die Schwestern wischten ihnen den Schweiß von der Stirn. Doch nach acht Stunden modernster Unfallchirurgie an den offenen Schädeln schlossen sie die Wunden. Sie hinterließen dünne Schläuche, um mögliche Nachblutungen abzuleiten und notfalls mit dem Mikro-Roboter wieder eingreifen zu können. Eines der Mädchen war ihnen zwischenzeitlich ins Koma abgedriftet, aber nach drei Stunden wieder zurückgekehrt. Als sich die Ärzte gegen Abend die Hände wuschen, war die Sensation perfekt: Beide Mädchen hatten überlebt und Alwins Kollegen waren sprachlos, wie ihr Chef jene ausweglose Situation hatte erfolgreich meistern können. Auch die beiden anderen Schüler, die fünf Kilometer weiter in der *Charité* behandelt wurden, hatten den Anschlag überlebt. Nur die beiden Attentäter selbst waren tot.

Jene brutale Gewalttat ging sofort wie ein Lauffeuer um die Welt und sorgte für enormes Aufsehen. Alle namhaften Sender brachten die Nachricht. Sie zeigten den zerschossenen Tatort, Bilder der Verletzten und die beiden Toten mit ihren Gesichtern voller Sommersprossen Das Märchen von der RMK als Strafe Allahs für die Ungläubigen hatte so ein jähes Ende gefunden. Ganz Europa stand erzürnt auf und demonstrierte gegen die abgedrehten und gewalttätigen Moslems. Es lag jede Menge Sprengstoff in der Luft. Das wiederum gab den Rechtsextremen neben der riesigen Flüchtlingswelle zusätzlich Auftrieb. Kahlgeschorene Nazis krochen aus ihren lieblosen Löchern, krächzten »Ausländer raus. Ausländer raus«, und hoben ihre rechten Arme zum Hitlergruß. Die Welt drohte im Chaos zu versinken.

Anne hatte recht. Ihr Mann brauchte dringend eine Pause. Er war dem Druck zur Aufklärung der RMK nicht mehr gewachsen und sie schlug ihm vor, über die Osterfeiertage frei zu nehmen und nach Rügen zu fahren. Alwin mochte Rügen und er liebte die Ostsee mit ihren altmodischen Strandkörben. Schließlich willigte er ein, da er selbst wusste, dass sein Akku leer war. In jenem Zustand konnte er der weltweiten Epidemie nicht beikommen. Seine Frau war heilfroh, dass er sich eine Pause gönnte und machte sich sofort an die Pläne für ihren Kurzurlaub.

Zwei Tage später ging es los. Sie hörten liebliche Violinkonzerte im luxuriösen Dolby Stereo Sound ihrer Bose-Anlage, redeten sich mit »Mein Herr« und »Meine Dame« an und erfreuten sich an den satten Wiesen mit den schwarzweiß gefleckten Kühen. Überall drehten sich Windräder. Die flache

Landschaft Brandenburgs gab ihnen einen weiten Horizont mit blauem Himmel und dynamischen Wolkenformationen frei. Mauersegler flogen ihre wendigen Manöver, rote Milane jagten mit ihren gebogenen Schwanzflügeln durch die Luft, während sich die überfüllte Autobahn laut und nach Abgasen stinkend unter den Greifern entlang schob - von Baustelle zu Baustelle. Den Augen der Großstädter tat es gut, wieder etwas Weite und Natur um sich herum zu sehen. Sie checkten in einer edlen Ferienanlage der gehobenen Luxusklasse bei Binz ein und bezogen ihren geräumigen Bungalow Nummer sieben, gleich neben einem älteren Ehepaar, das sie neugierig begutachtete.

»Man gewöhnt sich ja an alles, nur nicht am Dativ«, scherzte Anne. Sie war Lektorin in einem Berliner Buchverlag und wusste, wovon sie sprach. Sie aßen gesundheitsbewusst und entschlackten. Doch zum Wildschweinbraten in Rotweinsauce wollten sie dann doch nicht »nein« sagen.

»Endlich geht es ihm wieder besser«, befand Anne nach ein paar unbeschwerten Tagen. Sie waren viel Spazieren gegangen und hatten die Mischwälder am Meer erkundet. Die Seeluft tat ihnen gut und der Professor bekam wieder etwas Farbe im Gesicht. Bei einer Wanderung sahen sie ein Reh. Es hob aufmerksam den Kopf, sah sie fragend an und hüpfte mit seinem weißen Po davon. Da lachten sie herzlich, kletterten zum weißen Sandstrand hinunter, fütterten Schwäne, sammelten Muscheln und schwarzweiße Kalksteine. Mit einem Saunabesuch ließen sie den Tag friedlich ausklingen. Anne bat Alwin, mit ihr auf dem Golfplatz nebenan, einen dreitägigen Golfkurs zu belegen. Weil sich der Professor ablenken wollte, stimmte er zu. *Warum nicht mal etwas anderes ausprobieren?* Anne freute sich. Am nächsten Morgen liehen sie sich den obligatorischen Firlefanz aus und es ging los. Sie standen mit einem sympathischen Golflehrer auf dem Anfängerparcours und bekamen die Basics erklärt. Ringsherum hörten sie das Patschen der Abschläge. Ständig flogen Golfbälle durch die Luft und die Golfer sahen ihnen gespannt hinterher. Alwin hatte Lust auf ein Eis. Seinen Golfkurs nahm er nicht sonderlich ernst, doch Anne hatte ihren Spaß und war ganz bei der Sache. Gelehrig lauschte sie dem Lehrer und konzentrierte sich auf seine Ausführungen. Alwin beobachtete derweil ein Segelflugzeug, das lautlos durch den Himmel glitt. Er stand gerade bei einem jungen Ahornbaum, der von einem Holzpflock gestützt wurde, als sein Handy klingelte.

»Spreeklinik. Dr. Schimany ruft an«, stand auf dem Display.

Der Professor hob ab.

»Hallo, Herr Schimany«, sagte er.

»Hallo, Herr Reeter. Ich hoffe, ich störe Sie nicht.«

»Aber nicht doch! Wir spielen gerade Golf. Gibt es Neuigkeiten?«

»In gewisser Weise schon, Herr Reeter.«

»In gewisser Weise?«

»Herr Reeter, auf der Suche nach eventuellen Viren, welche die RMK verursachen könnten, ist Dr. Berg im *Bio-Ticker* auf ein auffälliges Artensterben gestoßen.«

»Ein auffälliges Artensterben?«, fragte der Professor.

»Ja. Ein dänisches Biologen-Team von einem gewissen Dr. Ole Jansen von der Stadtuniversität Kopenhagen hat im Dschungel von Sumatra das Verhalten der Byrillischen Stechmücken untersucht. Sie wollten ein pflanzliches Mittel gegen die sehr heimtückische, asiatische Hirnhautentzündung finden, die von der Byrillischen Stechmücke übertragen wird. Im Dschungel haben die Biologen dann festgestellt, dass sämtliche Stechmücken von einer Woche zur anderen fast gänzlich verendet waren. Stellen Sie sich vor, die Forscher fanden täglich mehr und mehr tote Stechmücken auf dem Dschungelboden. Auch ihre indonesischen Führer konnten ihnen das nicht erklären. Also untersuchten sie die toten Stechmücken. Herr Reeter, die Biologen haben mikroskopisch kleine Punkte auf den toten Insekten entdeckt! Die Dänen waren davon so verblüfft, dass sie die Entdeckung an die zentralen RMK-Forschungszentren weiterleiteten. Tja, das ist Dr. Berg aufgefallen. Er hat die Dänen um ein paar Proben der toten Byrillischen Stechmücken gebeten. Herr Reeter, heute Morgen kamen sie an und wir haben sie sofort untersucht. Jetzt halten Sie sich bitte fest!«

Nein! Wie konnte das sein? Alwin blickte verblüfft in den blauen Himmel über der See.

»Herr Reeter, die toten Stechmücken hatten alle das Reeter-Molekül im Leib«, sagte Dr. Schimany.

»Das Reeter-Molekül in den toten Stechmücken?«, fragte der Professor noch ungläubig.

»Ja, und es kommt noch schlimmer«, fuhr Dr. Schimany fort.

»Zeitgleich meldeten mehrere Biologen übereinstimmend, dass gerade weltweit unter den parasitären Blutsaugerinsekten ein blitzartiges Artensterben stattfindet. Stechmücken, Zecken, Flöhe, Läuse, Bremsen und dergleichen, sämtliche blutsaugenden Insekten, die auch den Menschen als Wirt befallen, sterben gerade dahin. Man könne es mit bloßem Auge mitverfolgen. Das wurde uns von einschlägigen Stellen bestätigt.«

»Oh nein!«, rief der Professor.

»Leider ja«, bekräftigte Dr. Schimany. »Sie sterben alle an der Sommersprossen-Krankheit.«

Alwin Reeter hielt sich neben dem jungen

Ahornbäumchen die Hand auf die Stirn und sah ungläubig auf sein Handy. Davon unbeeindruckt flatterte ein Pärchen Kohlweißlinge durch die Luft und turtelte verliebt in der langsam wärmer werdenden Frühlingssonne umher. In der Ferne sah Alwin Reeter seine Frau jubeln.

»Herr Reeter, sind Sie noch da?«

»Ja natürlich. Entschuldigen Sie bitte, Herr Schimany. Ich war nur etwas verwirrt. Ich breche meinen Urlaub sofort ab und bin morgen wieder in der Klinik.«

»Gut, Herr Reeter. Ich lasse Ihnen sofort die neusten Informationen zukommen.«

»Danke, Herr Schimany. Bis morgen dann. Wiederhören.«

Verblüfft rückte der Professor sein Golfcappy zurecht. Anne kam vergnügt herüber gehopst. Alwin legte seine Hand auf die Stirn - zur Abkühlung - und schüttelte ungläubig den Kopf.

»Anne, ich fasse es nicht!«

31.

Zu jener Stunde drehte sich sein Zeitgenosse Dave Wagner freudig im Kreis und schnippte mit den Fingern. Seine Handflächen zeigten nach oben in den unermesslichen Raum. Der Reisejournalist freute sich an der Schönheit des ewig fortdauernden Momentes und dem lautstarken Gezwitscher der Vögel. Die balzten auf Teufel komm raus, gaben wilde Pfeifkonzerte, steckten ihre Reviere ab, bauten Nester und paarten sich, als ob nichts wäre.

Dave wollte sogleich seine verwahrlosten Beete in Stand setzen. Die Erde selbst forderte ihn förmlich dazu auf, in ihr zu wühlen und wieder etwas anzupflanzen. Prompt stand er im Garten vor dem Haus und grub mit dem palmerischen Guataca die Erde um. Hier und da tauchte Rucola vom letzten Jahr auf und er zerkaute die scharf aromatischen Blätter. Dave trennte mit festen Bewegungen das Unkraut von den Schollen. Die Erde war schwer und feucht und es kamen viele Regenwürmer zum Vorschein. Dave spürte seine Muskeln. Er schwitzte. Seine Hände waren voller Dreck und er zog sich das Hemd aus. Dabei merkte er wieder, wie leid er es war, ständig in der Weltgeschichte herum zu fliegen und Reportagen über aufregende Plätze und interessante Kulturen zu schreiben. Auch gingen ihm die Touristen mit ihren ständigen Selfies seit geraumer Zeit gehörig auf die Eier. Bei jeder Gelegenheit zogen sie ihre Smartphones aus der Tasche und grinsten auf Kommando in die Kameras, um ihre Bilder dann in den sozialen Netzwerken zu posten - ganz nach dem Motto: »Schaut her, wie toll ich bin!«
Dave fand das meist albern und affig. Er war überrascht, wie

viele Menschen einfach nur eitel waren. »Wie die Pfauen«, ging es ihm dann durch den Kopf. Nach einer Stunde wilder Schufterei, Schweiß stand auf seiner Stirn, hatte er den kompletten Kräutergarten umgegraben und säte aus. In der vordersten Reihe ließ er Platz für die Zucchini und Paprikapflänzchen, die Howi ihm mitgegeben hatte. Dave wollte wieder mehr Zeit für sich haben und in den Tag hinein leben, wie früher eben. »Rumsandln«, wie man das in Österreich nannte, und einfach »leiwand« sein. Insgeheim träumte Dave davon, mit Karina etwas Neues zu beginnen und wieder mehr Ruhe und Frieden zu finden. *Jeder Orang-Utan, Schimpanse oder Bonobo-Affe würde einem doch den Vogel zeigen, wenn er fünfzig Jahre lang vierzig Stunden in der Woche arbeiten müsste!*

Dave erinnerte sich daran, wie er vor zehn Jahren eine Reportage für das *Nature Magazin* über die Apoixol-Indianer New Mexikos schrieb. Dafür interviewte er ihren Schamanen Osario und seiner Frau Ripa. Die saßen in einem selbstgebauten Adobehaus, aßen Pfannkuchen und sahen aus dem Fenster. Die Zeit schien dort stillzustehen und die behagliche Ruhe und traute Harmonie der beiden Greise hatte Dave damals schwer beeindruckt. Der Schamane hatte ihm einen Medizintee gekocht und ihm bereitwillig aus seinem Leben erzählt. Zum Abschied hatte er Dave eine alte Pfeilspitze aus schwarzem Obsidian geschenkt, die Dave noch immer bei seinen Schätzen aus aller Welt aufbewahrte.

Frühlingswind blies Dave ins Gesicht und er ließ sich weiter dahingleiten, sog die frische Luft in die Nase und blinzelte in die Sonne. Erleichtert stellte er fest, dass sein Leben im Großen und Ganzen ganz okay war, wie es lief. Auch wenn er nach wie vor seinen Pflichten nachzukommen hatte, so musste er sich wenigstens nicht verkaufen. In der

Luft summten Bienen und es duftete nach frischem Klee, Orangenblüten und frischer Erde. Dave war mittlerweile so in Fahrt gekommen, dass er nahtlos mit dem Gemüsegarten auf der unteren Terrasse weitermachte. Dort sollten Kartoffeln hin, und wie jedes Jahr, kanarischer Kohl und Tomaten. Euphorisch dachte er an Karina. *Oh wow, sie kommt wirklich!* Er wurde spitz und die Natur um ihn herum rauschte lebendig mit. Die Misperos waren reif und trugen saftige Früchte. Dave stopfte sich wieder etliche in sein gefräßiges Maul, bis er satt war, und spuckte die Kerne ins Gras. Zufrieden hielt er sich den Bauch. Am Wasserhahn wusch er sich. Unter seinen Nägeln hing noch dunkle Erde - so wollte er weiterleben.

Er ging ins Haus, riss die Anlage auf und stellte seinen Lieblingssender, den *Hippie-County* her. Da liefen rund um die Uhr countryähnliche Stücke, die ihm das Feeling von Freiheit, Abenteuer und Weite á la Easy Rider und Heart of Gold vermittelten. Dave besah sich das Foto seiner zahnlückigen Tochter Noellja, das in der Küche hing und wie eine Sonne das Zimmer erhellte. Er war dankbar, eine tolle Tochter zu haben und hatte es allmählich überwunden, dass sie nicht mehr bei ihm wohnte. Er wusste ja, dass es ihr gut ging. *Das ist doch das wichtigste!*

Außerdem kam bald Ruanda zu Besuch. Seine heiß und innig geliebte Schwester hatte angerufen und wollte ihren Bruder mit ihrer Tochter Marlene besuchen. Der Gedanke daran versetzte ihn in Entzücken. Wie durch ein Wunder hatte Ruanda den energetischen Atomkrieg ihrer wilden Sturm und Drang Jahre in Berlin überlebt und war weder im Drogenrausch, noch in einer tiefen Depression versunken. Daves kleine Schwester war einfach nur stärker geworden. Jetzt wollte sie spontan raus aus Berlin, raus aus dem Stress und Gewusel und weg von der Sommersprossen-Hysterie. Sie hatte einen günstigen Flug bei Easy Jet entdeckt und schnell gebucht. Dave sagte ihr sofort zu und erwähnte, dass aber auch eine Bekannte von ihm käme, und grinste selig. Wann immer er jetzt an Karina dachte, gingen seine Mundwinkel auseinander, er breitete die Arme aus und tanzte wie ein Derwisch. Der Frühling tat das seinige dazu. *Endlich kommt wieder Leben in die Bude!* Die Hormone flossen durch Daves Blut und ließen ihn frohlocken. Das würde sechs Monate so weitergehen, dann wollte Mutter Natur für ihren großzügigen Energieschub zählbare Ergebnisse sehen und sich fortpflanzen, ansonsten zog sie die Hormone wieder ein und es kehrte der triste Alltag zurück - bis zum nächsten Mal »Verlieben«. Doch noch tanzte er, schmetterte seine Oden in den Äther und erledigte seine Hausaufgaben. Jetzt konnte er sich auch noch auf seine Schwester Ruanda freuen. Glückseligkeit war kein leichtes Spiel, doch Dave Wagner beherrschte es zeitweise ganz gut.

Er wollte für Ruanda und Marlene wieder das große Indianertipi aufstellen. Hinten, über dem Haus lag eine breite Terrasse mit einem großen Kastanienbaum und einer grandiosen Aussicht nach Westen über die Kiefernwälder und das Meer. Dort war der Tipi-Platz samt Feuerstelle und Komposttoilette.

Ruanda war fünfeinhalb Jahre jünger als er. Mit achtzehn Jahren zog sie mit ihrer Violine nach Berlin und kehrte dem Freistaat Bayern den Rücken. Doch zum Studieren kam sie nicht. Viel zu interessant war das aufregende Leben in Berlin, als dass sie Lust verspürte, ihre Vorlesungen in Kunstgeschichte zu besuchen. Ruanda wurde schnell klar, wie verklemmt und spröde die alteingesessenen Bayern wirklich waren. Dort oben an der Spree lebten die Menschen lockerer und freier. Nicht nur eine kleine Hofgemeinschaft wie in

Agating. Alle waren dort irgendwie anders und nackt. Das tat ihr gut und wann immer Dave seine Schwester besuchte, war sie der strahlende Mittelpunkt einer lebendigen Meute. Alle möglichen Jungspunde belagerten seine kleine Schwester wie die Motten das Licht. Das machte ihn oft eifersüchtig.

Zu jener Zeit war Dave längst mit Rucksack und Kamera unterwegs. Als junger Mann dokumentierte er seine frühen Reisen, schrieb seine ersten Reiseberichte und ließ die Öffentlichkeit daran teilhaben. Wann immer er für ein paar Tage bei ihr in Berlin vorbeischaute, war er ein gern gesehener Gast. Eine Zeit lang rauchte Ruanda mit ihren Hippie-Freunden Haschisch und Marihuana; die bunten Freaks ließen qualmende Stängel und Rauch in Gläsern im Kreise herumgehen und gackerten bekifft. Ein andermal war sie von Ravern umgeben und zog sich grelle Techno-Klamotten und Turnschuhe an. Später war sie mit einem Feuerspucker zusammen. Der war von oben bis unten tätowiert und mit prallen Muskeln bepackt. Goldene Armreife zierten seine mächtigen Oberarme und er legte dabei ein so unglaubliches Selbstbewusstsein an den Tag, dass es Dave schier die Sprache verschlug. Neidisch sah er, wie sich seine kleine Schwester wie ein junges Kätzchen an den Gottähnlichen schmiegte, ihn verträumt anhimmelte und ihm zahm aus der Hand fraß. Jenes Bild grub sich fest in Daves Gedächtnis, doch zu seinem Glück war der Feuertänzer beim nächsten Besuch out. Ruanda verlor den Spaß an den Sausen und spielte wieder mehr Violine. Sie nahm alsbald Privatunterricht, den sie sich mit einem rauen Kellnerjob verdiente. Für Dave war es ein Bild wie für die Götter, sie beim Violine Spielen zu sehen. So, als hätte es nie anders sein sollen, stand sie da und musizierte. Wie aus einer anderen Welt drangen die Töne durch den Raum, wenn Ruanda ihren Bogen über die Seiten ihrer Violine zog. Zu jener Zeit lernte sie auch ihre große Liebe kennen. Das ging fünf Jahre gut. Ihr Freund war ein piekfeiner Berliner aus einer reichen Preußenfamilie. Er spielte Klavier und komponierte seine eigene Musik. Den hatte Dave in guter Erinnerung. Für seinen Geschmack war er zwar ein wenig schmächtig, dafür hatte er aber echt was auf dem Kasten, wie Dave immer wieder betonte. Ruandas Liebesglück ging jedoch jäh zu Ende, denn ihr Boy hatte plötzlich eine Neue und Ruanda ein Tief. Bald darauf wurde sie von einem trostlosen Taugenichts schwanger und bekam Ende zwanzig ihr erstes Kind: Marlene. Ruanda zog ihre Tochter allerdings alleine auf, weil der Vater tatsächlich zu nichts weiter als dem Akt der Kindszeugung zu gebrauchen war. Marlene freute sich riesig auf ihren Onkel, auch wenn ihre Cousine Noellja jetzt in der Schweiz war - die beiden Mädchen waren nämlich beste Freundinnen - und es sollte noch ein richtig schöner Sommer werden, bevor sie im Herbst in die Schule kam.

32.

Rianna freute sich riesig auf ihre bevorstehende Tournee mit Carlos durch den Südwesten der USA, der Heimat ihrer Vorfahren. Sie wusste, es würde sich so einiges ändern, in ihrem Leben. Ihr Kind wuchs heran und sie hatte die ersten Übelkeitsattacken bereits überstanden. Rianna war so dankbar und zufrieden mit ihrem Leben, dass sie oft in einer stillen Seligkeit weilte, wenn sie nicht gerade irgendwelche Sachen erledigen musste - und davon gab es gerade genug: Das blaue Wohnmobil brauchte neuen TÜV und wollte für die Reise gründlich gereinigt werden. Zudem musste sie ihrem Vater auf der Ranch aushelfen, da er sich den großen Zeh gebrochen hatte, als ein störrischer Mustang auf seinen Fuß sprang. Außerdem hatten die Casinoverwalter etliche hundert Dollar von ihrem Lohn unterschlagen und jetzt musste sie auch denen noch hinterher laufen. Doch wann immer sie eine freie Minute hatte und an Carlos und ihr Baby dachte, war sie tief bewegt und eine Woge der Liebe durchströmte die junge Frau. Dann legte sie behutsam eine Hand auf ihren Bauch, der brav immer größer wurde, und relaxte.

33.

»Die Blutsauger sterben aus! Die Sommersprossen-Krankheit macht auch vor den Insekten nicht halt!«

Die Menschen waren wie vor den Kopf gestoßen und suchten verblüfft nach einem Zusammenhang zwischen Mensch und Blutsauger-Insekt. Warum hatte die RMK die Quälgeister befallen und raffte sie schier dahin? Man konnte tatsächlich zusehen, wie sie weniger wurden. Mancherorts starben sie gar so schlimm, dass sie als dunkler Belag den Boden bedeckten.

Unter den Biologen herrschte helle Aufregung. Noch nie war ihnen so ein schnelles Artensterben unter gekommen. Binnen zwei Wochen verschwanden die Biester fast komplett von der Bildfläche. Als Dr. Ole Larsen einen Moskito erschlug, der gerade seinen Stachel in seine Haut bohrte, wurde er sentimental. Es konnte ja der letzte seiner Art sein. In Sumatra lagen rund zweihundert tote Moskitos auf einem Quadratmeter Dschungelboden. Rationell wollten die Forscher wissen, was passierte, wenn das Reeter-Molekül in die Nahrungskette geriet. Wie tödlich war es dann? Konnten sie die toten Insekten einsammeln und als todbringendes Gift verabreichen? Starben anderen Lebewesen, wenn sie ein totes Blutsauger-Insekt fraßen? War das Reeter-Molekül auch für die Pflanzenwelt eine Gefahr?

Die Wissenschaftler gingen den brandaktuellen Fragen sofort nach. In der *Spreeklinik* gelangten sie nach den ersten Untersuchungsreihen zu der verblüffenden Erkenntnis, dass das Reeter-Molekül völlig unbedenklich war, nachdem sein Wirt einmal tot war. Das Todesmolekül war quasi eine One-

Bullet-Gun. Damit hatten die Mediziner nicht gerechnet. Die RMK hatte ganz offensichtlich ihren eigenen, noch nicht entschlüsselten, mikrobiologischen Mechanismus. Die Forscher hatten das Reeter-Molekül tausendfach isoliert und getestet - dabei erwies es sich als absolut ungefährlich.

In Amerika hatten sie die isolierten Moleküle an freiwilligen Sommersprossen-Infizierten getestet, und es war wider Erwarten niemand innerhalb der nächsten Sekunden oder Minuten gestorben. In ihren geheimen Folter-, und Versuchslaboren verabreichten es die Amerikaner ihren politischen Gefangenen, die bisher keine Sommersprossen im Gesicht hatten - und auch da überlebten alle den gefährlichen Versuch. Die RMK breitete sich allerdings so rasant aus, dass es für viele nur noch eine Frage der Zeit war, bis alle Menschen tot waren.

Es dauerte auch nicht lange, bis die Comedy-Szene ihre Stockstarre überwunden und neue Stücke geschrieben hatte. Der überaus beliebte Komiker *Gernot,* ein bärtiger Gutmensch aus Schwaben, mit Bierbauch, Mitte sechzig, hatte als erster eine neue Show auf die Beine gestellt, in der er feststellte, dass ja alle früher oder später den berühmten Löffel abgeben mussten.

»Bis dass der Arsch im Sarge liegt«, rief er zynisch ins Publikum. Doch nun drohte ihnen der haarsträubende Zufall, dass sie jene lebensverändernde Amtshandlung des Löffel-Abgebens alle relativ gleichzeitig ausführen sollten.

»So viele abgegebene Löffel und tote Ärsche, die in Särgen liegen, das geht doch gar nicht!«, beschwerte sich der Comedian kopfschüttelnd. »Wer soll die dann alle abspülen?«, fragte er. Deutschland sei schließlich amtierender Fußball-weltmeister und musste die faire Chance bekommen, seinen wohlverdienten Titel auch zu verteidigen. *Gernot* appellierte an die Gerechtigkeit und hob seine Hände flehentlich zum Himmel. Außerdem steige das Bruttoinlandsprodukt, die Rüstungsexporte florierten, die Große Koalition wanke nicht, es sei genug zu essen da und gäbe reichlich Schnaps und Bier.

»Am allerwichtigsten«, fuhr *Gernot* fort und erhob den Zeigefinger, »gibt es bei uns das ganze Leben lang Sonderangebote! Jawohl, meine Damen und Herren, Sonderangebote! Ist das nicht wundervoll?«, meinte er euphorisch. »Wie kann man in so einem Schlaraffenland einfach eine Seuche ausbrechen lassen?«, fragte er unversöhnlich. *Gernots* Stimme wurde härter. »Ist das nicht ungerecht?«, fragte er. »Selbst die Kühe auf den Weiden profitieren von den Sommersprossen, die lästigen Bremsen sind so gut wie ausgestorben. Jeder Esel jubelt, die haben jetzt ihre Ruhe und die Hasen im Wald sind dauerhaft zeckenfrei. Was für eine Wohltat hat ihnen die RMK da beschert?! Der Hase ist in Ekstase und der Affe laust sich nicht mehr. Er grinst, meine Damen und Herren. Der Affe grinst, mehr als erlaubt ist. Und wir?«, brüllte *Gernot* mit hochrotem Kopf ins Publikum. »Wir, dir Menschen, die unbestreitbare Krone der Schöpfung, sollen jetzt zusammen mit den Blutsaugern vor die Hunde gehen und verrecken?«

34.

Der Baron hatte auch nichts mehr zu Lachen. Jahrelang hatte er die Menschen über den hohen Schädlichkeitsgrad der Mobiltelefone belogen und mit seinen Handytarifen Millionen verdient. Seine Flucht war nach der chirurgischen Veränderung wie am Schnürchen verlaufen, doch als er bei der Einreise in die Vereinigten Staaten in der Ankunftshalle des internationalen Flughafens von Miami, Florida, an der Reihe war, dem Beamten seinen Reisepass vorlegte und seine neu aufgenähten Fingerspitzen auf das Scann-Gerät drückte, geschah das Unerwartete: Der Grenzbeamte kippte in seinem verglasten Häuschen um, löste den Alarm aus und war tot. Sofort schlugen die Sirenen an und die Polizei riegelte das Areal ab. Panik brach aus. *War es wieder ein Terroranschlag der Islamisten?* Die Passagiere warfen sich auf den Boden und bewegten sich nicht. Nach einer halben Stunde, als der Saal von Hundertschaften aus Polizei und Security überquoll und mehrere hundert Menschen mucksmäuschenstill auf dem schmutzigen und eiskalten Flughafenboden lagen und nichts passierte, wurde jeder einzeln aufgesammelt und zur Vernehmung geführt. Alle wurden verdächtigt. Da traf es den Baron am schlimmsten, da er ja unmittelbar vor der Box des toten Polizisten war. Sein Pass lag noch in der Hand des Toten. Sie nahmen ihn so hart in die Mangel, dass er seine einstudierten Aussagen durcheinanderbrachte und sie ihn schließlich gründlich untersuchten. Alles unter strenger Polizeiaufsicht. So sind den Beamten die tadellosen, doch noch ein wenig frischen Spuren der plastischen Schönheitsoperationen im Gesicht und an den Händen des

Barons aufgefallen. Da haben ihn drei Beamte der Homeland Security beiseite genommen und gefoltert. In einem winzigen Kämmerchen, gefesselt, wie auf einem elektrischen Stuhl. Moderne Elektroschocks an den Handschellen angebracht, die man nicht nachweisen konnte. Der Baron schrie sich den Teufel aus dem Leib, doch in dem hermetisch abgedichteten Raum konnte ihn niemand hören. Die Amis waren Experten auf jenem Gebiet und vollzogen die Todesstrafe seinerzeit noch mit Hochgenuss. Nach vier Minuten hatte der Baron alles gestanden und die Beamten entfernten zufrieden das Gerät und brachten ihn zurück zur offiziellen Vernehmung. Dort berichtete der Baron alles haargenau, lammfromm, bis ins kleinste Detail, und unterzeichnete das Vernehmungsprotokoll mit seinem echten Namen, Horst Roland, Baron von Kappenberg. Das deutsche BKA wurde informiert und stellte einen Auslieferungsantrag. Der tote Polizist bei der Passkontrolle starb allerdings an der RMD, wie sie dort hieß, the Reeter-Molecule-Disease.

Simone Schwab war gerade in ihrem alten Büro, als sie von der Verhaftung ihres ehemaligen Chefs erfuhr. »Oh Wei«, dachte sie, doch das war alles, was sie noch für ihn übrig hatte. Nach der Flucht des Barons war sein Imperium schnell zerfallen. Ein neuer Medienzar versprach den Angestellten im Falle einer zügigen Übernahme finanzielle Hilfen, um den totalen Kollaps, Aktienverfall und Bankrott der Unternehmensgruppe zu verhindern. Die von Arbeitslosigkeit bedrohten Arbeitnehmer machten Druck und so konnte eine schnelle Übernahme durch den Hamburger Medienzar Sneider durchgeführt werden. Alle Führungspersonen und Manager bekamen hohe Abfindungen, so auch Simone Schwab. Dem Heer der normalen Arbeiter wurde der Erhalt ihrer

Arbeitsplätze plus 0,6 Prozent mehr Lohn zugesichert. Simone hatte der Unternehmensübernahme durch die Anwälte des Herrn Sneider und den Vertretern der Media Solutions beigewohnt. Es gab dort fast niemanden, der nicht die typische Manager-Robe aus dunklem Anzug, Krawatte, Lackschuhen und Sommersprossen trug. Niemand störte sich daran, doch Simone wurde es nach wie vor übel davon. Dafür freute sie sich über ihre stattliche Abfindung von zweihunderttausend Euro umso mehr.

Sie hatte gerade ihren neununddreißigsten Geburtstag und saß mit ihrer Freundin Susa im *Beauty Dome*. Sie wollten feiern und hatten schon ordentlich einen sitzen. Wie gewöhnlich ließen sie sich ihre Nägel polieren, Intimbereich samt Arschfalten sugarn und anschließend von Anton und Rob auf australisch shaken. In jener wilden Ekstase aus Geldrausch, Geburtstagstaumel und Shaking-Wave-Massage hatte Simone eine Idee. Sie saß prall im warmen Plätscherpool und trank einen süßen Cocktail.

»Weißt du was, meine Liebe«, lallte sie, «wir fahren mit dem vielen Geld nach Australien und machen bei den Entdeckern dieser Shaking-Wave-Massage einen Kurs und lernen das auch.«

»Genau, meine Schnecke. Das können wir auch!«

»Und dann machen wir unseren eigenen Laden auf und shaken die Mädels, bis ihnen die Rübe platzt«, fuhr Simone fort.

»Und den Rob und den Anton nehmen wir auch mit ins Boot«, schlug Susa vor.

»Yeah. High Five.«

»High Five.«

Sie waren sich einig und klatschten ab.

»Auf nach Australien, Down Under!«

Simone kroch aus dem Pool, grätschte die Beine und senkte ihren Kopf auf den Boden. Sie sah die Welt verkehrt herum an und blickte ins vertraute Gesicht ihrer Freundin Susa und war glücklich. Doch der Alkohol stieg ihr mächtig in den Schädel. Sie ließ sich schnell wieder in den Pool fallen, schwamm ein paar Züge und plantschte wie eine reife Seelöwin im Wasser umher. Dann bestellte sie Nachschub.

»Noch zwei so Süße, bitte!«, meinte sie und verdrehte die Augen.

So waren sie dann doch noch bei Anton und Rob, den Jungs mit den prallen Eiern, gelandet.

35.

Während sich die beiden Münchnerinnen am nächsten Morgen mit dem Taxi nach Hause schleppten, ihren Kater ausschliefen und weiter von Australien träumten, war Karina bereits hellwach.

Jetzt ist es soweit - der Tag meiner Abreise! Aufgeregt stand sie vor ihrem bepackten Auto und checkte das Gepäck. Auf ebay hatte sie sich noch eine Campingausrüstung gekauft. Die bestand aus einem Gaskocher samt Geschirr, einer aufblasbaren Isomatte, einem neuen Daunenschlafsack, Trekkingsandalen und einem grünen Wurfzelt - für alle Fälle. Der Verkehr raste laut und ungestüm an ihr vorbei und wollte sie mit sich reißen. Karina umarmte die junge Studentin, wünschte ihr viel Glück beim Studieren, küsste ihre Freundin Laura und winkte ihrer Nachbarin Frau Cylum zu, die oben am Fenster stand und den alten Schmusekater Mucki streichelte. Dann stieg sie ins Auto, schloss die Tür, schnallte sich an und startete den Wagen. Es war ein feuerroter Diesel, hatte zweihundert tausend Kilometer auf dem Tacho und schnurrte hervorragend. Karina blickte ein letztes Mal zurück, konzentrierte sich auf den Verkehr, wartete eine passende Lücke ab, machte eine verwegene Miene und fuhr los. Ihr Herz klopfte laut, denn letztendlich wurde gerade ihr Traum wahr: Sie hatte sich von der Vergangenheit gelöst und fuhr auf die Kanaren.

Ihr erstes Etappenziel sollte Freistein bei Freiburg im Breisgau sein. Dort wohnte ihre alte Schulfreundin Mia. Die beiden hatten sich fünf Jahre nicht gesehen. Auf der Autobahn drehte sie die Musik auf. Es kam *Triggerfinger. I follow*

Rivers. Karina sang und pfiff eifrig mit. *Endlich bin ich wieder frei und mache was Neues!* Ungesehene Lasten fielen von ihr ab - die Bewegung tat ihr gut!

Auf der Mittelkonsole frohlockte ein faustgroßes Schutzengelchen aus Rosenquarz, das Laura ihr zum Abschied geschenkt hatte. Karina fuhr gemütlich das breite Rheintal hinab. Nach zwei Stunden legte sie eine Pause ein und fuhr kurz nach Wiesbaden auf einen Rasthof. Sie kaufte sich an der Tanke einen Kaffee zum Mitnehmen und aß ihr Brot. Da sah sie ein Mädchen mit einer strohblonden Mähne und einem Rucksack näher kommen. Das Mädchen fragte die Leute an den Autos um eine Mitfahrgelegenheit und lachte freundlich, wenn sie abgelehnt wurde. Sie hatte schneeweiße Zähne und auffallend helle Dreadlocks. Ihre Augen leuchteten hellblau. Sie kam direkt auf Karina zu.

»Hello«, sagte sie.

»Hello«, erwiderte Karina.

Das Mädchen kam aus Osteuropa, das hörte Karina sofort, zudem war sie sehr jung.

»Do you go to Freiburg?«, wollte sie wissen.

»Yes«, gab Karina zu.

»Can I catch a ride with you?«, fragte die Tramperin.

Damit hatte Karina gerechnet.

»Till Freiburg, yes«, sagte sie. *Warum nicht?*

»Great«, freute sich die Tramperin und lächelte. »My name is Austeja. Austeja Orlacsu. I am from Litonia and I am going to Spain.«

»My name is Karina«, sagte sie und reichte ihr die Hand.

Karina war froh, wie es lief und bot der nordischen Tramperin ein Brot an. Die nahm es dankend an und ging sich ebenfalls einen Kaffee holen. Ihren großen Rucksack ließ sie schon mal bei Karinas Wagen zurück. Oben ragte ein zusammengerolltes

Schaffell heraus und vorne steckte eine Ukulele drin. Austeja kam mit einem duftenden Becher in der Hand und einem breiten Grinsen im Gesicht zurück. Wie sich herausstellte, war sie in aller Frühe bei Hannover gestartet und schnell vorangekommen. Sie erzählte Karina, dass das Trampen ganz gut funktioniere.

»Are you not afraid?«, fragte Karina skeptisch.

»No, never. Because if I was afraid, I could not go«, meinte Austeja bestimmt.

Karina bot Austeja an, sie bis Freistein mitzunehmen. Dann verstauten sie Austejas Rucksack im Kofferraum und fuhren los. Austeja lehnte sich zurück und genoss den Fahrtwind. Sie unterhielten sich auf Englisch und erzählten sich offen, was sie schon so alles erlebt hatten. Karina fielen sofort Austejas Tattoos auf. Austeja war dreiundzwanzig. Sie wollte den Sommer in Südspanien verbringen und Straßenmusik machen. Auf der Ukulele konnte sie so einigermaßen spielen und ein paar Lieder singen. Sie meinte, es reiche, um mit dem Hut herum zu gehen und ein paar Euros zu verdienen.

»Pretty girls always get a lot of money!«, strahlte Austeja und meinte, dass sie sich beim Fahren abwechseln konnten, da sie auch einen Führerschein hatte.

Das kam Karina gelegen. Sie fuhr den nächsten Parkplatz an und die beiden tauschten die Plätze. Austeja zeigte Karina ihren neuen EU Führerschein und setzte sich ihre Autofahrerbrille auf. Damit sah sie wie ein elfjähriges Schulmädchen aus. Karina lachte. Am frühen Nachmittag fuhren sie bei herrlichem Sonnenschein von der Autobahn ab und schlängelten sich den dunklen Schwarzwald nach Freistein hinauf. Dort mussten sie eine Weile suchen, bis sie Mias Haus fanden. Das lag versteckt am Waldrand, am Ende einer Schotterpiste. Mia empfing die beiden herzlich. Die

Freundinnen meinten, sie hätten sich gar nicht verändert, doch die beiden Kinder, die um Mias Beine wuselten, sprachen andere Bände. Mia hatte fast so viele Sommersprossen wie Karina, nur noch hellere Haut. Sie war Ärztin in der Schwarzwaldklinik und von der Sommersprossen-Pandemie gezeichnet. Täglich musste sie die Todesängste der verzweifelten Sommersprossen-Infizierten hautnah miterleben und konnte nichts für sie tun. Für Mia war das furchtbar und auch die Psychologen der Klinik waren überfordert. Bei ihnen waren bereits elf Menschen an der RMK gestorben.

Mias Mann Nils war Musiker, doch weil sie das abbruchreife Häuschen, in dem sie wohnten, gekauft hatten, war er seit Monaten Handwerker. Er lud die beiden auch gleich zu einer ordentlichen Mauerers-Brotzeit ein und tischte ihnen reichlich Bier, Schinken, Brot und Käse auf. Mia gestand, dass sie sich mit dem Häuschen, den zwei Kindern und der psychisch sehr belastenden Arbeit in der Klinik übernommen hatte und kräftemäßig völlig am Ende war, was ihre Augenringe eindrucksvoll bezeugten. Doch die Mühen hatten sich gelohnt, denn die junge Familie lebte jetzt in einem kleinen Schloss. Weil Nils die komplette Scheune auch gleich mit ausgebaut hatte, war ihr Wohnraum riesig. Ihr Zuhause war mit eingeölten Naturhölzern, riesigen Glasflächen, Lehmwänden, Mosaikböden und einer Fußbodenheizung versehen. Nils hatte noch einen kleinen Abschnitt am Dachboden fertig zu stellen, dann war es vollbracht - und sie wollten nur noch relaxen.

Er zeigte den beiden seine mongolische Jurte, in der sie schlafen konnten. Die stand abseits neben der Wiese auf einem Holzpodest und hatte eine kleine Tür, durch die man gebückt hineingehen konnte. Drinnen waren Teppiche ausgelegt und neben dem Eingang stand ein gusseiserner

Holzofen. In der Mitte lagen zwei Matratzen mit orientalischen Bezügen, eine links und eine rechts. Die Jurte war kreisrund und die hölzernen Deckenstäbe liefen nach oben zur Mitte hin in einen Kranz zusammen, der das Filzdach trug. Der Geruch verriet ihnen, dass die Jurte lange nicht bewohnt war. Karina und Austeja holten ihre Schlafsäcke und richteten sich ein. Dann gingen sie sich die Beine vertreten und lauschten dem Gesang einer Amsel, bis es dunkel wurde, bevor sie ins Haus gingen, das mit den vielen beleuchteten Fenstern von außen wie ein Palast aussah. Sie aßen ausgiebig zu Abend und bewunderten Nils' Instrumentensammlung. Mia holte zur Feier des Tages eine Flasche selbstgemachten Brombeerwein aus ihrer Speisekammer und schenkte ihnen ein. Süß und süffig war er. Austeja lehnte in Mias Couch, klimperte auf der Gitarre und war von dem behaglichen Heim beeindruckt. Schnell hatten sie die erste Flasche geleert, Mia holte die zweite hervor und quasselte bis tief in die Nacht hinein mit ihrer alten Freundin. Dann torkelten Karina und Austeja zur Jurte hinunter, zündeten Kerzen an und ließen sich betrunken aufs Bett fallen. Karina starrte nach oben in die Decke. Jener heimelige Raum kam ihr wie ein kleines Universum vor und sie verstand, warum man sich darin so wohl fühlte: er war weich und rund. So wollte sie auch leben und pustete die Kerzen aus. Austeja summte, bis sie schlief. Draußen blies der Wind über die hohen Wipfel der mächtigen Schwarzwaldfichten hinweg. In der Ferne hörte man ein Käuzchen rufen.

Als die beiden Frauen am nächsten Morgen erwachten, schien die Sonne und sie hörten ein Auto losfahren, das war Mia, die die Kinder zur Schule brachte und zur Arbeit fuhr. Die beiden dösten wieder ein und schliefen noch einmal tief und fest. Als sie schließlich aufstanden, war es Mittag. Oben im Haus hörten sie Nils laut herum werken. Er hatte eine Schleifmaschine in der Hand und eine apokalyptische Staubmaske samt Ohrenschutz im Gesicht. *Wow, ein wilder Mann!* Als er die beiden sah, legte er eine Pause ein, servierte ihnen ein kleines Frühstück und gab ihnen Tipps für die Reise. Nils zeichnete ihnen heiße Quellen, Hippie-Strände und verfallene Schlösser auf der Karte ein. Karina und Austeja wollten Frankreich durchqueren und am Mittelmeer entlang nach Spanien fahren und sich eventuell die Alhambra in Granada anschauen, wo Austeja hinwollte. Von dort ging es für Karina zur Hafenstadt Huelva weiter, wo die Atlantikfähre auf die Kanaren ablegte. Für Karina war klar, dass sie Austeja bis nach Spanien mitnahm.

»Oh great!«, freute sich Austeja und fiel Karina um den Hals.

Somit war das beschlossene Sache und Karina war froh, nicht alleine zu reisen. *Eine Fügung des Schicksals! Das trifft sich gut.*

So stieg die junge Litauerin mit ihren mächtigen Dreadlocks unter dem blühenden Apfelbaum zu Karina in den roten Kangoo. Da blies eine kräftige Windböe durch den Garten und ließ schneeweiße Apfelblüten auf sie hernieder gehen. *Hui! Wie schön!* Sie betrachteten das als einen guten Segen, verabschiedeten sich und fuhren los. Ihre Frühlingssause ging weiter, die kleine Schotterpiste hinauf bis zur Straße, links, dann wieder links und hinunter auf die A5, an Freiburg vorbei und nach Frankreich hinein. Das Land der Trikolore von Freiheit, Gleichheit und Brüderlichkeit. In voller Fahrt überquerten sie die Landesgrenzen.

»Jippiee!«, riefen die Mädchen.

Zur Feier des Tages holte Austeja eine Blüte frisch duftendes Marihuana aus ihrem Geheimversteck hervor und rollte einen kleinen Joint. Karina wollte nicht spießig sein und zog auch einmal. Sie kurbelten die Fenster runter, drehten die Musik auf und genossen den lichtvollen Tag. Sie tranken ihren ersten »Café au Lait« und tankten den Wagen voll. Übermütig lächelten sie den jungen Männern zu und hielten mit ihren langsamen Überholmanövern die Raser auf.

»Vive la France!«, lachten sie.

Sie hörten Leonard Cohen, schwenkten die Arme zur Hymne und sangen laut mit: »*Halleluja, halleluja!*«

36.

In Deutschland gab es mittlerweile über eine Million Menschen mit den Sommersprossen. Binnen einer Woche hatte sich die Zahl der Infizierten verzehnfacht und die Zeugen Jehovas rannten fleißig von Tür zu Tür und verkauften ihren »Wachturm«. Sie wollten die verlorenen Seelen retten und kurz vor dem jüngsten Gericht noch karmische Pluspunkte sammeln und vor ihrem Herren Jesus Christus Gefallen finden. Umsonst taten sie das auch nicht. Eines Morgens klopften zwei an Werners Haustüre.

»Tock, tock, tock.«

Werner und Marion waren gerade beim Frühstücken. Es gab frischen Kaffee, Omelett mit Bioeiern und leckere Vollkorncroissants. Ihre Körper waren noch warm vom Bett und sie schmusten verliebt. Der Designer ging dennoch zur Tür und machte auf. Ein schmächtiges, unästhetisch gekleidetes Pärchen voller Sommersprossen stand in der Tür. Werner war kurz sprachlos.

»Grüß Gott!«, sagten die Zeugen Jehovas trocken. »Glauben Sie an Gott und seine Lehre?«

Werner dachte nach.

»Hm. Guten Morgen erst mal. Möchten Sie Kaffee?«

»In Gottes Namen, wenn es Ihnen nichts ausmacht«, sagten sie und schlüpften in den Flur.

Das war ihre Masche.

»Warten Sie einen Moment hier«, sagte Werner und fragte Marion, ob es ihr recht sei, wenn zwei Zeugen Jehovas herein kämen.

»Na freilich«, meinte sie.

Das graue Pärchen setzte sich in die Wohnküche an den Tisch des Designers und bekam zwei Tassen frisch aufgebrühten Bohnenkaffee und obendrein zwei Vollkorncroissants serviert. Dankbar tranken sie.

»Nun, wir möchten Sie warnen. Das Ende der Welt ist nahe und nur die Guten werden von unserem Herrn Jesus Christus in den Himmel gehoben. Glauben Sie an Gott, den Herrn, und seine Gesetze?«, fragte der Bekehrer.

»Warum an *seine* Gesetze?«, fragte Marion verblüfft.

»Weil er der Herr und Gott ist«, entgegnete der biedere Mann.

Marion lächelte seelenruhig, zog sich langsam ihr Pyjama-Oberteil aus und saß den beiden oben ohne gegenüber. Zärtlich umfasste sie ihre Brüste.

»Wissen Sie, was das ist?«, fragte sie.

»Aber natürlich«, entgegnete der Zeuge Jehovas. Er wurde blass und sein Kinn senkte sich.

»Wunderschöne Möpse«, dachte Werner begeistert.

»Für Säuglinge«, meinte Marion, »ist das die Quelle der Liebe. Die göttliche Mutter lässt ihre Liebe zu all jenen fließen, die bedürftig und empfänglich sind. Und glauben Sie mir, Leude, wir sind hier alle bedürftig!«

Marion stand auf und ging ganz nah zu ihnen hin. Die beiden Zeugen Jehovas starrten mit weit aufgerissenen Augen auf ihre vollen Brüste.

»Möchten Sie mal anfassen?«, fragte Marion.

Sie hielt den beiden ihre Möpse so nah vor die Nasen, dass sie vorsichtig ihre Hände ausstreckten und sie zaghaft streichelten. Werner war sprachlos.

»Spüren Sie das?«, fragte Marion.

»Ja«, gab der kleine Mann verlegen zu.

Seine Frau legte eine Hand auf Marions Brust und die andere

Hand auf ihr von Sommersprossen übersätes Gesicht. Dann zogen sie Marion unvermittelt zu sich heran und wärmten ihre blutleeren Gesichter an ihren warmen Brüsten. Sie spürten die weiche Haut und atmeten angeregt. Tränen kullerten aus ihren Augen.

»Oh, das tut so gut«, jammerte der mausgraue Mann.

Er hatte sein ganzes Leben die Liebe nicht gekannt, nach der er sich so gesehnt hatte. Bei seiner Geburt verabreichten die Ärzte seiner Mutter eine Spritze, damit keine Muttermilch einschoss und sie nicht stillen konnte. Stillen war damals nicht angesagt, es wäre unhygienisch, sagten die Ärzte, und unzivilisiert. Deshalb verbrachte der arme Mann seine ersten Lebensmonate mutterseelenallein in einem Gitterbett und wartete vergebens auf etwas Liebe und Zuneigung. Bald verabreichten sie ihm dann eine zweite, noch brutalere Chemiebombe von Bayer, die sie Impfung nannten, und er wurde sehr krank. Doch seine Mutter nahm ihn noch immer nicht mit in ihr wohliges Bett, sondern ließ ihn weiter in seiner Gitterbox schmachten, aus der er nicht entfliehen konnte. Nur wenn er sein Fläschchen bekam, floss ein wenig Fürsorge zu ihm hin. Später, in seiner Kindheit und Jugend, wurde er regelmäßig von seinem alkoholabhängigen Vater verdroschen und der abstoßende Geruch des Vaters nach Schnaps und HB-Zigaretten wich sein ganzes Leben nicht mehr aus seinem Gedächtnis. So wurde der Mann ein Sonderling, der wusste, dass ihm etwas fehlte. Jenes Wissen trieb ihn an. Er suchte nach Gott und landete bei den Zeugen Jehovas. Doch deren Version vom Leben brachte ihm auch keine Liebe ein, nur die krankhafte Vorstellung, dass er auf der richtigen Seite stand und alle anderen auf der falschen. Das wiederum zog seine traumatisierte Frau an, die sich ganz schlimm vor dem Satan fürchtete. Sie wurde als kleines Mädchen jahrelang von ihrem

Großvater, einem Dortmunder Nazi, sexuell missbraucht. Der alte Greis hatte ihr so eine Angst vor der Hölle eingetrichtert, dass sie sich mittlerweile vor allem fürchtete und den Teufel überall sah.

»Bitte verzeihen Sie mir«, gab der Mann in Werners Küche klein bei. Marion nahm ihn ganz feste in ihre nackten Arme, wie ein kleines Kind.

»Sehen Sie, wie einfach alles ist? Denn *seine* Gesetze ohne *ihre* Liebe interessieren mich nicht. Ohne Liebe könnt ihr alles vergessen!«, sagte sie entschieden.

Lange umarmte sie auch seine Frau. Die zwei Zeugen Jehovas verabschiedeten sich höflich und verschwanden beeindruckt nach draußen.

Werner war baff. Fragend sah er Marion an, doch die grinste schon wieder dicke, so, als wollte sie ihn gleich noch einmal vernaschen. Erst spät in der Nacht lachte er dann los, brüllte wie ein Berglöwe und hielt sich vor Lachkrämpfen den Bauch. Das Mietshaus bebte, als das Bild der Zeugen Jehovas noch einmal vor seinem inneren Auge auftauchte und er losprustete. Die zwei hatten tagelang das ganze Viertel abgeklappert und die Leute bekehrt, doch an Marions Brüsten hatte nur er sie gesehen.

In jener Nacht lag der arme Zeuge Jehovas wie ein Baby an der Brust seiner Frau und sie erzählte ihm unter dem strömenden Regen ihrer Tränen zum ersten Mal von ihren schlimmen und unmenschlichen Vergewaltigungen, die sie als Kind ertragen hatte.

Ohne ihre Liebe können wir alles vergessen! Die beiden riefen sich Marions Worte ins Gedächtnis und spürten zum ersten Mal, dass Gott nicht die leeren Worthülsen der vielen Theoretiker war, sondern echte Liebe, die sie in jenem Moment und an jenem Vormittag zum ersten Mal richtig gespürt hatten.

37.

Für Osario, auf dem Kontinent der Schildkröteninsel, jenseits des wilden Atlantiks, war alles ganz klar: das große Tabula Rasa stand bevor und die Leute kamen zu Hunderten, um an seinem heiligen Schlangentanz teilzunehmen. Seine Weide, auf der das Gras für seine Rinder und den alten Pintohengst immer höher wuchs, glich einem Indianerdorf. Meist übten sie die Lieder und Tänze für den Schlangentanz bis in die frühen Morgenstunden hinein. Die Feuer brannten die Nächte hindurch und hinterließen nichts, als heiße Glut und magische Bilder aus Asche.

38.

Dave raste wie betrunken und mit viel zu hoher Geschwindigkeit eine schmale Schotterpiste entlang, die sich in einer langen Rechtskurve um eine Bergflanke wand. Erst jetzt merkte er, dass er viel zu schnell dran war und kam mit seinem Wagen von der Piste ab. Wie so oft auf den Kanaren ging es dort viele hundert Meter tief ins Barranco hinunter. Sein Wagen stürzte ab und befand sich im freien Fall. Da dehnte sich Daves Geist über das fallende Auto aus. Er war traurig. *Oh je. Jetzt stirbt der Dave.*

Doch im selben Augenblick überkam ihn ein wunderbares Gefühl der Erleichterung. *Ah schön!* Ihn überwältigte eine angenehme Seligkeit, die ihn voll und ganz ergriff. Jede Pore seines Seins - dann wachte er auf und war noch immer von jenem wunderbaren Gefühl durchdrungen. Er war gerade im Traum gestorben und hatte sich selten so wohl gefühlt. Jenes angenehm erleichternde Gefühl sollte ihn den ganzen Tag begleiten.

Benommen stieg er aus seinem Bett, ging nach draußen und urinierte. Es war bereits hell, die Sonne ging gerade auf. *Wieder ein sonniger Tag im Paradies!* Er setzte sich Tee auf, breitete seine Yogamatte auf der Veranda aus und machte ein paar Liegestützen und Asanas, damit er nicht einrostete. Fasziniert dachte er über seinen Traum nach. »Jetzt stirbt der Dave«, hallten die Worte in seinem Kopf wider und er spürte noch immer jenes erleichternde Gefühl. Da schob sich die Sonne über die Wipfel der Bäume und erhellte sein Haus. Im strahlenden Sonnenschein ging er zu den Misperobäumen hinunter, holte sich seine tägliche Ration Vitamine ab und schlang sie gierig hinunter. Im Gras blühten weiße und violette Lilien, Bienen schwirrten zu ihren Honigflügen aus und rotbraune Schmetterlinge tänzelten schwerelos durch die Luft. Der violette Klee schoss ungeniert in die Höhe, die Vögel zwitscherten und die kanarischen Ringelblumen reckten zu Hunderten ihre gelben und orangen Köpfe ins Licht. *Ich sollte davon mal eine Salbe machen.* Dave fand das Wetter unerträglich geil und ging in den Gemüsegarten, eine Runde gießen. Mit der Nase auf dem Boden begutachtete er, wie alles wuchs. *Wenn nur das lästige Unkraut nicht wäre!* Bald würde es das Gemüse überwuchert haben und er musste wohl oder übel jäten. Er setzte sich auf die Veranda, verspeiste seine Avocadobrote und genoss die Aussicht. Über seinem Kopf erstrahlte der tiefblaue Himmel der Kanaren. Im Norden der Insel wirbelten dicke Passatwolken durcheinander und veränderten ihre Formen.

»Tschiii, tschiii«, pfiffen die Bussarde und schraubten sich mit den Luftmassen höher und höher hinauf.

»Tschiii«, pfiff Dave schrill mit.

Gut gelaunt schnappte er sich den alten Eisenrechen und ging zum Tipi-Platz hinauf. Die Feuerstelle war intakt und die Verankerungseisen steckten noch fest in der Erde. Das Tipi brauchte nur aufgestellt zu werden. Er rechte das Laub des Kastanienbaumes zusammen und warf den Blätterberg die Natursteinterrasse hinunter. Unter einer Plane lagerten die vierzehn Tipistangen. Sie waren aus echtem Bambus, an einigen hingen noch die bunten Stoffbänder vom letzten Jahr dran. Dave freute sich und rief Howi an. Der wollte in einer halben Stunde vorbeikommen und ihm helfen. In der Zwischenzeit zerrte er das riesige Stoffbündel den Hügel hinauf, ging ins Haus und machte die Musik an. Dave liebte satten, schnellen Reggae. *Oh wow, die Karina kommt!* Er musste schon wieder an sie denken und wusste gar nicht mehr, wie ihm geschah. Sie war längst unterwegs und hatte ihm von Freistein aus eine SMS geschickt. *Bald ist sie hier und in einer Woche kommen Ruanda und Marlene an.* In seinem Leben war wieder einiges los.

»Typisch Frühling«, dachte er, »da spielt das Leben immer verrückt.«

Vor Freude drehe er sich im Kreis und tanzte zur Musik. Dave hatte voll Bock auf einen Kaffee und machte sich einen. Seine Küche war urgemütlich und das Herz seines Hauses. Alles war einfach und mit viel Liebe zusammengebaut. Die alte Espresso-Maschine, die ein Erinnerungsstück an einen verstorbenen Freund war, verbreitete laut röchelnd den heißen Kaffeeduft. Dave schenkte sich ein und gab Sahne dazu.

»Aber bitte mit Sahne«, sang er übermütig, segnete sein Getränk und setzte sich vors Haus.

Er jubelte sein »Aah Ya Aah« in die Welt und trank. Nach ein paar Schlucken jenes köstlichen Getränkes kam auch schon Howis brauner Hund Rudi mit seinen weißen Pfoten angelaufen, schnüffelte ihn ab und wedelte mit dem Schwanz. Rudi war zwar eine kanarische Pitbull-Mischung, aber bei Howi aufgewachsen, war er die Liebe in Hundeform - jeder mochte ihn.

Howi kam alsbald hinterher. Früher hatte er eine überdimensionale Lockenpracht auf dem Kopf gehabt, doch mittlerweile war sein Storchennest kleiner und weiß geworden. In seinen jungen Jahren demonstrierte Howi in Frankfurt am Main für die Hochschulreformen. Regelmäßig nietete der Schwarzgurt während der Studentenunruhen ein paar Polizisten mit seinen gekonnten Karateschlägen in die Magengrube um, bis ihn die Bullen entdeckten, dann mussten ihm seine Mitstreiter Deckung geben und er tauchte im

Gerangel der Demonstranten nach hinten weg. Daves Nachbar war live dabei gewesen und hatte den Flair der 68er hautnah miterlebt und geprägt. Sentimental wurde Howi jedes Mal, wenn das Gespräch auf die junge Joan Baez kam. Er war ihr auf einem Konzert in Frankfurt begegnet und sie lud ihn hinterher auf eine wilde Party ein, wo sie ihm einen Kuss gab, den er sein ganzes Leben nicht mehr vergaß.

»Mensch Dave«, schwärmte Howi wieder, »wenn ich gewusst hätte, dass sie auf so Typen wie mich steht, groß, und eine rote Matte auf dem Kopf, Mensch Dave!«

»Was, Howi?«, bohrte Dave nach.

Sein siebzigjähriger Freund hob die Arme.

»Wer weiß?«, sagte er. »Die Joan Baez war damals die schönste Frau auf der Welt.«

Nach jener Begegnung war Howi auf den Bhagwan gestoßen, Osho, den indischen Guru, der mit seinem Fuhrpark voller Rolls Royces weltberühmt wurde. Howi schwor auf ihn. Er war sich sicher, dass ihn die Amis im Gefängnis von Oregon mit Thalium vergiftet hatten.

»Weil Osho das Potential hatte, die ganze Welt zu verändern«, sagte er.

Howi war in verschiedenen Osho-Kommunen gewesen und hatte sich sexuell und spirituell befreit.

»Zumindest legten wir wichtige Grundsteine dazu«, sagte er.

Sie schrien sich ihre Blockaden von der Seele und fickten in ihren berüchtigten lila Therapiegruppen wild und angstlos reihum. So wollten die orange gekleideten Sannyasins ihre falschen Konditionierungen und Hemmungen loswerden. Jene Sequenzen interessieren Dave besonders und waren also wahr. Der Althippie saß ihm grinsend gegenüber und war extra gekommen, um ihm beim Aufstellen des Tipis zu helfen.

»Also los! Mach hinne«, drängte er. »Ich habe nicht bis morgen Zeit.«

»Ja, ja. Howi, ich mache ja schon. Was sagt eine Frau nach dem siebten Orgasmus in Folge?«

»Keine Ahnung.«

»Danke Dave!«

Grinsend gingen sie zum Tipi-Platz.

»Zwei Blondinen gehen an Weihnachten in den Wald, einen Christbaum holen. Nach fünf Stunden erfolgloser Suche meint die eine resigniert: Na gut, dann nehmen wir eben einen ohne Kugeln«, konterte Howi.

Die beiden zogen ihre Mundwinkel auseinander, spannten ihre Bauchmuskeln an und lachten.

»Okay«, sagte Dave, »hier habe ich noch einen Brüller für dich: Ein Opa sitzt in der U-Bahn und stiert die ganze Zeit einen jungen Punker mit einer knallroten Irokesenfrisur an. Da reicht es dem Punker irgendwann und er fährt den Opa an: Hey Alter, was geht? Hast Du in deiner Jugend keine Schandtaten begangen?

Sagt der Opa: Doch, natürlich. Ich habe in meiner Jugend Hühner gefickt. Und jetzt überlege ich die ganze Zeit, ob Du mein Sohn sein könntest.«

Wieder lachten sie. Das waren ihre Witze und sie hatten davon hunderte auf Lager. Wenn Dave irgendwo einen neuen aufschnappte, erzählte er ihn sofort seinem Nachbarn. Oft winkte der zwar ab, »Ooch, den kenne ich schon«, aber meistens gab es doch ein paar Lacher und mitunter knieten sie auf allen Vieren auf dem Boden und lachten sich schlapp.

Dave nahm die drei Grundstangen, band sie mit einem langen Seil zusammen und sie stellten das riesige Dreibein auf. Dann lehnten sie die übrigen Bambus-Stangen rundherum im Kreis dazu. Als alle elf standen und sich oben in der Mitte überschnitten und das sogenannte Nest bildeten, wickelte Dave das restliche Seil um ihren Schnittpunkt. Damit das Tipi stabil wurde, zurrte er das Seil herunter und machte es neben dem Lagerfeuer an der alten Eisenstange fest. Das Gerüst war jetzt fertig. Fünf Meter im Durchmesser und sieben Meter hoch. Es fehlte noch die Haut. Die war ein festes Baumwollsegeltuch. Dave rollte das Bündel auseinander und band die Spitze oben an der zwölften Stange fest. Dann hoben sie gemeinsam den Stoff hoch. Sie rollten die lange Wurst links und rechts auseinander und trafen sich auf der gegenüberliegenden Seite, wo der Eingang hinkam. Dort steckten sie die zwei Seiten mit hölzernen Stäben zusammen und brachten die Türklappe an. Sie spannten das Zelt an den Eisenheringen ab und fädelten oben die letzten Stangen, Nummer dreizehn und vierzehn, an den Rauchklappen ein. Das Tipi war fertig aufgestellt! Sie freuten sich über die getane Arbeit und machten Feierabend. Auf den Kanaren, meinten sie, durfte man es mit der Arbeit nicht übertreiben. Das wisse dort jeder. Die nächsten Tage stellte Dave die Betten rein und es konnte losgehen.

»Moskitonetze braucht ihr dieses Jahr keine«, meinte Howi trocken. »Und Rudi ist endlich seine lästigen Flöhe los.«

»Komm, Howi, lass uns einen Tee trinken.«

Die Wunschkanaren setzten sich auf die Veranda und Dave erzählte Howi seinen Traum. Howi dachte gleich an die Sommersprossen-Krankheit.

»Mensch Dave, wenn alle abschmieren, wundert mich dein Traum nicht. Ich frage mich nur, wer bei uns der erste RMK-Tote sein wird. Ich habe gehört, dass in Tazzacorte schon etliche mit den Punkten im Gesicht herum laufen. *Pecas*, wie sie hier auf Spanisch heißen. Oh Gott!«

39.

Um seinem neuen Lebensgefühl Ausdruck zu verleihen, hatte sich Werner ein neckisches Unterlippen-Bärtchen wachsen lassen, wie es die Spanier gerne trugen. Er fühlte sich unwiderstehlich und sexy.

Doch jetzt hatte er schreckliche Kopfschmerzen. Das ständige Hämmern und Bohren der Bauarbeiten direkt vor seinem Büro war ihm zu viel. Seit drei Tagen dröhnten und pochten die wuchtigen Maschinen und Pressluftbohrer einer niederländischen Straßenbaufirma direkt vor seinem Fenster. Sie frästen den Asphalt auf, gruben tiefe Schächte in die Erde und verlegten im ganzen Viertel die Kanalisation. *Als ob es nicht schon genug Chaos auf der Welt gäbe! Nein, jetzt müssen auch noch die Abflussrohre für die ganze Scheiße erneuert werden!* Werner wollte seine Ruhe haben. Er setzte sich Kopfhörer auf und lauschte besinnlicher Musik. Dabei dachte er über die Welt nach: Sommersprossen, Attentate, Flüchtlinge, Baustellen, Kriege und Psychopathen. Er hegte trübe Gedanken und driftete ab. Die Presslufthammer spornten ihn an. *Wir müssen unser Gehirn wieder frei kriegen, uns säubern!* Das Menschenleben schien ihm gerade völlig sinnlos und fad. Werner bäumte sich auf, malte sich ein farbenfrohes Bild, wie sich die Menschen von ihrem inneren Ballast befreien konnten und ließ seiner Phantasie freien Lauf.

»Wir pumpen uns einfach mit Helium auf«, dachte er trotzig, »und werden leichter als Luft. So überwinden wir die Schwerkraft und heben ab. Wie ein kosmischer Astronaut in einem aufgeblähten Raumanzug schweben wir ins All und breiten die Arme aus. Wir verlassen unser gewohntes Raum-

Zeit-Kontinuum und floaten wie eine riesige Seifenblase in die Luft und drehen uns um die eigene Achse. Kopfüber nach vorne, hinunter und wieder herauf. Einmal rundherum. Wir setzen unsere Reise in der Schwerelosigkeit fort und fliegen wie ein Heißluftballon steil ins All hinauf. Befreit von der Schwerkraft gleiten wir mit einem tollen Gefühl im Bauch davon. Direkt auf diese runde Kugel vor uns zu. Das ist der Mond. Von hier aus geht es dann rasend schnell und in völliger Harmonie und Gemütlichkeit durch diesen sehr, sehr weiten Weltraum dahin. Up and away. Immer höher, bis wir auf einem kleinen Zwergenmond landen. Hier wollen wir unser modernes und verdrecktes Menschengehirn freiwaschen, putzen ist angesagt. Wir stehen am Ufer eines wunderschönen, glasklaren Teiches. Der Grund ist aus reinem Gold und das wohlig-warme Wasser gluckert leicht prickelnd. An der Oberfläche treiben Teichrosen mit weißen Blütenblättern. Nackt tauchen wir in diesen verjüngenden Teich und atmen sein wässriges Elixier mit all unseren Poren ein, bis es uns voll und ganz durchfließt und unser irdisches Bedürfnis nach Sauerstoff gestillt ist. Jetzt sind wir akklimatisiert. Wir tauchen auf den goldenen Grund des Teiches hinab und tanzen erst einmal ordentlich zu den geilsten Liedern und Rhythmen ab, die wir noch nie zuvor gehört haben. Wir schütteln uns, shaken da boody und grooven uns ein. Von unten sehen wir die Teichrosen, die wie Flugdrachen an ihren langen Stängeln hängen, die direkt aus dem goldenen Boden bis hinauf an die Oberfläche des Teiches reichen. Ihre Blüten schwingen sanft über unseren Köpfen. Sonnenstrahlen brechen sich in ihren Blüten, fallen in glitzernden Regenbogenprismen zu uns herunter und funkeln auf dem goldenen Grund, auf dem wir tanzen. Mit jeder Farbe, die herunter scheint, glitzert und leuchtet, erklingen andere Töne. Wir drehen den Sound weiter auf und lassen die heilenden Wasser unser Gehirn durchströmen und alle Schwachstellen reparieren. Diese Wasser sind ein magischer Kitt. Wie ein moderner Kalklöser weichen sie unsere Gehirnzellen auf und durchschwämmen diesen heiligen, menschlichen Teig. Jetzt kann uns der ganze Mist, den wir ein Leben lang angesammelt haben, verlassen. Sämtliche Gifte, Hasstiraden, Pfeile, Schwerter, Motorsägen, Zornausbrüche, Überlebensängste, Wutanfälle, Schuldgefühle, Minderwertigkeitskomplexe, Lügen, Eifersuchtsattacken und all ihre Kollateralschäden fließen als dunkelrotes Rinnsal aus uns heraus in den von Diamanten gesäumten Gulli hinein. Von dort fließt der Dreck ins Mondinnere, wo er verbrannt, zerlegt und in reinen Wasserstoff zurückverwandelt wird und uns eines Tages als glasklarer Kristall verzaubern wird. Noch ein kleines Weilchen drehen wir uns im Teich, atmen tief durch und genießen die Heilung. Wie die Teichrosen über unseren Köpfen blühen wir langsam auf, breiten unsere Arme aus und entfalten unsere leuchtenden Farben. Erfrischt gleiten wir an die Oberfläche zurück und zelebrieren es, wie Krishna übers Wasser zu wandeln. Dann erklimmen wir den mattblauen Berggipfel dort drüben und bewundern den alten, knorrigen Baum, der da schon seit zigtausend Menschenjahren steht. Violette Früchte hängen daran, so groß wie Auberginen, süß und saftig. Um uns zu stärken, pflücken wir eine und stellen überrascht fest, dass auch sie lustige Töne von sich gibt und freundlich erklingt, wenn wir sie berühren. Die Schoten verströmen zudem einen unnachahmlichen Duft. Unsere Geruchssinne sind fasziniert. Behutsam führen wir eine an unseren Mund und riechen daran. Dabei überkommt uns starkes Wohlgefallen. Das Wasser läuft uns im Mund zusammen. Schließlich wagen wir es, setzen unsere Lippen an die paradiesische Frucht und beißen hinein. Die weiche Substanz schmeckt phantastisch! Richtig köstlich sogar. Zufrieden schmecken wir weiter und verzehren die Leckerei dann doch relativ schnell. Ihr Duft betört indessen weiter unsere Sinne, während ihr Saft unsere Mundwinkel ölt. Unsere Lippen gehen weit auseinander und wir können wieder richtig lachen. Gleich haben wir die ganze Frucht verdrückt und sind satt. Zufrieden lassen wir unseren Blick in die Stille dieser bizarren Mondwelt gleiten. Am Himmel funkeln Sterne. Der Berg ist mit blauen Saphiren, gelben Citrinen und roten Rubinen übersät. Dankbar für diese kleine Auszeit von unserem Erdenleben haben wir Lust, wieder nach Hause zu fliegen. Unser Gehirn hat etwas Neues erlebt und wir sind bereit für die Heimreise - sauber und fit. Schnell heben wir ab und düsen in die Luft hinauf. Darin sind wir jetzt geübt. Wir merken, dass wir in unserer Phantasie überall hin können. Die Musik bringt uns schnell und zielsicher zurück. Die einen oder anderen Fruchttropfen mögen noch an unseren Lippen und Mundwinkeln kleben, lecker! Eine holde Frauenstimme verkündet uns von der Liebe, welche die Welt beseelt. Die Poesie ist nicht nur zum Spielen da, sondern sie ist auch, wer wir sind,« dachte Werner etwas besser gelaunt und sah aus dem Fenster, wo sich die riesigen Maschinen noch immer ein heftiges Stelldichein mit Kölns alter Teerdecke und dem steinharten Granitboden gaben. Ernüchtert nahm er die Kopfhörer ab.

40.

Karina und Austeja genossen ihre Reise in vollen Zügen und verstanden sich prima. Austeja überredete Karina, mit ihr im Auto zu nächtigen, um Geld zu sparen. Zu zweit hatte Karina auch keine Angst vor einem Überfall und so schliefen sie die zweite Nacht auf einem Waldweg in Frankreich, eng in ihren Transporter gekuschelt, und die dritte Nacht im Freien hoch über dem Rhonetal neben einer Kuhweide. Am Morgen wurden sie von den Wiederkäuern begrüßt, die gemütlich auf der bunten Blumenwiese weideten. Die Frauen ließen sich die Hände von den rauen Zungen der Kuhladys abschlecken, streichelten ihre riesigen Köpfe und bestaunten ihre langen Wimpern. Karina dachte an Dave. *Wie es wohl werden wird, in La Palma?*

Zum Frühstück fuhren sie in das kleine Örtchen La Breche. Es gab Café au Lait, Croissants und Fruchtsalat. Vor dem Supermarkt packte Austeja ihre Ukulele aus, legte eine indische Kappe mit runden Spiegeln vor sich auf den Asphalt und legte los. Karina war das peinlich, für sie waren Straßenmusiker Bettler. Doch als sie hörte, wie schön Austeja spielte und dazu sang, gefiel es ihr auf Anhieb und sie warf ihr gleich ein paar Münzen in den Hut. Auch die Franzosen fanden es gut, folgten Karinas Beispiel und ehe Austeja sich versah, hatte sie zwanzig Euro beisammen. Davon kaufte sie Reiseproviant, von der Hand in den Mund quasi, und sie fuhren weiter. Der Süden war ihre Richtung. Bei der Einreise nach Spanien wurden sie grob von der spanischen Polizei, der Guardia Zivil, aus dem Verkehr gezogen. Karina wurde das mehrsprachige Dekret der Notstandsgesetze unter die Nase gehalten. Sie durfte mit ihren Sommersprossen nicht weiter fahren und sollte achthundert Euro Strafe bezahlen.

In der EU hatten die Regierungen die sogenannten RMK-Notstandsgesetze verabschiedet, nachdem die Zahl der Sommersprossen-Infizierten die apokalyptische Marke von einhundert Millionen Menschen erreicht hatte. Zudem war in Bayern ein Eurofighter Typhoon mit brandneuen TK-Sperber-Raketen bei einem Flugmanöver mit 2300 km\h gegen den 2713 Meter hohen Watzmann geknallt und explodiert - die RMK hatte den hinterwäldlerischen Kampfpiloten kalt erwischt. Ähnlich überraschend war in Kalifornien die bemannte Raumfähre S*pace Ship Two* wenige Sekunden nach ihrem Start vom Raumfahrtbahnhof in der Mojave-Wüste verunglückt. Der Astronaut hatte sich die Sommersprossen einfach übermalt und keiner hatte es bemerkt. Nach dem Zünden der Trägerraketen hatte die Bodenzentrale hilflos den plötzlichen Exitus des Astronauten im Cockpit mitansehen müssen. Bei seinem Tod fiel der Mann kopfüber in die mit Knöpfen und Hebeln überladene Schaltzentrale und brachte die Rakete völlig durcheinander und das mit fünf Tonnen Treibstoff beladene Raumschiff explodierte. Es machte »Whoosh« und der Abendhimmel leuchtete hell wie Las Vegas. Die verschmorten Trümmer des Raumschiffes verteilten sich quer über den Wüstenboden. Ein apokalyptischer Feuerball, fünfhundert Milliarden Dollar in die Luft geblasen und ein Menschenleben weniger, war die Bilanz.

Das war den Amis zu viel und sie erließen die RMK-Notstandsgesetze. Die wurden von der deutschen Kanzlerin und ihren EU Kollegen anstandslos übernommen. Kein Sommersprossen-Infizierter durfte mehr Autofahren. Es drohten Bußgelder bis zu 100.000 Euro Strafe. Kein RMK-Infizierter sollte mehr einer Beschäftigung nachgehen, bei der er im Fall seines unerwarteten Todes eine Gefahr für die Allgemeinheit darstellte. Jagdbomberpiloten, Busfahrer, Fluglotsen und ähnliche Berufsgruppen mussten sich untersuchen lassen. Um mit ihrer Diagnose sicher zu liegen, wuschen die Fachärzte den Menschen das Gesicht. Wer keine Sommersprossen hatte, war okay, RMK negativ. Wer jedoch Sommersprossen hatte, war RMK positiv und bekam ein sofortiges Berufsverbot ausgesprochen, sofern er nicht beweisen konnte, dass er die Sommersprossen schon immer hatte, und wurde auf ungewisse Zeit »krank« geschrieben. Etliche Faulpelze, Sozialschmarotzer und Drückeberger griffen da zum wasserfesten Edding und halfen bei der RMK Diagnose ein wenig nach. Theatralisch bejammerten sie vor den Ärzten ihr Unglück und freuten sich im geheimen über ihren gelungenen Coup. *Ha ha ha, endlich nicht mehr arbeiten!*

Die spanischen Uniformierten waren rigoros. Über eine Stunde hatte es gedauert, bis sie endlich einsahen, dass Karina schon immer Sommersprossen hatte und somit eine Ausnahme darstellte. Ihr alter Führerschein und ihr Reisepass zeigten deutlich, wie Karina bereits vor Jahren ausgesehen hatte: wunderschön und das ganze Gesicht voller Sommersprossen. Die Polizisten entschuldigten sich höflich, gaben den beiden die Papiere zurück und ließen sie weiterfahren.

»Adios. Buena Suerte y Buen Viaje!«

Auf Wiedersehen. Sie wünschten ihnen viel Glück und eine gute Reise. Die Kanaren riefen und ihr roter Kangoo kam jetzt so richtig in Fahrt.

41.

Aufgrund ihrer schweren Durchführbarkeit wurden die Notstandsgesetze jedoch schnell wieder gelockert und die Menschen durften in Begleitung von nicht-infizierten Kollegen weiterarbeiten. Die wilden Spekulationen, wie man die Sommersprossen wieder los würde, rissen allerdings nicht ab. Der Hype mit den Hula-Hoops wurde von Tag zu Tag schlimmer. Wie verrückt schwang die halbe Welt Hoola-Hoop Reifen um die Hüften und kam dabei heftig ins Schwitzen. In Hollywood hatten sie bereits die nächste, vermeintlich lebensrettende Maßnahme unter den Top Ten der Non-Spot-Tätigkeiten ausfindig gemacht: Cheerleading. Keine Cheerleaderin hatte bisher die Sommersprossen bekommen - das sollte es jetzt sein! Und so tanzten die Amis mit bunten Pompons umher und reckten ihre Arme und Beine zum Takt der Musik in die Luft. »Cha cha cha, eins, zwei, drei, freckles go go go!« Es war phantastisch. Alle bewegten sich. Beim Chearleading gaben die Hollywood Stars rund um die nimmermüde Madonna eindeutig den Ton an. Euphorisch zeigten sie ihren Fans, wie sie sich vor den »freckles«, wie die Sommersprossen auf Englisch heißen, schützen konnten und warfen ihre Gliedmaßen in die Luft. Aber auch so altmodische Sachen wie Yoga und Meditation lagen unter den Top Ten der Non-Spots. Plötzlich waren die Menschen fleißig am Meditieren und die Yogakurse quollen über. Vielerorts blühten die Menschen im Lotussitz regelrecht auf, übten sich im Schweigen, schielten auf ihre Nasenspitzen und murmelten ihre Oms. Vegetarisch war auch voll »in«, und keinesfalls zu reich werden, denn das war beinahe todsicher und der

Sommersprossen-Storch brachte die Punkte ins Gesicht. Aus Angst davor lehnten viele das Erbe ihrer reichen Eltern und Verwandten ab. Die Vorstandsvorsitzenden und Aufsichtsräte mussten vielerorts neu gewählt werden, da die Sommersprossen riesige Lücken in die Führungsriegen rissen. Die Chefsessel waren wie leergefegt - plötzlich wollte niemand mehr den Top-Job haben. Eher unscheinbare Personen wie der Pförtner, die Putzfrau oder ein Azubi fanden sich alsbald in interessanten Führungspositionen wieder und es eröffneten sich ihnen ganz neue Horizonte.

Bizarre Dramen spielten sich bei den Infizierten selbst ab, die waren RMK positiv, sprich verhext, und ihre Spiegelbilder logen nicht. »Wie wurde man diese Dinger wieder los?«, war die alles entscheidende Frage. Man konnte sich nicht einfach schütteln und die Punkte fielen wieder ab. Sie waren ja im Gesicht entstanden. In der Haut. Die konnte man sich zwar wegschneiden lassen und entsorgen, doch am nächsten Morgen waren neue Punkte da. Die Baronin Rosa von Kappenberg hatte das schmerzlich am eigenen Leib erfahren. Sie hatte es zehn Mal ausprobiert, immer vergebens. Selbst lasern funktionierte nicht.

Es gab aber auch Fälle, in denen die Sprossen wieder verschwanden. Die gingen in den Medien wie ein Lauffeuer um die Welt. Gebannt sahen die Menschen in den Talkshows und Nachrichten, wie die Geheilten von ihren Erlebnissen berichteten. Millionenfach hingen die Zuschauer vor den Fernsehern und verfolgten mit Spannung, was sie dort hörten.

So gab es da einen amerikanischen Streifenpolizisten aus Texas, der erzählte, wie er mit seinen Kollegen jahrelang mexikanische Flüchtlinge aufgespürt, ausgeraubt und schikaniert hatte. Die Frauen erniedrigten sie und wenn die

Männer genug bezahlten, ließen sie sie gehen. Wenn nicht, wurden sie verhaftet und abgeschoben. Seine Ehefrau hatte der Mann regelmäßig im Suff verprügelt. Auch seinen Sohn nahm er hart an die Kandare und zerrte ihn schon früh ins Bordell, damit aus ihm ein richtiger Mann wurde. Als er die Sommersprossen bekam, wurde er zornig und schlug bei seiner Frau noch brutaler zu. Sie weinte bitterlich und schrie verzweifelt: »You will die! You will die! Wake up!«

Doch er reagierte nicht, bis er eines Tages mit seinem Kollegen wieder im Niemandsland, zwischen Sanddünen, Saguaro-Kakteen und Stacheldraht, Patrouille fuhr. Da sah er ein wildes Kaninchen, das über die Piste hoppelte und erinnerte sich, dass er als Kind bei seinem Großvater auch eines hatte. Er hatte es gefüttert und sehr geliebt, bis ihn sein Großvater eines morgens zwang, es zu schlachten. Er sollte ihm den Kopf abschneiden und es häuten. Er wollte dem Alten imponieren und gehorchte.

»Gut gemacht, mein Junge«, meinte der Alte zufrieden, doch das Erlebte war zu viel für den Jungen. Nie mehr vergaß er das Bild des zappelnden Kaninchens. Seine Mutter meinte wütend, der Junge sei zu jung für dergleichen, doch dem Alten war das egal. Seine kalten Augen waren hohl.

Der Streifenpolizist hielt also an. Sein Kollege trat hinter die Büsche, schiffen. Er sah dem Kaninchen gedankenverloren nach, wie es hinter einem Strauch verschwand. Dann hörte er einen Schuss - sein Kollege hatte sich erschossen. Er stürmte hin, doch der Kollege lag bereits tot am Boden. Blut quoll aus seinem zerfetzten Schädel. Der Kollege hatte auch die Sommersprossen bekommen und wusste sich nicht anders zu helfen, als mit dem Freitod. Da hoppelte das Kaninchen lautlos hinter dem Busch hervor und sah den Polizisten mit seiner schnuppernden Nase an.

»Oh Kaninchen, ich wollte dir damals nicht weh tun. Bitte verzeih mir!«, sprach er zu dem Tier.
Seine Augen wurden feucht. Er konnte seine Tränen nicht mehr unterdrücken, ließ ihnen freien Lauf und schluchzte los. So stand der abgebrühte Grenzpolizist minutenlang da und heulte. Irgendwo an der mexikanischen Grenze, neben seinem blutüberströmten Kollegen. Schließlich sank er auf die Knie und hämmerte mit den Fäusten auf den Boden ein. Doch es half nichts. Das Kaninchen saß immer noch da und schaute ihn seelenruhig an. Dann hüpfte es weiter, als ob nichts geschehen wäre und der Mann stand wieder auf.

»Oh shit!«, seufzte er und schlug die Arme über seinem Kopf zusammen.

»Da habe ich begriffen, dass ich meine Mitmenschen absolut umsonst gequält hatte«, erzählte er den Reportern. »Ich war ein richtiges Schwein, doch niemand hatte mich dazu gezwungen. Ich hatte mich selbst so entschieden.«

Er verständigte sein Revier, nahm die Flasche Whisky aus dem Handschuhfach und trank sie leer. Bis seine Kollegen eintrafen, war er halbtot. Als er nach der Alkoholvergiftung im Krankenhaus erwachte, war ihm so manches klarer.

Die Zuschauer waren von der Schilderung des Polizisten gefesselt. Des weiteren gingen Reportagen von zwei Zeugen Jehovas durch die Medien, die ebenfalls von den Sommersprossen geheilt wurden. Dabei handelte es sich um ein unscheinbares Ehepärchen aus dem Deutschen Ruhrgebiet. Augenzeugen berichteten, die beiden seien tagelang mit ihren Sommersprossen von Tür zu Tür gezogen und hätten die Anwohner bekehren wollen. Die Moderatoren blendeten mehrere Beweisfotos ein, auf denen die beiden überall Sommersprossen im Gesicht hatten. Dann erzählte der kleine Mann den Reportern, wie er und seine Frau bei Werner und Marion gelandet waren und dass »Liebe« sie schließlich geheilt hatte. Dabei betonte er ausdrücklich, dass es die heilende Energie der göttlichen Mutter war, die ihn und seine Frau über Nacht gerettet hatte. Seine Frau berichtete knapp, was ihr Schreckliches widerfahren war und bestätigte ebenfalls, dass es »Liebe« war, die sie geheilt hatte. Zwar hatte sie selbst ihrem Peiniger von Grund auf vergeben, doch ohne »ihre Liebe« wäre nicht viel passiert. Die kleine Frau weinte dankbar in die Kameras. Sie schien glücklich. Wie durch ein Wunder wiesen die Gesichter der beiden keine einzige Sommersprosse mehr auf. Dann holten die Moderatoren Marion ins Studio. Die Frau, welche die beiden in Werners Wohnung an ihre nackten Brüste genommen hatte, und fragten sie, ob das alles wahr sei.

»Natürlich stimmt das«, beschwor sie die Reporter. »Das könnt ihr ruhig glauben!«

Die ganze Welt wollte sich umgehend an ihre Brüste werfen.

42.

Carlos und Rianna saßen in ihrem Trailer vor dem Fernseher und lauschten der Erzählung des texanischen Polizisten. Lebhaft beschrieb er, was er alles unternommen hatte, bis er die Sommersprossen wieder verloren hatte. Er hatte all seine Verbrechen, Misshandlungen und Verfehlungen öffentlich gemacht, er hatte sich selbst angezeigt, all sein Hab und Gut unter seinen Opfern verteilt und sie aufrichtig um Verzeihung gebeten. Er wusste, dass das Unglück, das er über die Flüchtlinge und seine Familie gebracht hatte, mit Geld nicht wieder gutzumachen war.

Der Grenzpolizist sagte, dass er daher den Lieben Gott um Hilfe bat. Er versprach, solange für die vollständige Genesung seiner Opfer zu beten, bis seine Schuld beglichen war. Er wollte, wenn nötig, bis an sein Lebensende für seine Opfer beten und ihnen nach besten Möglichkeiten helfen. So verbrachte er jeden Tag mehrere Stunden in seiner Gefängniszelle und bat Gott, seine Opfer zu heilen, ihnen gut zu tun und ihre Schäden zu beheben. Der Polizist schilderte, wie er eines windigen morgens einen Punkt in seinem Leben erreicht hatte, an dem er wieder einigermaßen mit sich und der Welt im Reinen war und mit seiner scheußlichen Vergangenheit leben konnte. Erleichtert stellte er fest, dass es von da an für ihn okay war, wenn er an der RMK sterben sollte. Am nächsten Morgen wachte er auf und die Sommersprossen waren weg. Alle! Die Gefängniswärter führten den glücklichen Mann nach dem Interview zurück in seine Zelle.

Beeindruckt stiegen Carlos und Rianna in ihren blauen Camper und besuchten Osario auf seiner Ranch. Dort ging es zu, wie im Taubenschlag. Eben wollte das Gros der Leute zum heiligen Schlangentanzplatz aufbrechen. Der zugewachsene Weg entlang des kleinen Bächleins sollte wieder in Stand gesetzt werden. Carlos und Rianna schlossen sich dem Trupp an. Sie gruben die alte Fahrbahn wieder aus und machten sie für ihre Trucks zugänglich. Sie fällten ein paar Bäume und rollten mit dicken Eisenstangen große Findlinge aus dem Weg. Am frühen Abend war es dann so weit. Sie hatten sich die neun Meilen zum alten Schlangentanzplatz vorgearbeitet und erreichten die Lichtung am Fuß des kleinen Hügels, wo die Quelle des Little Snake Rivers lag. Wiesenschaumkraut säumte die Stelle, an der das Wasser in rauen Mengen aus dem Boden kam. Stolz legte Osario seinen Arm um Carlos.

»Schau her, der Ort unserer Vorfahren für den heiligen Schlangentanz!«

Das war für alle ein atemberaubender Moment. Nach einer andächtigen Stille brachen sie in ausgelassenes Geschrei aus und jubelten ungehalten drauf los, ganz so, als hätten sie jenen Platz lange gesucht und endlich gefunden.

43.

Alwin Reeter war verzweifelt. Die Sommersprossen forderten weiter gnadenlos ihre Opfer und seine Grunewalder Villennachbarn hatten ihn zu allem Überfluss auch noch auf ihre alljährliche Frühlingsparty eingeladen. Die Röners waren alteingesessene Berliner, deren Sohn in einer flotten Jazzband spielte und ein Geschäft in Neuköln eröffnet hatte. Er verkaufte Bio-Artikel ohne Verpackung, ohne Plastik. Anne hatte sich riesig über die Einladung gefreut. Alwin musste also mit und wurde unruhig, als die Party immer näher rückte. *So viele neue Gesichter!*

Für den Vormittag hatte sich der Gesundheitsminister Schrat mit Vertretern aus dem Gesundheitswesen angekündigt. Sie wollten weitere Schritte im Kampf gegen die Sommersprossen-Pandemie einleiten. Der Professor schämte sich inzwischen, dass er nicht voran kam. Auch die anderen RMK Forschungszentren fanden kein Mittel gegen die Seuche. Er saß in seinem Büro, wartete auf die Besucher und überflog die neuesten Statistiken, in Gedanken war er bereits auf der Frühlingsparty. Was würden sie von ihm halten, dem berühmten Arzt und Entdecker der Sommersprossen-Krankheit? *Werden sie mich mit ihren Fragen wieder piesacken?* Dann stand er wieder als Versager da, dessen Selbstbewusstsein kollabierte und einen dampfenden und nach Angst stinkenden Haufen Elend hinterließ. Alwin Reeter atmete durch. So hatte er sich in seiner Schulzeit oft gefühlt. Schlimm hatten sie ihn gehänselt. »Du Mädchen!«, spotteten sie, wenn er im Sportunterricht Handball spielen sollte. Er tat sich schwer, den Ball überhaupt zu fangen, geschweige denn, ein Tor zu werfen.

»Huch«, rief er zaghaft und winkelte weibisch die Ellenbogen an, wenn ihn ein Ball auch nur berührte.

Doch jetzt war er erwachsen, hellwach und froh, dass sich das geändert hatte. Aus Trotz freute er sich auf das Frühlingsfest. *Zum Glück bleibt das Unglück nicht ewig an einem kleben!*

Man hatte ihm ein paar Zahlen in den Statistiken untermalt und er ließ seine Aufmerksamkeit darüber gleiten. Er sah deutlich, dass die Menschen in sozialen Berufen viel seltener von den Sommersprossen befallen wurden, als die Beschäftigten in der Finanzbranche. Kaum eine Heilerziehungspflegerin bekam sie. *Seltsam, ich habe überhaupt keine Angst davor.* Es gab auch auffallend wenige Kaminkehrer mit Sommersprossen. Schlimm sah es dafür bei den Berufssoldaten aus, dort lag die Infiziertenrate bei unglaublichen neunundsiebzig Prozent.

Die Sondersitzung der G8 zum Umgang mit der RMK hatte sich den Menschen weltweit ins Gedächtnis gebrannt. Ihre Regierungschefs und Außenminister waren in London zusammengekommen und auf dem Abschlussfoto vor dem Regierungspalast an der Themse in Reih' und Glied abgelichtet worden. Beinahe alle hatten sie die Sommersprossen im Gesicht.

Frau Nieredt holte den Professor aus seinen Gedanken und erklärte, dass die Delegation aus dem Ministerium eingetroffen sei. Er legte seine Notizen auf die Seite und ging in den Konferenzraum. Dort war es noch leer und steril. Der Saal war kreisförmig bestuhlt, hatte einen grauen PVC Boden mit grün gepolsterten Messingstühlen und bot zwanzig Personen Platz. Es gab eine große Tafel, Neonlampen, moderne Technik und einen großen Kühlschrank mit Tafelwasser und Limonade. Ein Männerraunen und

Gemurmel drang durch den Korridor und kam näher. Die Tür ging auf und seine Sekretärin ließ die Gruppe herein, allen voran den Bundesgesundheitsminister Schrat. Alwin Reeter schüttelte seinem Vorgesetzten und den anderen Männern eifrig die Hände und vermied es tunlichst, ihnen in die Augen zu sehen. Alle Teilnehmer der Delegation hatten Sommersprossen im Gesicht - sie waren alle RMK positiv.

Er legte seine Hände ineinander, drehte die Daumen und senkte den Blick. *Oh Gott, wo bleibt bloß das Medikament, die Medizin?* Ein Impfstoff gegen die RMK hätte ihm allerhöchste Ehren eingebracht, das wusste er. Er wäre als großer Held in die Geschichte eingegangen und hätte mit Sicherheit den Nobelpreis für Medizin bekommen. Doch nichts. *Oh je, ich habe versagt und nichts weiter entdeckt, als das Todesmolekül.*

»Herr Reeter, haben Sie noch immer kein Gegenmittel gefunden?«, fragte der Minister resigniert, woraufhin der Professor trostlos verneinte.

»Sie enttäuschen mich, Herr Reeter«, sagte der Minister bitter. »Sie hatten meine volle Unterstützung für die Aufklärung dieser hinterhältigen Krankheit, doch nach nunmehr sieben Wochen eskaliert die Lage total. Herr Reeter, ich will mich kurz fassen. Wir sind nach reichlichem Überlegen zu dem Entschluss gekommen, dass es das Beste für alle ist, jemand anderen mit der Leitung des RMK Forschungszentrums und der *Spreeklinik* zu beauftragen. Wir brauchen einen neuen Mann an der Spitze. Einen, der wieder frischen Wind in die Sache bringt und in der Pathologie erfahren ist. Kurz und gut, wir haben beschlossen, dass sie von morgen an nicht mehr der Chefarzt der *Spreeklinik* und des RMK Forschungszentrums sind. Ich hoffe, Sie verstehen diese dringende Entscheidung. Es gilt, endlich sichtbare Erfolge zu erzielen. Die Entscheidung fiel mir beileibe nicht

leicht, Herr Reeter, glauben Sie mir das.«
Alwin Reeter stockte der Atem. Sein Herz pochte.
»Selbstverständlich«, murmelte er und sah wie gebannt auf die Sommersprossen des Mannes. Die Delegation ging mit ihm sogleich nach nebenan und teilte der Klinikverwaltung die Personalveränderung mit. Der Professor sagte zu allem folgsam »Ja« und »Amen«.
»Selbstverständlich bekommen Sie eine großzügige Abfindung und erhalten alle erdenklichen Empfehlungen und Referenzen für ihren weiteren beruflichen Werdegang«, sagte der Minister.
Als Alwin Reeter noch immer sprachlos die Worte des Gesundheitsministers vernahm, meinte er plötzlich, dass das Gesicht des Ministers Ähnlichkeiten mit dem Kopf eines Schweines habtt. *Liegt das an seinem übermäßigen Fleischkonsum?* Über jene Entdeckung war er zusätzlich schockiert. Zwei Stunden später saßen sie wieder im Konferenzraum, wälzten Akten und unterzeichneten Verträge. Alwin Reeter war seinen Job los und sein Ende als Chefarzt der *Spreeklinik* war besiegelt. Er rief nicht einmal seine Frau an, so schnell ging alles. Sein Nachfolger stand auch schon fest, ein vielversprechender Pathologe aus Karlsruhe. Seine Sekretärin hatte Tränen in den Augen, traute sich wegen der Politprominenz jedoch nicht zu heulen und sah stumm auf ihren Monitor. Als alle weg waren, lutschte Alwin Reeter ein Vitaminbonbon, um den faden Geschmack in seinem Mund zu vertreiben, doch es funktionierte nicht. *Dass diese Dinger einfach nicht schmecken!* Dann nahm er seine Bilder, Urkunden und Auszeichnungen von der Wand, steckte das Bundesverdienstkreuz in seine Aktentasche, sagte »Auf Wiedersehen, Büro« und blickte ein letztes Mal aus den Panoramafenstern über die Stadt.

Dort wimmelte es nur so von Sommersprossen. Die Metropole an der Spree lag im Chaos. Neunzigtausend Berliner waren RMK positiv, zehn von ihnen waren heute in seinem Büro gewesen und hatten ihn fristlos entlassen. Alwin Reeter zog sein Jackett an, klemmte seine Aktentasche unter den Arm und ging. Man würde ihm all seine Sachen nach Hause liefern, er musste sich um nichts mehr kümmern. Lukas Ross und sein Team hatten alles geregelt. Alwin Reeter nahm den Hinterausgang und ging zu seinem Mercedes. »Der ist noch gar nicht abbezahlt«, dachte er trüb und drückte auf den Schlüssel. Der Wagen blinkte und die Tür sprang auf.

Es war später Nachmittag und die Sonne versank hinter der Skyline der Stadt. In den Grünflächen spross frisches Gras. Die Klinikgärtner machten gerade Feierabend und luden ihre Rasenmäher, Motorsensen und Rechen auf einen Pritschenwagen, stiegen ein und fuhren los. Die Stadtvögel sangen lebhaft in den Abend hinein, doch die Entlassung verwirrte ihn sehr. Als er ins Auto stieg, hallte das Gespräch mit dem Gesundheitsminister in seinem Kopf nach und er fand keine Gelegenheit, die laue Frühlingsstimmung zu genießen. Frustriert fuhr er nach Hause und kam erschöpft an. Bei seinen Nachbarn, den Röners, schmückten sie bereits den Garten für die Frühlingsparty. *Mist, auch das noch!* Jetzt fühlte er sich endgültig geschlagen. Alwin Reeter bekam feuchte Augen. Annes Wagen stand vor der Garage und er ging ins Haus.

»Hallo Schaaatz! Ich bin in der Küüüche«, trällerte sie.
Er hörte sofort, dass sie gut gelaunt war und gab ihr ein Küsschen.

»Hach«, meinte sie euphorisch und wollte gleich noch eines.
Knurrend gab er es ihr und seine leere Miene hellte sich ein wenig auf.

»Es gibt gleich Kartoffelgratin mit Rosenkohl«, sagte sie, »und für heute Abend mache ich leckere Nougatkugeln.«

»Die Nougatkugeln, wie köstlich!«

Der Professor zog sich das Jackett aus, stellte seine Aktentasche weg und erzählte ihr von seiner Entlassung.

»Oh nein!«, sagte sie fassungslos. »Aber na ja, bevor dir noch alle Haare ausfallen.«

»Anne, ich bin meinen Job los, überall wüten die Sommersprossen und du denkst an meine Haare.«

Alwin Reeter war wirklich verzweifelt.

»Anne, jetzt hilf mir doch mal!«

Anne sah ihn ratlos an und sprang unvermittelt auf.

»Das Kokosmus für die Nougatkugeln!«, rief sie und eilte in die Küche.

Als sie die Köstlichkeiten fertig gerollt hatte, kümmerte sie sich um ihren Mann.

»Du könntest ja in die Forschung wechseln«, meinte sie tröstend.

»In die Forschung?«, fragte er skeptisch.

»Du musst doch nicht dein ganzes Leben lang Gehirnchirurg bleiben und Schädeldecken zerlegen, mein Liebling«, meinte sie.

»So, und was dann, bitte sehr?«

»Wir finden schon was für dich. Die Röners haben eine Firma und entwickeln Hightech-Anlagen zur Entsalzung von Meerwasser. Damit überleben in Afrika ganze Dörfer, weil die Bewohner damit ihr eigenes Gemüse anbauen können. Das hat mir Susanne heute erzählt. Ich bin ja ganz aufgeregt. Susanne Röners ist eine sehr sympathische Frau.«

»Ja, Anne. Toll. Wirklich ausgezeichnet«, murmelte er.

»Ach komm schon«, sagte sie und küsste sein Haupt. »Du musst dir doch keine Sorgen machen.«

Sie ließ sich die Entlassung noch einmal in aller Ruhe erzählen und hörte gut zu. Das half.

»Na gut«, sagte sie, »da schlafen wir jetzt eine Nacht darüber und morgen sehen wir dann, wie es weitergeht. Abgemacht?«

»Abgemacht.«

Das passte ihm ins Konzept und sie gingen ins Badezimmer. Der Professor wollte unter die Dusche. Anne ließ sich zur Feier der Frühlingsparty die Wanne einlaufen.

»Zum Glück haben wir unser Haus schon abbezahlt«, meinte sie vergnügt und ließ ihre Hüllen fallen.

»Findest du mich eigentlich noch attraktiv?«, fragte sie spitz.

»Aber natürlich«, versicherte er ihr.

»Wirklich?«

»Natürlich. Du bist meine Frühlingsfee. Ohne dich wäre mein Leben blass und öde und ich wäre ein armes Würstchen wie der Staatssekretär. Lukas Ross hat die Sommersprossen jetzt auch überall, die schwarzen. Herrjemine! Anne, der sieht wirklich grässlich aus.«

»Dann wäschst du mir auch den Rücken?«

»Selbstverständlich.«

Er seifte ihr den Rücken ein und stieg unter die Dusche. Anne trällerte weiter vor sich hin und rasierte sich die Beine. Alwin ging in seinem flauschigen Bademantel ins Schlafzimmer und legte sich ins Bett, den Ort seiner Zuflucht. Doch er musste wohl oder übel mit zur Frühlingsparty, da führte kein Weg dran vorbei. Anne machte sich indessen für den Abend zurecht. Sie trug ihr bestes Parfüm auf und schlüpfte in ihre teuerste Unterwäsche. Dann ließ sie es modisch leger angehen. Blumige Hosen mit einer engen Bluse und einem warmen Wollpullover. Knallrot. Dann kroch sie zu Alwin unter die

Decke und kraulte aufmunternd an seinen Eiern. Da musste er schließlich auch wieder lachen.

Die Gartenparty der Röners war bereits in vollem Gang, als die beiden dazu kamen. Die Gäste tanzten, zwischen den Bäumen leuchteten Lampions und in der Mitte brannte ein Feuer.

»Darf man das überhaupt?«, fragte Alwin ängstlich.

Die Röners hatten einen riesigen Garten mit allerlei Wildwuchs darin, fast ein kleiner Wald am Rande Berlins. Sie hatten eine kleine Bühne aufgebaut, da spielte gerade ihr Sohn mit seiner Band.

»Anne, da sind Sie ja!«, rief die großgewachsene Gastgeberin. »Hallo Herr Reeter, schön dass Sie kommen konnten. Ich bin Susanne Röners«, sagte sie. »Ich habe eben in den Nachrichten von ihrer Entlassung als Chefarzt der *Spreeklinik* gehört. Das tut mir leid für Sie.«

»Was haben Sie?«, fragte Alwin geschockt. *Wie konnte sich das so schnell herum gesprochen haben? Es war doch erst vor wenigen Stunden passiert!*

»Bauernopfer«, sprach eine dunkle Stimme aus dem Hintergrund und es kam ein Mann Mitte sechzig mit schwarzem Schnurrbart auf sie zu. Er stellte sich als Wolfram Röners vor.

»Aber meine Freunde nennen mich Wolfi«, sagte er.

Alwin schüttelte ihm die Hand und sie tauschten ein paar Höflichkeiten aus. Der Professor ließ sich in die Unscheinbarkeit zurückfallen und beobachtete das Treiben. Ab und zu machte er sich mit einem Gast bekannt und nippte an seinem Cocktail. Sein berufliches Debakel ignorierte er, so gut es ihm möglich war. Anne amüsierte sich und genoss den Abend. Alwin war aufgefallen, dass seine Nachbarn nicht so steif herumstanden, wie auf den Bällen und Anlässen, die er kannte, wo sich die Gäste teuersten Champagner eingossen, bis sie lallten, und Austern schlürften. Susanne Röners rockte für ihr Alter jenseits der Fünfzig ordentlich ab und gab mit ihrem feurigen Temperament so richtig Gas. Alwin meinte, neben der Bühne hätte er den Unternehmer Wolfi Röners einen Joint kiffen sehen. Allmählich stieg ihm der Alkohol zu Kopf. Er stellte schon leichte Schwierigkeiten mit der Artikulation fest. Da kam Annes großer Auftritt. Sie ging mit ihrem Tablett Nougatkugeln durch die Reihen und servierte ihre Delikatessen.

»Oh, wie exquisit!«, staunten die Gäste und spendeten ihr großes Lob.

Wolfi Röners stellte Alwin seinen Bruder Erwin vor. Der war ihm wie aus dem Gesicht geschnitten, nur ohne Schnauzer. Erwin war Heilpraktiker.

»Freut mich sehr«, sagte Alwin und reichte ihm die Hand.

»Ganz meinerseits«, sagte Erwin. »Ich habe vergangene Woche im Fernsehen mitbekommen, wie Sie den beiden Mädchen nach dem Attentat in Friedrichshain das Leben gerettet haben. Allererste Sahne war das. Meinen Heidenrespekt.«

Erwin machte ihm einen ordentlichen Eindruck, wenngleich viele Heilpraktiker nicht sonderlich gut auf die konventionellen Ärzte zu sprechen waren. Die Naturheiler beschuldigten die Schulmediziner der maßlosen Medikamentenverschreibungen und gaben ihnen die Schuld für viele Nebenwirkungen und Neuerkrankungen. Dafür ehrte es Erwin umso mehr, dass er die wirklich schwierige Operation erwähnt hatte. Der Heilpraktiker schenkte ihnen einen Absinth-Schnaps ein.

»Selbstgemacht«, sagte Erwin, »aus griechischem Wermut. Also, auf die Weisheit!«

»Auf die Weisheit«, sagte Alwin.

»Auf die Weisheit« sagte Wolfi, die drei verstanden sich.

»Nun mal ehrlich«, fragte Erwin, »was halten Sie wirklich von den Sommersprossen?«

»Mensch Erwin!«, mischte sich sein Bruder Wolfi ein. »Sieze den Alwin nicht immer.«

»Ja, genau«, sagte Alwin und grinste. *Dieser Tag ist anders!* Zuerst seine Entlassung und jetzt diese witzige Gartenparty, wo er Absinth mit einem Heilpraktiker und seinem neuen Freund Wolfi trank.

»Ich bin ja der Meinung, dass es genau die Richtigen trifft«, nahm Erwin den Faden wieder auf.

»Mensch Erwin, jetzt halt aber mal die Waffel! Du mit deinen Schwarzmalereien immer. Verdirbst uns ja die gute Laune«, bremste ihn sein Bruder. Der war der Ältere.

»Ach wohin denn«, sagte Erwin. »Ich meine ja nur.«
Doch der Trinkspruch auf die Weisheit hatte gewirkt. Erwin hielt ihnen versöhnlich das Glas hin.

»Okay, oof die Liebe denn!«

»Ja, oof die Liebe.«

»Oof die Liebe.«

Der Professor berlinerte mit und war froh, dass Erwin das Thema gewechselt hatte.

»Hi, hi«, japsten Susanne und Anne angetrunken. »Oof die Liebe trinkt ihr drei Süßen. Ohne uns, wa?!«
Und noch einmal klirrten die Gläser. Alle zusammen.

»Oof die Liebe!«

Es wurde weiter getanzt und die Party wurde wegen der nächtlichen Frische nach innen verlegt. Um eins torkelten die Reeters nach Hause.

»Oof die Liebe«, lallten sie. Anne schlief rasch ein, doch Alwin lag noch lange wach und dachte über alles nach.

44.

Ruanda war im Stress. *Habe ich alles?* Ihre Reisetrolleys und der schwarze Geigenkoffer standen auf dem Gehweg an der Grünberger Straße. Es regnete und sie wartete auf ein Taxi. Ihre Tochter Marlene stand daneben und schaute geknickt auf das Rinnsal im Bordstein.

»Mami, werden wir das Flugzeug verpassen?«

»Aber nein, mein Schatz. Das Taxi kommt gleich.«

»Und wenn es zu spät kommt?«

»Marlenchen, mach dir keine Sorgen.«

»Okay Mami.«

Tatsächlich kam auch gleich der coolste Taxifahrer von ganz Hipstertown angeeiert und Ruanda fragte sich, in welchem Club sie den schon getroffen hatte. Der durchgefeierte Partylöwe trug eine gelbe Adidasjacke und Turnschuhe. Er hievte ihre Koffer in den Benz und fuhr sie zum Flughafen Schönefeld. Seine strohblonden, schon leicht ergrauten Locken erinnerten Ruanda an ihren Bruder. Auch Marlene erkannte die Ähnlichkeit.

»Mami, der Mann sieht aus wie Onkel Dave«, sagte sie.

Der Taxifahrer fühlte sich geschmeichelt.

»Wat, ick seh' aus wie dein Onkel?«, fragte er die Kleine.

»Ja, der hat auch so Locken wie du.«

»Da hast du aber einen schicken Onkel, wa?«, meinte er.

»Ja. Der wohnt in La Palma. Da fliegen wir jetzt hin, wenn wir nicht zu spät kommen. Der hat ein Indianertipi, da wohnen wir dann und machen Urlaub.«

»Richtigen Urlaub? Da möchte ick aber ooch mit.«

»Ja gerne!«

»Moment, Moment«, bremste Ruanda. »Da musst du vorher schon den Onkel Dave fragen.«

»Stimmt Mami. Also gut. Vielleicht ein andermal.«

»Ach, wie schade!«, sagte der Taxifahrer. »Dann bleib ick ma hier, wa?«

»Ja gut. Mami, ich muss ganz dringend Pipi.«

»Ach nee, Marlene. Das gibt es doch nicht. Ich habe dich eben noch gefragt, ob du noch mal pullern musst. Wir sind viel zu spät dran.«

»Ja, aber da musste ich nicht.«

»Oh nein! Wie weit ist es denn noch bis zum Flughafen?«

»Ne halbe Stunde.«

Ruanda sah auf ihre Uhr.

»Okay, das schaffen wir. Könntest du vielleicht mal anhalten, damit Marlene ihr Pipi machen kann?«

»Na, klaro.«

Und der coolste Taxifahrer von Berlin-Hipstertown fuhr auf einen völlig vermüllten Parkplatz. Die sechsjährige Marlene hopste hinaus und ging für kleine Mädchen. Sie pinkelte neben ein sattgrünes Büschel Löwenzahn, das sich durch den porösen Asphalt gedrängt hatte. Auf der gelben Blüte tummelten sich winzige Käfer mit langen Rüsseln. Ruanda tippte ungeduldig mit den Fingern auf ihre Knie, bis es weiter ging.

»Und dass ihr mir ja keine Sommersprossen bekommt!«, sagte der Taxifahrer zum Abschied.

Mutter und Tochter verschwanden im Flughafen, wie immer auf den letzten Drücker. Sie folgten der gelben Markierungslinie zur Passkontrolle. Danach standen sie in der Warteschlange vor der Handgepäcks-Kontrolle. Sie mussten sich nach vorne drängeln, sonst hätten sie ihren Flieger verpasst. Die Dame vom Sicherheitscheck ließ der Kleinen ihre Safttüte und Ruanda durfte ihren BH mit dem Metallbügel anbehalten. Dann waren sie durch und suchten ihr Abflugsgate 34. Das war links die Rolltreppe hinauf. Flug 175 EJ nach La Palma. Um Zehn Uhr vierunddreißig. *In zehn Minuten. Allerhöchste Eisenbahn!* Die Passagiere waren schon alle eingestiegen und so konnten die beiden bis in die Maschine durchlaufen. Drinnen herrschte Gedränge. Vorne in der ersten Klasse saßen die Leute mit den Sommersprossen und hinten das übliche Geschiebe und Gequetsche, bis alle ihre Sitze fanden und ihre Sachen verstaut hatten. Ruanda und Marlene verhandelten noch, wer den Fensterplatz bekam, dann ging es los. Anschnallen und die Flugbegleiterinnen bei ihrer Show bestaunen. Arme gerade aus, Arme auseinander, die Notausgänge nach links, nach rechts, die Sauerstoffmaske von oben nach unten, um die Brust herum und zuschnallen. Klick. Klack. Aufpusten und bis gleich, dann gab es Kaffee und Kuchen. Die Maschine beschleunigte hart und der Flieger hob seine Schnauze in den Himmel. Nach dem Steilflug war es dann soweit: »Über den Wolken, muss die Freiheit wohl grenzenlos sein«, trällerte Ruanda Reinhardt Mays Fliegerhymne und die beiden saßen in einer neuen Umlaufbahn. *Berlin ade - La Palma, wir kommen! Jippi ai yeah!* Ruanda konnte sich ausruhen, denn Marlene beschäftigte sich wunderbar alleine. Sie malte Wolken, überlegte, wie weit man aus dem Flugzeug hinunter fiel und zählte die Passagiere. Die Stewardess war sehr hilfsbereit und brachte ihr Plastikfirlefanz zum Spielen. Ruanda war beim monotonen Sound der Düsen und dem hellen Schein der Mittagssonne eingenickt. Das Geklimper des Servicewagens neben ihrem Kopf holte sie aus dem Schlaf zurück. Sie war weit, weit weg gewesen und glücklich, dass sie gleich einen Kaffee bekam. Der Kapitän erklärte, sie befänden sich gerade über der Sierra Nevada.

Unter ihnen fuhren Karina und Austeja mit ihrem roten Auto durch das frühlingshafte Andalusien und quasselten angeregt. Violette Mariendisteln, rote Spornblumen, gelber Senf und weinrote Platterbsen zogen am Straßenrand vorbei. Hätten sie nach oben geschaut, hätten sie den Flieger mit Ruanda und Marlene über ihren Köpfen durch den blauen Himmel davon ziehen gesehen.

»Hätte er Enten gekauft, wären die Hühner nicht ersoffen!«, hätte da Austejas Vater Badkucs gesagt. In Berlin hieß das trocken: »Hätte man ist tot.«

Doch so fuhren sie einfach dahin, Ruanda schlürfte ihren Kaffee und flog nichts ahnend über die beiden hinweg. Austejas Backen leuchteten und ihre Augen strahlten. Sie war froh, in Karina eine tolle Reisegefährtin gefunden zu haben und mochte gar nicht daran denken, dass sich ihre Wege bald trennten. Sie wollte eine Hippiekommune bei Granada besuchen und den Sommer über Geld für den Winter verdienen. Sie war jung und hatte keine Angst. In Litauen war auch nicht der Teufel los und so trampte sie quer durch die Welt und folgte dem Ruf ihres Herzens. Sie war frei und wollte schöne Sachen erleben. Jetzt, wo sie mit Karina durch das blühende Andalusien fuhr, sammelte sie Momente, die sie für immer bereicherten. Sie spielte bereits mit dem Gedanken, Karina im Herbst auf La Palma zu besuchen, wenn es auf dem spanischen Festland kälter wurde. Austeja wollte auf jeden Fall mit dem Segelboot auf die Kanaren. *Und dann weiter in die Karibik!* Das war die alte Route, welche die Seefahrer seit jeher benutzten, um über den Atlantik zu segeln. Im Winter ließen sie sich von der Strömung und den Passatwinden nach Amerika bringen und im Herbst, bevor in der Karibik die Hurrikans einsetzten, wieder zurück. Schon Christoph Kolumbus war so zu den Indianern der Karibik gesegelt. Er war in Portugal aufgebrochen und hatte auf der Kanareninsel La Gomera Wasser und Proviant geladen. Dort wurde ihm noch eine heiße Affäre mit der verwitweten Beatrix in San Sebastian nachgesagt, bevor er zu seiner weltberühmten Fahrt über den Atlantik in See stach.

Auch Dave war jene Route gesegelt. Er war in seiner Sturm-und-Drang-Zeit bei Jacques, einem jungen Franzosen, auf einem kleinen Einmaster mit gesegelt. Sie waren in La Gomera aufgebrochen und hatten es bis in die Karibik geschafft. Doch dort hatten sie leichtsinniger Weise ihr Boot verloren. Sie waren in Tonton in einer schönen Bucht an Land gegangen und hatten sich das Fischerdorf angesehen. Als sie mit dem Dinghi wieder zu ihrem Boot zurück wollten, war der Segler weg. Jacques sah, wie sein kleiner Einmaster drei Kilometer weiter östlich an den Klippen hing. Das Boot hatte sich vom Anker gelöst und war gegen die Steilküste getrieben. Jede Welle knallte es nun erbarmungslos gegen die Felsen. Jacques und Dave waren schockiert. Wegen der heftigen Brandung konnten sie das Boot nicht mehr retten und mussten tatenlos mit ansehen, wie es kenterte. Dave hatte seine Kamera dabei und fotografierte das tragische Ende der kleinen Yacht. Jacques hatte Tränen in den Augen. Er hatte sein Schiff und all sein Hab und Gut verloren. Zum Glück hatte er aber eine gute Versicherung abgeschlossen. Die Versicherungssumme war wesentlich höher als der Wert des Bootes samt Inventar. Sie machten noch bezahlten Karibikurlaub im 3-Sterne Hotel und wurden nach Paris zurückgeflogen. Jacques kaufte sich ein neues Boot und stach wieder in See. Dave veröffentlichte einen skurrilen Bildband mit dem Titel *Schiffbruch in Tobago* und hatte einen kleinen Achtungserfolg damit. So kamen auch seine Jobs mit den Reiseberichten in Gang.

»Karina«, sagte Austeja und legte ihr die Hand auf den Arm, »I hope you have a nice time in La Palma. It is so nice to travel with you. Really, I will miss you. Thank you so much.« Karina war von ihrer neuen Freundin sichtlich gerührt.

»Yes, Darling. And at the next gasolinera you drive, okay?«

»For sure«, sagte Austeja und grinste wieder dicke.

Nach viereinhalb Stunden Flugzeit war es soweit. Die Easy Jet Maschine näherte sich den Kanaren. Schon waren Lanzarote und Fuerteventura, die nördlichsten der sieben Inseln, zu sehen. Der griechische Geschichtsschreiber Homer erwähnte die Kanarischen Inseln bereits im 8. Jahrhundert vor Christus. Er nannte sie »Die Inseln der Glückseligen«, und wenn man den weißhaarigen Howi und den lockigen Dave so sah, konnte das auch im 21. Jahrhundert noch gelten.

Als Ruanda und Marlene aus dem Landeterminal kamen, stand Dave bereit und winkte ihnen entgegen. *Da ist er ja!* Marlene jubelte.

»Onkel Dave, Onkel Dave. Hallo!«, rief sie mit ihrer hohen Mädchenstimme.

Dave gab ihr einen dicken Kuss und hob sie hoch, um zu sehen, wie schwer sie schon war. Ruanda war heilfroh, Dave wieder zu sehen - ihren großen Bruder und Held ihrer Kindheit. Sie umschlang ihn innig und nahm ihn fest in die Arme. Wie in alten Zeiten begrüßten sie sich wie die Eskimos - sie sahen sich in die Augen und streiften ihre Nasen aneinander. Wie aus dem nichts war plötzlich ein großes Liebesgefühl da. Es bestand aus echter Liebe, die zwischen zwei Menschen floss. Der Bruder und die Schwester kannten sich schon so lange und hatten sich noch immer unsagbar lieb.

»Oh Dave, so schön, dass du da bist!«, sagte Ruanda und umschlang ihn noch einmal.

»Runi!«, rief er und sie gingen mit ihren Reisetrolleys nach draußen - leckere *Papas Locas* essen und frischen *Zumo de Naranja* trinken.

In La Palma war es sommerlich warm. Die Natur blühte, lebte und vibrierte. Ihre Farben waren intensiv und kräftig. Ruanda war froh, dass sie ihre Violine mitgebracht hatte. Nach dem Essen lud Dave ihr Gepäck in den rostbraunen Wagen und los ging die Fahrt. Auf nach Senca in den Nordwesten der Insel. Auf zur *Finca Oswaldo*. Auf ins Indianerzelt. Nach einer Stunde erreichten sie die Kiefernwälder und fuhren die vertraute Schotterpiste an Howis Haus vorbei. Als der rote Giebel mit dem gelben Holzfenster und dem bunten Nepal-Fähnchen zum Vorschein kam, war es allen ganz wohl ums Herz.

»Bienvenido en la *Finca Oswaldo*, meine Lieben«, sagte Dave und stimmte das Freudengeschrei der Jicarilla Apachen Indianer an.

»Jüha!«, schrie er laut und zeigte ihnen das Tipi.

Marlene wollte gleich ihre Sachen hinaufzerren und einziehen.

45.

»Jippieiyeah!«, rief Carlos und gab seinem Pferd die Sporen. In jenem Fall schlug er mit seiner Pranke auf die Vordertür des Wohnmobils und hupte. »Tüüt, tüüt!« Dann fuhren sie los. Ihre »Summer of Love-Tour« hatte begonnen. Rianna saß auf dem Beifahrersitz und ihr Baby flog auch schon mit.

»Auf nach Westen!«, sagte er. »Flagstaff wartet schon.«

Sie folgten vierhundert Meilen der legendären Route 66, der Mutter aller Straßen, die einst von Chicago durch Arizona bis nach Kalifornien führte, und oft nur noch aus einer verkommenen Sandpiste bestand. Meile für Meile arbeiteten sie sich voran. An Church Rock und Gallup vorbei, doch dann war es soweit, sie waren in Flagstaff und Carlos Anru hatte seinen ersten Gig. Als er am frühen Abend die Bühne der restlos ausverkauften *Giant Grizzly Hall* betrat, war es noch laut und chaotisch im Saal. Doch sobald er mit seiner tiefen Stimme das Publikum begrüßt hatte und sein erstes Lied sang, fingen die Leute schon an, ihm zu vertrauen. Carlos war der geborene Sänger. Er konnte mit seiner imposanten Erscheinung, seiner Gitarre und seiner unglaublich tiefen Stimme mühelos eine prickelnde Atmosphäre erzeugen, wozu andere Bands riesige Anlagen, aufwendige Lichtshows und teure Computeranimationen benötigten. Als er sein etwas rockigeres *Countrylife* herunter schmetterte, erwachte der Laden zum Leben. Dann kam *Rocking my Babe, Summertime*. Der Song verbreitete eine ungeheure Weite und Süße. Das Publikum lag ihm zu Füßen. Applaus, Applaus, Applaus. Noch drei Songs und eine Zugabe. *Little Baby*, frisch für die schwangere Rianna komponiert. Es lief wie geschmiert und Carlos war durch. Die Fotografen lichteten ihn ordentlich ab. Danach ging es in der *Giant Grizzly Hall* mit *Eagle Jude* weiter. Carlos gab hinter der Bühne ein kleines Interview und Rianna fiel ihm erleichtert um den Hals. Er hatte den Nerv der Zeit und der gegenwärtigen Countryszene getroffen. Der Musikagent seiner Plattenfirma war auch da und gratulierte ihm. Der Profi aus dem Musik-Business witterte Morgenluft.

So ging es dann von Konzert zu Konzert weiter. Am nächsten Tag spielte er vor ausverkauftem Haus in Tucson, Arizona. Das Publikum bestand hauptsächlich aus jungen Freaks mit bunten T-Shirts und Althippies mit grauen Haaren und langen Bärten. Dort standen schon Legenden wie *The Greateful Dead, Bob Dylan* und *The Doors* auf der Bühne. Carlos sang los und es war wie ein Traum. Jeder schien instinktiv zu wissen, was als nächstes kam und der Funke sprang sofort über. Carlos war einer von ihnen und es war beispiellos, wie ihn die Leute akzeptierten und jeden Song zelebrierten. Bei *Rocking my Babe, Summertime* sangen wieder alle mit. Das wurde sein Hit. Sie verabschiedeten ihn herzlich und freuten sich auf ihren Hauptakt. Carlos lachte ins Publikum und schwenkte seinen Hut. Er freute sich über die gute Resonanz und sah sich mit Rianna noch die nachfolgende Band an. Dann schlenderte er relaxt hinaus. Die Gitarre in der einen Hand, Rianna in der anderen. Er setzte sich in sein blaues Reisemobil, dankte Manitu für den tollen Gig und trank warmen Abatonga-Tee. Carlos war selbst überrascht, wie gut es lief.

Sie fuhren aus Tuscon hinaus und übernachteten auf einem bewachten Parkplatz mitten in den Plains. In jener Nacht schliefen sie tief und fest. Rianna lag so sicher in Carlos' Armen, dass sie schier sterben konnte. Ihrem Kind würde es einmal gut gehen, das wusste sie. Am nächsten Morgen klopfte es an ihren Trailer.

»Hello Sir, Sind Sie Carlos Anru?«, fragte eine rauchige Stimme.

Ein älterer Mann mit einem weißen Schnauzer und Stoppelbart zeigte auf die Plakate an ihrem Camper.

»Ja, Mann«, sagte Carlos, »der bin ich. Kann ich dir helfen?«

»Yeah«, sagte der Fremde. »Mir geht's gut. Ich habe gestern Abend dein Konzert in Tucson gehört, live auf dem Lokalsender, und ich habe mir gedacht, »Wow, dieser Carlos Anru gefällt mir. *Rocking my Babe Summertime*, was für ein geiler Song!«

»Hey danke. Es hat dir also gefallen«, freute sich Carlos.

»Ja, Mann. Absolute Spitzenklasse, genau mein Geschmack«, sagte der weißhaarige Cowboy und hielt ihm den Daumen nach oben.

Carlos lud ihn auf einen Kaffee ein und sie plauderten über Countrymusik, ihre Reiserouten und die unzähligen Cheerleader, die überall wie wild in den Baseballstadien tanzten, um sich vor den Sommersprossen zu schützen.

»Ja, Mann, ziemlich komische Zeiten, die wir haben. Freckles everywhere«, sagte der Weißhaarige resigniert, schüttelte den Kopf und verzog seinen grauen Schnauzer. Zum Abschied kaufte er Carlos eine CD ab und machte sich mit seinem Wohnmobil, das den erlesenen Namen *Four Winds* trug, auf den Weg. Er wollte nach Osten, Richtung Alabama.

46.

Karina und Austeja fuhren schnurstracks nach Süden. Sie machten Kilometer und hatten so viel Spaß, wie lange nicht mehr. Bei Almeria besuchten sie einen entlegenen Strand am Meer, der von ein paar Hippies bewohnt war, diedort in Zelten, Höhlen und Hütten wohnten. Den Tip hatten sie von Nils. Die beiden waren dort so vehement angebaggert worden, dass es ihnen beinahe zu viel war. Es gab kein Weibsvolk am Strand, so dass sofort alle Männer wie die Schmeißfliegen angerannt kamen und sie mit übertriebenen Freundlichkeiten überhäuften. *Frischfleisch!* stand auf ihren ausgehungerten Gesichtern. Austeja fand das ganz nett, doch für Karina ging das gar nicht. Sie legten sich abseits in den warmen Sand, schwammen im Meer und ließen sich von der Sonne trocknen. Die Strandbewohner waren nackt und so ließen auch Karina und Austeja ihre Hüllen fallen, was sie nicht weniger attraktiv erscheinen ließ. Karinas Sommersprossen freuten sich über das grelle Licht der Frühlingssonne und traten noch kräftiger hervor. Wieder scharten sich drei Chicos, wie die Jungs in Spanien hießen, um sie und prahlten um die Wette. Sie wollten den Mädels ihre Höhlen zeigen und sie zum Kaffee einladen. Da kam ein junger Deutscher vorbei, den Karina auf Anhieb sympathisch fand, und sie fragte ihn gleich frei heraus: »Hey, sag mal Ben, gibt es eigentlich keine Frauen hier? Ich sehe nur lauter Typen, die uns auf Teufel komm raus angraben. Was ist denn hier los?«

»Karina, du hast ja recht«, gestand der junge Rastamann. »Momentan sind einfach noch keine Mädels am Start. Aber die kommen noch. Ihr seid einfach früh dran.«

»So so, früh dran«, sagte Karina und lachte.

Sie blieben eine Nacht, doch ständig kam irgendein Typ mit zerschlissenen Hosen, langen Dreadlocks wie Bob Marley und braunen Zähnen vom Saufen und Kiffen an und gab selbstgefällig sein *Hola Guappas* von sich. Nach dem zehnten *Hola Guappas* verging ihnen endgültig der Spaß und sie suchten bei Ben Zuflucht. Sie wollten ihre Ruhe haben. Ben hatte den Winter am Strand verbracht und es sich in einem alten Stall gemütlich gemacht. Nur die Wände standen noch. Das Dach hatte er mit Palmwedeln und großen Bananenblättern gedeckt. Ben, ein junger Traveller, wollte raus aus dem *Babylon System*, wie er es nannte. Als die Ladys sein Domizil betraten, trauten sie ihren Augen kaum. *Alter Falter!* Dort stapelten sich Unmengen von Origami-Figuren in sämtlichen Farben und Formen. Die hatte Ben alle liebevoll von Hand gefertigt und verkaufte sie den Touristen in den umliegenden Urlaubsorten.

In Deutschland war einst eine Gruppe tibetischer Mönche durch seine Geburtsstadt gekommen und hatten ihm am Brunnen des Städtchens einen weißen Papierkranich als Glücksbringer geschenkt. Das hatte Ben so gefreut, dass er sich ein Origami-Buch kaufte und nun selbst sein Glück formte. Er hatte schon über tausend Kraniche und andere Figuren gefaltet, verkauft und verschenkt.

»Gutes Karma setzt sich eben fort«, sagte er.

»Aber Ben, wenn jetzt so viele an den Sommersprossen sterben, haben die dann alle schlechtes Karma?«, bohrte Karina nach.

»Wer weiß das schon?«, sinnierte Ben. »Die Inder nennen unsere Welt Samsara, die leidvolle Welt. In der wimmelt es gerade von Sommersprossen. Ist es nicht so, dass hier fast alle Schmerz und Leid erleben? Innen wie außen, egal, wo wir hinsehen? Die Erlösung aus diesem Drama nennen die Inder

Mokscha, die absolute Befreiung oder Nirwana.«

Das gefiel den Mädels. Ben war richtig belesen. Mit seinen Origami-Figuren konnte er sich über Wasser halten und sein tägliches Leben bestreiten. Er machte ihnen einen glücklichen Eindruck und sein blonder Flaum im Gesicht wollte bald ein kräftiger Männerbart werden. Er hatte eine Gitarre in der Ecke stehen und spielte den beiden ein paar Lieder vor. Reggae natürlich, vom Chef. *Buffalo Soldier* und *Jammin'* von *Bob Marley*. Austejas Augen glänzten. Die Frauen schleppten ihre Schlafsachen aus dem Auto über den Berg und wollten in einer Mulde unter einer Dattelpalme neben Bens Hütte übernachten. Dort fühlten sie sich sicher. Sie schürten ein kleines Feuer und kochten zusammen Spaghetti. Dann zog Austeja ihre Ukulele hervor und gab ein paar Lieder zum Besten. Da wusste Ben nicht mehr, wie ihm geschah, und er hing gebannt an ihren Lippen.

Am nächsten Tag aalten sie sich wieder in der Sonne, spielten Frisbee und schwammen im Meer. Ihre nackten Hintern glänzten und Ben war baff. Die beiden Frauen waren echte Amazonen und Austeja hatte noch dazu einen unglaublich schönen Knackarsch, wie er fand. Austeja hatte Fabelwesen auf den Beinen und einen riesigen Lebensbaum auf den Rücken tätowiert. Ihre hellblauen Augen strahlten offen und neugierig in die Welt. Sie wollte noch viel erleben. Dass um sie herum die Leute an den Sommersprossen starben, verunsicherte sie nicht. Gut erholt fuhren weiter. Sie wollten zu den heißen Quellen von Santa Fe, die eine Tagesreise entfernt auf ihrem Weg lagen.

»Unglaublich, wir haben sie gefunden!«, jubelten sie und ihr roter Lieferwagen, mit dem Blumenstrauß und dem Schmetterling darauf, schlängelte sich eine gelbe Frühlingswiese auf einen kleinen Hügel inmitten einer weitläufigen Tiefebene hinauf. Oben stieg Wasserdampf in den Himmel hinauf und es standen mehrere Autos und Campingbusse herum. Hinter ein paar Büschen hatten sich Zigeuner niedergelassen und machten ein Picknick. Sie hatten eine riesige Kinderschar dabei, die Karina frech anbettelte, doch sie gab ihnen nichts. Die unterschiedlichsten Menschen, von jung bis alt, tummelten sich in den heißen Wasserbecken, die naturbelassen in der Erde lagen. Weiter unten gab es ein lehmiges Erdloch neben einem knorrigen Baum, wo das heiße Wasser in einem festen Strahl von oben herab schoss. Es roch nach Schwefel und Algen. Karina und Austeja zogen ihre Bikinis an und stiegen in den großen Pool. Das heiße Wasser kam hier fünfhundert Meter tief aus dem Erdinneren empor und war eine seltene Wohltat und entspannte sie sofort. Die zwei lagen über eine Stunde bis zum Hals in den heißen Quellen und tauchten ab und zu unter. Die Wärme drang tief in ihre Körper ein. Schweiß stand ihnen auf der Stirn. Es herrschte eine auffallend friedliche Stimmung an den Pools, die sie als geradezu andächtig empfanden.

In der Ferne lagen majestätisch die Berge der Sierra Nevada mit ihren weißen Gletschern und dem Mulhacen, mit 3482 Metern Höhe dem höchsten Berg des spanischen Festlandes. Davor lag flimmernd die Stadt Granada - zum Greifen nah. Die beiden Frauen genossen die grandiose Aussicht von ihrem dampfenden Hügel inmitten des Olivenwaldes und plantschten leise im heißen Wasser. *Wie in einem Traum!* Für Karina und Austeja waren das weitere Eindrücke für die Ewigkeit, die sie ausgiebig genossen. Bald würden sie von einander Abschied nehmen. Austeja wollte nach Granada und Geld verdienen. Karinas Fähre auf die Kanaren legte in zwei Tagen ab. Ihre letzte, gemeinsame Nacht campten sie unter einem uralten Olivenbaum. Nebenan blühten Orangenbäume, deren hammersüßer Duft sie richtiggehend betörte und ihnen intensive Träume bescherte. Am Morgen tauschten sie ihre E-Mail Adressen und Handynummern aus, sie wollten sich auf jeden Fall wiedersehen. Auf der Fahrt aus der Tiefebene heraus machten sie in einem verstaubten Restaurant halt, tranken ihren Abschiedskaffee unfd fuhren weiter, dann war es soweit. Karina hielt an einem großen Kreisverkehr vor Granada und ließ Austeja aussteigen. Die trampte mit ihrem Rucksack, dem Schaffell und ihrer Ukulele in die Stadt hinein, wo neue Freunde und Abenteuer auf sie warteten. Eine letzte Umarmung und sie gingen getrennter Wege.

Nach ein paar hektischen Minuten war Karina auf der richtigen Autobahn und sah für einen kurzen Moment die weltberühmte Alhambra der Mauren an ihren Augenwinkeln vorbeiziehen und fuhr weiter und weiter. Karina dankte dem Rosenquarz-Engelchen, das noch immer auf der Mittelkonsole saß und frohlockte. Sie war überrascht, wie mutig sie war. *Wow! Danke Mama, dass du immer bei mir warst!* Gegen Abend erreichte sie Huelva und nahm sich ein winziges Zimmer, trank ein Bier auf der Plaza und ging früh zu Bett. *Morgen ist ein großer Tag!* Da fuhr sie mit der Transatlantik-Fähre nach La Palma.

47.

Kim hatte sich bestens von der Malaria erholt und seine Hand verheilte gut. Seinen Mittel- und Ringfinger konnte er allerdings nicht mehr bewegen, zu viele Nerven waren von der Kugel zerstört worden. Die Ärztin Michelle hatte sich sofort in den kleinen Kim verliebt und ihn in ihr Herz geschlossen. Als sie von einem Dolmetscher seine Geschichte erfuhr, war sie sehr betroffen und versprach ihm, nach seinen Eltern zu suchen.

In manchen Gegenden Schwarzafrikas gab es sehr mächtige, böse Zauberer, die schwachen und kranken Männern rieten, junge Mädchen zu vergewaltigen und ihre Kraft zu rauben, um sich so vor der Sommersprossen-Pandemie zu schützen. Bald darauf hatten jene Zauberer und ruchlosen Männer grässliche Punkte im Gesicht und die Menschen munkelten, dass das die Strafe für ihre Gräueltaten war.

Kim bekümmerte das wenig, denn in ihrem Lager gab es bisher niemanden, der die Sommersprossen bekommen hatte. Tagelang spielte er mit seinen Freunden auf dem Bolzplatz vor der Brücke Fußball. Was sie aber alle erleichtert feststellten, war die Tatsache, dass es keine Moskitos mehr gab. Die Biester waren einfach verschwunden. Nur ganz selten hörte man noch ein letztes Exemplar mit einem lästigen *Bssst* davon fliegen. Der Busch war eindeutig friedlicher geworden und die Menschen Schwarzafrikas dankten Unkulunkulu für seinen Segen.

48.

Osario wanderte den Little Snake River entlang, um Pflanzen für den Abatonga-Tee zu sammeln. Er hatte seine lederne Umhängetasche dabei und einen Gehstock. Er lauschte dem Geplätscher des Baches und beobachtete blaue Libellen, die über einem Felsen nach Fliegen jagten. Der Frühling war in den südlichen Ausläufern der Rocky Mountains voll erwacht. Überall pulsierte das Leben und die Sonne schien hell und warm. Die Pflanzen öffneten ihre Blüten und wuchsen kraftvoll heran. Es duftete nach süßem Goldkelch und wildem Ysop. Weidenblüten schwebten durch die warme Luft und hingen in dicken Bauschen an den gebogenen Ästen über dem Bach. Osario sah eine Gruppe junger Forellen im Wasser stehen. In einer seichten Flussschleife hatte ein Biber einen Damm angelegt. Dort wollte er sich ausruhen. Er ging ans Ufer und legte sich in den feinen Kies. Nach einer Weile des entspannten Lauschens und von der Mittagssonne gewärmt, schlummerte er ein. Während er schlief, kam eine kalifornische Flussviper heran geschlängelt und legte sich neben ihn zum Sonnenbaden in den warmen Sand. Die Schlange kringelte sich ein und die beiden dösten Seite an Seite. Als sich Osario im Schlaf umdrehte und seinen Arm versehentlich auf die Schlange legte, erschrak sie so sehr, dass sie ihn biss. Osario spürte einen kurzen, stechenden Schmerz, als sich ihre zwei Vorderzähnchen durch seine Haut in sein Fleisch bohrten und er schreckte auf. Blitzschnell zog er die Hand zurück. Die Schlange hing kurz an seiner Hand und zappelte. Dann ließ sie los, fiel zu Boden und verschwand im Gebüsch. Osario wusste sofort, dass es eine Flussviper war, eine Bagote, und ein Segen für ihn.

Er dankte dem Großen Geist für den Biss, dann wollte er schnell nach Hause. Die Wunde schmerzte zwar, doch die Bagote war nicht tödlich. Osario machte sich, so schnell es für einen alten Mann mit Stock eben ging, auf den Heimweg. Als er seinen Jeep erreicht hatte, war die Hand bereits geschwollen und brannte heiß. Zügig fuhr er nach Hause und verzog sich ins Wigwam. Von den vielen Leuten, die bei ihm auf der Ranch waren und für den Schlangentanz übten, wollte er nichts wissen. Schweiß stand ihm auf der Stirn, wegen der Schmerzen, aber vor allem wegen der großen Aufregung. Osario setzte sich einen Sud Abatonga-Tee auf den Ofen, sprach ein lautes Gebet und trank. Erleichtert ließ er sich in seinen Sessel fallen.

»Hanga Ti anga Na, Ha ne ya ya«, sang er ein Schamanen-Lied.

Die Wirkung setzte ein. Die Bagote-Schlange war ein besonders heiliges Medizintier. Sie enthielt ein sehr seltenes Gift, das zu der bekannten Schwellung und dem heißen Brennen führte. Doch die wenigsten wussten, dass sie in ihrem Gift einen ganz besonderen Wirkstoff enthielt, den die Eingeweihten den *Sonnenstoff* nannten. Dieser Wirkstoff kam allerdings nur zur Geltung, wenn man dazu den traditionellen Abatonga-Tee der Apoixol-Indianer trank. Nur in dieser Kombination entfaltete der *Sonnenstoff* seine Wirkung. Der *Sonnenstoff* der blauen Bagote enthielt eine stärkere Medizin als der bekannte Pacocho Kaktus. Er hatte keine unangenehmen Nebenwirkungen und schenkte dem Betroffenen wunderbar deutliche und tiefe Einsichten in die andere Welt und den Kosmos. Osario war der einzige Mensch im Umkreis von vielen Meilen, der überhaupt um ihre geheime Medizin wusste, sie aber selbst noch nicht erlebt hatte.

Wie in Trance zog es Osarios Mundwinkel auseinander und er begann zu lächeln. Er kniff die Augen kniffen zusammen, merkte, wie es in seinem Kopf heller wurde und sah sein Inneres in einem goldenen Licht erglühen. Der alte Mann entspannte sich. Der Stern in der Mitte seines Kopfes begann zu vibrieren, leuchtete hell und dehnte sich aus. Osario tauchte ein und hörte die Adler ihre Pfiffe ausstoßen. *Twiiig. Twiiig. Twiiig.* Er schloss die Augen und folgte seinem Atem. Der verließ zischend seinen Körper und kam wie von selbst wieder zurück und brachte frische Luft mit. Durch seine Gliedmaßen fuhr ein roter Lichtstrahl und brannte heiß. Seine Hand zuckte und er begann sich wie eine Knospe zu entfalten. Osario sah sich größer, feiner und heller werden und immer größer, feiner und heller. Schließlich wurde er eins mit der Sonne. Tief durchdrang ihn ihr Mark und er spürte das heiße Rauschen der magischen Atome, welche der Sonnengott in einem unaufhörlichen Strom auf seine Kinder, die Planeten und ihre Atmosphären hernieder spie. Über sich sah er die große Öffnung, durch die das Große Beben Manitus in unser Sonnensystem herein kam und den Sonnengott und Osario selbst mit dem Ursaft erfüllte. Er verstand plötzlich jenes Prinzip. Der Ursaft strömte in seinen Körper und tanzten in ihm und mit ihm und wirbelte mit höchster Geschwindigkeit im Kreis.

Minutenlang sah Osario dies, in reiner Ekstase und höchster Klarheit. Er staunte. Immer wieder stieg er zur Sonne hinauf und verweilte vor dem gigantischen Durchgang, wo die Lebensenergie, Manitus Ursaft, herein kam.

Dann sprang er ab und flog wie eine Taube hinauf - durch die große Öffnung hindurch! Über sich sah er jetzt nur noch die Weite des Alls. Milliarden Sterne und Galaxien funkelten neben ihm. Alles war golden. Osario sang das »Ah« und hörte den heiligen Klang sich allerorts wiederholen. Überall erklang es, das »Ah«. Osario fand keine Schwere mehr. Dort war alles Geist. Der Ursprung und das Ende. Das Alpha und das Omega. Die Götter gingen dort demütigst ein und aus. Osario bekam nur ein »*Danke, Großer Geist*« heraus. Eine unglaubliche Milde durchdrang ihn und er bat den Schöpfer um Unterstützung für den heiligen Schlangentanz in wenigen Tagen. *Mögen die Tänzer bitte gesund werden und reichlich Visionen erhalten, wenn sie bereit sind*. Still verweilte Osario in jener Welt. Alles berührte seine Brust, sein Herz, und war mit ihm verbunden. Dann stürzte er sich wieder hinab, in die unendlich strahlende Weite. In einem weißen Lichtstrahl flog er nach unten und hatte im Nu unzählige Galaxien passiert und war wieder zurück. Er hatte noch jenes milde Lächeln im Gesicht und spürte den goldenen Ursaft weiter in sich hinein strömen. Osario schwamm in einem See aus heiliger Ekstase. Der ganze Wigwam war von Sonnenschein erfüllt. Draußen zwitscherten die Vögel und alles ging seinen Lauf. Die Menschen bereiteten sich auf den Schlangentanz vor und Osario hatte plötzlich viele, viele Ideen, wie er ihnen helfen konnte. Er dachte an Carlos, Rianna und ihr Ungeborenes und wünschte ihnen viel Glück. Noch immer klebte ein mildes Lächeln in seinem Gesicht und die innere Ekstase ging noch Stunden so fort. Erst als es dämmerte, ließ der *Sonnenstoff* der Bagote-Schlange in seiner Wirkung nach und Osario schlüpfte vorsichtig aus dem Wigwam ins Freie hinaus. Vom Anblick des Abendhimmels war er regelrecht überwältigt. Tief im Westen stand der großmütterliche Mond und senkte sich wie ein silbernes Boot auf die Rocky Mountains. Daneben glühte die Venus, Jupiter funkelte majestätisch. So, wie an jenem Abend, hatte Osario noch nie zuvor die Welt und ihre vertrauten Sterne gesehen.

49.

Es herrschte stockfinstere Nacht. Karina stand ganz oben am Deck des Kolosses von Schiff und hielt sich am glitschigen Eisengeländer fest. Nasskalte Meeresluft blies ihr ins Gesicht. Es stank nach Dieselruß und war laut. Die Fähre aus zigtausend Tonnen Stahl donnerte unaufhaltsam voran und schwappte ungestüm auf und ab. Von weitem konnte man nur den vagen Umriss von Karinas Silhouette erkennen. Das Firmament des pechschwarzen Himmels nahm sie vollständig in sich auf. Auch Karina hatte noch nie zuvor in ihrem Leben so einen imposanten Sternenhimmel gesehen, wie jenen, mitten auf dem Atlantik. Sie wusste nicht, was sie mehr faszinierte. Die schier endlose Schwärze der Nacht, die sie wie ein behaglicher Mantel umgab und sich auf ihre Augen legte, oder die schier unendliche Zahl funkelnder Sterne. Gebannt sah sie nach oben und erinnerte sich an die Worte ihrer Großmutter: »Ein Gesicht ohne Sommersprossen, ist wie der Himmel ohne Sterne«. Karina schmunzelte. Die Himmelskörper leuchteten wie Diamanten über ihrem Haupt, soweit das Auge reichte, und spiegelten sich wie ein glitzernder Teppich auf den Wellen des Meeres wider. Karina war von jener Erscheinung verzaubert. Die Nacht war mit Billionen von Lichtern übersät, die sich bis in den Horizont hinein senkten. Je länger sie hinsah, desto mehr entdeckte sie. Karina fühlte, dass sie soeben auf der Schwelle zur Unendlichkeit stand. Klar und deutlich konnte sie über ihrem Kopf das weiße Band der Milchstraße erkennen, das sich quer über den Himmel zog. Sie hörte auf zu denken und schaute nur noch hin. Just in diesem Moment fiel eine dicke Sternschnuppe direkt vor ihr vom Himmel herab und verschwand im großen, schwarzen Nichts. Ihr Körper frohlockte, als sich der Brocken mit Höchstgeschwindigkeit an der Erdatmosphäre rieb und in einem hellen Grün verglühte - sie wünschte sich einen Mann.

Der lag bereits in seinem Bett und träumte wild. Nackte Frauen tanzten vor ihm umher. Ihre üppigen Brüste baumelten zum Greifen nah vor seiner Nase und ihre feuchten Vaginas verdrehten ihm restlos die Sinne. Wild zuckte sein Glied und er kam im Schlaf. Der Frühling riss ihn hinfort und machte mit ihm, was er wollte.

Dave hatte Karina das alte Büro zurecht gemacht und das ganze Haus geputzt. Nur das Kinderzimmer war von Marlene in Beschlag genommen und sah dementsprechend aus: Malstifte, Bücher, Puppen, Bastelsachen und Klamotten lagen kreuz und quer auf dem Fußboden verteilt. Ansonsten glänzte alles picobello und war für den hohen Besuch bereit. Selbst Ruanda war beeindruckt. *So kenne ich meinen Dave ja gar nicht!*

Nach seinem erotischen Traum stand Dave noch vor Sonnenaufgang auf und jubelte in die Morgendämmerung hinaus. Die letzten Sterne verblassten, die Vögel zwitscherten bereits. Der Himmel färbte sich in ein kühles blau. Bald darauf röchelte seine eiserne Espressomaschine und verströmte frischen Kaffeegeruch. *Heute kommt sie!* Seine Glückshormone liefen Sturm. Dave musste sich bewegen, um ihnen freien Lauf zu lassen. Er joggte die Kiefern-Allee zu Howi vor und wieder zurück.

»Jippieiyeah, jippieiyeah, ghostriders in the sky«, sang er im Wald.

Dave lief schier über vor Glück.

Zur selben Zeit erreichte Karina, etwas gebeutelt von der langen Überfahrt, die Gewässer der Kanaren. Eine Schule Großer Tümmler sprang wie zur Begrüßung durch die Bugwelle der Fähre und entlockte ihr ein Lachen. Auf Teneriffa musste sie auf eine kleinere Fähre, die über La Gomera nach La Palma weiter fuhr, umsteigen. An Deck traf sie einen lässigen Meeresbiologen aus Berlin. Der hatte ein dickes Oktopus-Tattoo auf dem Unterarm und erklärte ihr die Meereswelt der Kanaren, wo sich direkt unter ihnen der artenreichste Lebensraum für Wale und Delfine in ganz Europa befand. Dreiundzwanzig der weltweit 86 Wal,- und Delfinarten wurden dort gesichtet. Wie, um dies zu beweisen, schoss vor La Gomera ein riesiger Pottwal aus dem Meer und fiel mit seinen fünfzehn Tonnen Lebendgewicht ins Wasser zurück. Danach sahen sie seine breite Schwanzflosse, die Fluke, die sie auf drei Meter Breite schätzten, im Atlantik versinken und waren erst einmal sprachlos.

Zur Mittagsstunde erreichte Karina den Hafen von Santa Cruz de La Palma. In nur zehn Tagen hatte sie mit ihrem Auto und per Schiff die lange Reise von mehr als viertausend Kilometern bewältigt. Zielstrebig fuhr sie von der Fähre runter und sofort die steile Insel nach Senca hinauf. An einem Aussichtspunkt machte sie halt und blickte zum Hafen zurück. Erst jetzt konnte sie glauben, dass sie es wirklich geschafft hatte und pustete kräftig aus. Keiner konnte sie mehr stoppen, sie war da. Karina ließ ihren Blick in die neue Welt schweifen und jubelte. Sie hob siegreich ihre Faust in den Himmel und lachte. *Yeah!*

Die junge Frau mit der braunen Mähne legte sich auf eine Holzbank und rauchte genüsslich eine Zigarette. Große Wolken turnten mehrere hundert Meter über ihrem Kopf im hellblauen Himmel umher. Das entspannte sie. Überall flatterten Kohlweißlinge, Zitronenfalter, Monarchen und andere Insekten durch die Luft. Eine Schar Kanarengirlitze zwitscherte lebhaft in einem großen Eukalyptusbaum. Es duftete nach frischem Nadelwald und sie hörte das beruhigende Rauschen des Windes, der durch die langen Nadeln der Kiefern streifte. Ab und zu peitschte er wie wild in die Palmwedel hinein und schüttelte sie kräftig durch. Endlich konnte sie ihre Karte hervorholen. Schon oft war sie die Route zu Daves Haus in Gedanken durchgegangen. Nun wurde es Wirklichkeit. Sie musste immer geradeaus fahren und der Hauptstraße bis De Gesta folgen, dann rechts Richtung Senca abbiegen. Getrieben vom Ziel stieg sie ein und fuhr weiter. Eine halbe Stunde später machte sie in einem Restaurant an der Straße halt und aß ausgiebig zu Mittag. Es gab warme Tapas mit Tintenfisch, Bohnen, Kartoffeln und Soße. Dazu gönnte sie sich ein kaltes Bier. *Dorada Especial.* Langsam orientierte sie sich neu, genoss die Aussicht, fuhr gemütlich weiter und hörte Musik. Noch drei Kilometer bis De Gesta und zwölf bis Senca. Von dort waren es noch fünf Kilometer. Dave erwartete sie bereits, sie hatte ihm eine SMS geschickt.

Hey Dave, ich habs geschafft! Bis ganz gleich:)

Dave horchte immer wieder gespannt in die Kiefern-Allee hinein, ob ihr Auto endlich käme. In der Zwischenzeit lenkte er sich mit Marlene ab. Er spannte sie zur Gartenarbeit ein und sie jäteten das Unkraut. Doch dann war es soweit. Karina bog genau, wie er es ihr beschrieben hatte, bei Howi in die Kiefern-Allee ein und fuhr die Schotterpiste zu seiner *Finca Oswaldo* nach hinten durch. Dave hörte ein Auto kommen, stürmte die Terrasse hinauf, wusch sich die Hände und schaute zum Weg. Auf Anhieb entdeckte er den roten Kangoo. Hinter der Fahrerscheibe saß die junge Frau mit der buschigen Mähne, auf die er sich so gefreut hatte, und lachte. *Endlich ist sie da!*

Karina war wie verzaubert. Sie hatte es tatsächlich geschafft und sah Dave, wie er vor seinem Garten stand und sie begrüßte. Etwas erschöpft parkte sie ihren Wagen neben seinem rostbraunen Toyota Sunny und stieg aus.

»Hallo Dave«, sagte sie.

»Hallo Karina! Schön, dass du es geschafft hast. Herzlich Willkommen!«, sagte er freudestrahlend und sie umarmten sich.

Er hatte weiche Knie. Neugierig kamen Marlene und Ruanda hinzu.

»Das ist Marlene«, sagte er, »meine Nichte, und das ist Ruanda, meine Schwester.«

Ruanda war Karina auf Anhieb sympathisch. »Schon wieder so eine nette, wie Austeja«, dachte sie.

Dave zeigte ihr das Haus und Marlene zeigte ihr das Indianer-Tipi. Karina war von dem ruhigen Ort regelrecht geflasht und fühlte sich sofort wohl. Sie tranken einen Krug Lemongrastee und Ruanda tischte zur Feier des Tages ein Blech Misperokuchen auf.

»Der schmeckte ja wie ein deutscher Zwetschgenkuchen, nur noch saftiger«, meinte Karina anerkennend.

Als es dunkel wurde, aßen sie zu Abend und bewunderten die hauchdünne Mondsichel am Firmament. Karina war todmüde und ging früh ins Bett. Sie sah noch kurz die Sterne durch ihr Fenster leuchten, dann war sie weg. Traumlos schlief sie bis spät in den Vormittag hinein und es folgten unbeschwerte Tage, wie im Paradies. Dave und Karina blühten auf. Sie unternahmen ausgiebige Spaziergänge in der Natur, wo sich weitläufige Kiefernwälder in die Berge erstreckten. Er zeigte ihr die Höhlen der kanarischen Ureinwohner, der Benahoaritas, die einst dort lebten und ihre steinzeitlichen Behausungen mit spiralenförmigen Felszeichnungen versahen. Sie besuchten Daves Freunde, die sich nur einen Spaziergang davon entfernt ein Lehmhaus bauten. Spaßeshalber halfen sie mit und verschmierten mit ihren Händen die Wände. Anschließend nahmen sie ein Schlammbad und schwammen im Meer. Karina ergötzte sich regelrecht an der Flora der Kanaren und verliebte sich sofort in die weißen und violetten Natternköpfe, die genüsslich ihre langen Hälse in die Sonne reckten. Der Wegesrand wurde zu ihrer großen Überraschung auch auf La Palma von gelbem Senf, rotem Mohn und violetten Platterbsen gesäumt. Auf kaum zugänglichen Bergen legten sie sich rücklings auf die warme Erde, sahen in den Himmel und beobachteten die Mauersegler, die in großen Scharen haarscharf über sie hinweg flogen und laut pfeiffend nach Insekten jagten. Einmal fanden sie Wildbienen, die emsig eine duftende Agavenblüte bestäubten und lauschten dem Summen der Tiere. Manchmal spazierten sie auch nur vergnügt die Kiefern-Allee zu Howis Garten entlang. Dabei kickte Karina Dave dann kräftig mit der Hüfte vom Weg und er kehrte im hohen Bogen wieder neben sie zurück und wartete, dass sie ihm wieder mit einen satten Hüftkick gab und war glücklich, wie ein Kind. An einem schönen Sonntag Nachmittag bastelte Karina ein Mandala aus weißen Muscheln, die sie am Strand gesammelt hatten, und klebte es an Daves Hauswand. Abends tafelten sie am liebsten auf der großen Veranda vorm Haus. Ruanda erinnerte das an ihre Kindheit, als immer viele Menschen um den elterlichen Tisch saßen. Howi trieb mit Marlene seine Späße und erzählte ihr so manche Strophe aus seinem ereignisreichen Leben und ließ mit schmerzverzerrter Grimasse seine Nase in seiner Hand verschwinden, bis er sie zu ihrer Erleichterung wieder hervor zauberte. Sein Hund Rudi grunzte meist unter dem Tisch und schlabberte genüsslich an seinem Hundepimmel.

Karina und Dave kamen sich mit jedem unbeschwerten Tag näher und wurden langsam vertraut miteinander. Er bot ihr eines Abends an, sie könne auch bei ihm schlafen, was sie gerne annahm. Sie kuschelten sich zusammen und hatten bald darauf ihre erste gemeinsame Liebesnacht. Die Zeit verging wie im Flug und sie wurden ein Liebespaar.

»*Iiih!*«, stöhnte Marlene theatralisch und verzog das Gesicht, wenn sich die zwei umschlangen und hingebungsvoll knutschten. Darüber vergaßen sie sogar das Wüten der RMK. Karina gewöhnte sich auch gut an Daves Glückseligkeitsattacken, denn meist steckte er alle damit an. Er wurde dabei zu einem überglücklichen Menschen, jubelte vor Freude und Entzücken in die Welt und donnerte seine langen Arme in den Himmel.

50.

Ende Mai war wieder Neumond und die Nächte wurden dunkel. Howi, Dave und Karina machten einen Ausflug zur Sternwarte *Galileo* auf dem *Roque de los Muchachos,* dem höchsten Berg La Palmas. Die kanarische Sternwarte hatte dort oben auf 2400 Metern Höhe im GTC, dem Gran Telescopio Canarias, einmal im Jahr ihre Nacht der offenen Tür und die Besucher konnten bis in die frühen Morgenstunden unter Führung der staatlichen Astronomen einen Blick durch die hochmodernen Spiegelteleskope ins Weltall werfen. Das war eine seltene Gelegenheit, die sich die drei nicht entgehen ließen. Bei Sonnenuntergang tranken sie eine Kanne Grüntee und brachen zum Gipfel ihrer Insel auf. Die Astronomen zeigten den Zuschauern die wichtigsten Sternbilder am Firmament, sie sahen die Ringe des Saturns und den blauen Schweif des Kometen Lovejoy, der gerade das Sonnensystem durchquerte. Sie stellten das riesige Teleskop mit seinem zehn Meter großen Spiegeldurchmesser auf unsere Nachbarsonne, den weißen Riesenstern Sirius ein und spähten in unsere Nachbargalaxie, den sagenumwobenen Andromeda Nebel, hinein. Jedes winzige Pünktchen dort oben war mindestens eine Sonne, wenn nicht gleich ein ganzer Sternenhaufen. Die Fülle und Weite des Alls wurde den Besuchern mit den Fernrohren viel offensichtlicher, als mit bloßem Auge. Es wimmelte von explodierenden Sonnen da draußen, die meisten von ihnen waren wesentlich größer und heller als die unsere. Heiß und voller Energie. Gasriesen, Heliumherde und Wasserstoffbomben. Alles war vertreten. Unaufhörlich wurden neue Sterne und Galaxien geboren und es vergingen die alten. Vieles, was sie am Himmel sahen, gab es gar nicht mehr. Sie sahen die Vergangenheit, weil das Licht so lange unterwegs war, bis es zur Erde, vor ihre Linsen gelangte. Die Erkenntnis, wie viele Sonnen dort draußen im All waren, verschlug Dave die Sprache.

»Karina, das ist ja unglaublich. Alles ist voller Energie und wir Menschen krebsen hier herum wie die Würmer!«

Dave hatte auf seinen Reisen das Elend vieler Menschen gesehen. Die Blähbäuche und eitrigen Wunden unterernährter Kinder genauso wie die fettleibigen Wohlstandskinder Amerikas, die sich nur noch von Cola, Chips und Burgern ernährten.

»Tja Dave, der Teufel liegt im Detail«, meinte Howi. »In der Ferne ist alles wunderbar, aber wenn du zu uns her schaust, wird es arg.«

Dass die Menschen ständig einen Mangel erlitten, zeitgemäß versklavt wurden und an den Sommersprossen starben, war für Dave beim Anblick des Universums ein rein menschlicher Defekt und stand für ihn in keinem vernünftigen Verhältnis zum Rest der Schöpfung.

Tief bewegt stiegen die drei die Eisentreppe aus dem Observatorium herunter und schauten noch einmal über ihre Köpfe in den Nachthimmel hinauf. »Wow«, war ihr einhelliger Kommentar. Alles leuchtete, blinkte und pulsierte. Andächtig gingen sie zu Howis Jeep und machten sich auf die Heimreise.

»Mensch Leute«, meinte Dave aufgekratzt, »wir Menschen machen alles kompliziert und zerstören gerade das einzige, was wir wirklich haben, nämlich uns selbst, unseren Planeten und unsere Verbindung zum Ursprung, dem Leben, dem Urknall, der Liebe, das Gott, dem Licht, wie auch immer wir es nennen.«

»Ach Dave«, meinte Howi trocken. »Völlig egal, wie du das

nennst. Der Finger, der zum Mond zeigt, ist nicht der Mond und Worte, die etwas erklären, sind jenes Etwas auch nicht.«

»Stimmt«, sagte Karina. »Wörter sind oft abstrakt.«
Langsam schlängelten sie sich die enge Serpentinenstraße hinab. Um drei Uhr waren sie dann zu Hause. Dave war von dem spektakulären Ausflug so bewegt, dass er mitten in der Nacht noch das Internet-Radio einschaltete und seinen Lieblingssender, den *Hippie-County* aus Amerika, her suchte. Der übertrug gerade das Live-Konzert von Carlos Anru auf dem *Rocky Hill, Folk and Country Festival* in Denver, Colorado.

Wegen der Zeitverschiebung war es dort erst acht Uhr abends und Carlos betrat gerade die Bühne. Die Atmosphäre war geladen, doch seine tiefe Stimme gab dem Publikum sofort Ruhe und Kraft. Eine magische Stimmung lag in der Luft. Wie im Traum spielte Carlos seine Songs herunter und das Publikum lag ihm wieder voll zu Füßen. Als er zum Sonnenuntergang sein *Rocking my Babe, Summertime* vortrug, gab es begeisterte Pfiffe und schallenden Applaus. Der Laden kochte über. Dort war gerade ein neuer Stern am Musikhimmel aufgegangen. Eine neue Hymne hatte sich ihren Weg durch seine Stimme in die Herzen der Zuschauer gebahnt: *Rocking my Babe, Summertime!*

Dave und Karina, knapp fünftausend Meilen entfernt, waren baff und hingen am Radio.

»Wow, wer ist das denn?«, fragte Karina.

»So ein geiler Song!« sagte Dave und sie sangen schon den Refrain.
Glücklich krochen sie nach der Zugabe in ihr warmes Bett und liebten sich zum Rauschen des Windes.

51.

Lange, nachdem in der *Rocky Hill* Bühne der Applaus verhallt war, standen Carlos und Rianna draußen vor dem Backstage-Eingang und schauten in den Himmel. Das Stimmengewirr der Menschen entfernte sich und die Autos fuhren davon. Die beiden atmeten die kühle Abendluft ein und erholten sich. *Was für ein Tag!*

Carlos hatte ohne Zweifel den Durchbruch als Countrysänger geschafft und ihr Baby klopfte munter von innen gegen Riannas Bauch und applaudierte.

Dann begann mit einem Mal der Himmel über ihren Köpfen zu leuchten - wie bei einem großen Feuerwerk. Ein tiefblaues Licht erhellte plötzlich die Nacht. Das Leuchten wurde heller und heller. Carlos und Rianna sahen nach oben und waren perplex - die Nacht war taghell und leuchtete blau. Wie ein riesiges Wetterleuchten lief eine blaue Lichtwelle von Ost nach West um den Planeten und verzauberte sekundenlang den Erdball. Milliarden von Menschen und Lebewesen waren für Sekunden und Minuten in Staunen und Begeisterung versetzt. Ihre Münder standen weit offen, sie sahen nach oben in den Himmel und waren geblendet. Blaues Licht!

Alle schauten sie ins Blaue hinein, immer weiter, immer tiefer, immer länger. So etwas hatten sie noch nie gesehen. Alle Sommersprossen-Atome verglühten gerade und verursachten das blaue Leuchten. Zuerst ging ein melodisches Knistern durch die Luft, dann rieselten die mikroskopischen Partikel der verglühten RMK-Atome wie ein leiser Ascheregen auf die Erde nieder - ein Schauspiel, welches die Geschichte der Erde für immer veränderte. In den verdreckten Metropolen lösten sich die Dunstglocken auf und die Menschen sahen das blaue Leuchten des Himmels. Danach war die Luft wieder frisch und klar.

Allerorts blieben die Menschen stehen, hielten inne und schauten nach oben. Während sie schauten, wurde ihnen die unglaubliche Schönheit jenes wärmenden, nährenden, tiefblauen Lichtes bewusst. Tränen der Rührung kullerten aus ihren Augen. Die Magie des Lebens hatte zu ihnen gesprochen und ihnen ein deutliches Zeichen der Liebe gegeben - das blaue Wunder! Alle wussten es. Von vielen fiel eine große Last ab. Auf einmal waren sie frei. Sie wussten plötzlich, dass sie noch nie zuvor richtig gelebt, richtig hingeschaut und richtig gelebt hatten. Die Menschen waren vollends entzückt. Ihre Herzen rührten sich und schlugen im direkten Einklang mit dem Leuchten des Himmels. *Wir leben noch! Ja, wir leben.*

Vor Wonne und Dankbarkeit weinten sie und warfen sich auf den Boden. Ganz so, als hätten sie ihre längst verlorenen Kinder wieder gefunden, doch die waren sie selbst. Sie selbst waren ihre Liebsten!

Die Liebe Umbamals und Jinamas hatte sie mit dem blauen Leuchten zurück ins Leben gebracht und ihnen eine riesige Chance gegeben. Die Kompassnadeln drehten sich wie wild im Kreis und es roch minutenlang völlig betörend und berauschend nach Pfirsich und Amber.

Dave liebte Karina und frohlockte vor Glück. Karina liebte ihn und stöhnte vor Wonne. Sie sog an seinen Lippen, wand sich auf und nieder und bebte. Ihre Wesen lächelten sich urtief zu und die Endorphine beschenkten sie mit reinster Glückseligkeits-Ekstase. Sie verschmolzen und erlebten ein wunderbar neues Gefühl, als hätten sie die Schallmauer zum

Paradies durchbrochen. Wellen reinster Energie durchfluteten sie. Dave lachte lauthals, Karina kam unendlich toll und war hellwach. Draußen, über ihrem verschlafenen Häuschen, leuchtete der Himmel. Verwundert sahen sie aus dem Fenster und rieben sich die Augen. *Was ist denn hier los?*

52.

Osario, der zur selben Zeit in Nordamerika neben dem Little Snake River den heiligen Schlangentanz zelebrierte, sprang da in die Luft. Mitten im ekstatischen Tanz mit dem galaktischen Ursaft wagte der alte Indianer mit seinen sage und schreibe einundachtzig Jahren einen Sprung in jenes unglaubliche Gefühl der Leichtigkeit hinein. Federleicht, wie ein Knabe, sprang er empor, warf die Arme in den Himmel und hob ab. Beim Einsetzen jenes blauen Leuchtens segelte er zehn Meter in die Höhe hinauf und blieb oben stehen!

Osario hörte ein Fauchen, es zischte laut und alles war blau. Er sah den großen Gott Umbamal mit einer Frau auf einer azurblauen Wolke in den Himmel gleiten. Sie zwinkerten ihm verschmitzt zu, bevor sie verschwanden. Dann vernahm er das schallende Gelächter der anderen Götter und stimmte mit ein.

Die Schlangentänzer, Sänger und Musiker hörten ihn toben vor Lachen und sahen sprachlos mit an, wie die Nacht über seiner mystischen Schamanen-Gestalt in einem hellen, blauen Licht erstrahlte. Dann fiel er zu Boden und landete hart zwischen den Feuern. Der Schmerz in seinem Fuß sprach Bände. Osario wusste, dass er sich das Bein gebrochen hatte. Fassungslos eilten ihm die Schlangentänzer zu Hilfe, leisteten Erste Hilfe und legten ihn auf eine Bahre.

Die nächsten Tage verbrachte Osario in einer friedvollen Seligkeit in seinem Bett. Von seinen Leuten wurde er wie ein Heiliger verehrt und unentwegt gefragt, was er gesehen hatte, als er über ihnen im blauen Himmel schwebte. Osario erklärte daraufhin mit leuchtenden Augen, der große Gott Umbamal sei mit einer dunkelhaarigen Frau auf einer strahlenden Wolke in den Himmel geflogen und eine riesige Büffelherde, soweit das Auge reichte, und weiße Löwen mit weit ausgebreiteten Flügeln, hätten sie begleitet. Dabei floss reinste Harmonie aus seinem Gesicht und niemand zweifelte an der Wahrheit seiner Worte.

53.

In jener legendären Phase des weltweiten, blauen Leuchtens fielen auf der Erde alle RMK-Infizierten tot um. Umbamal hatte sämtliche Asos mit Sommersprossen bestreut und mit dem blauen Wunder von der Erde genommen. So hatte er den Planeten vor der Verwüstung gerettet.

Damit fing auf der Erde ein völlig neues Kapitel an. Eines, in dem die Liebe seit langem wieder den Ton angab, denn es war einzig der Fürsprache Jinamas zu verdanken, dass Umbamal nicht gleich unser komplettes Sonnensystem mit einer Supernova verbrannt hatte.

Überall lagen Tote herum. Großtuerisch läuteten die Kirchenglocken und so mancher Muezzin hing leblos in seinem Turm. Die malaysische Börse glich einem Schlachthof. Tokio, Shanghai und Peking, same, same, but different. *Was war passiert?* Die Menschen wussten es nicht. Auf der Welt herrschte der Ausnahmezustand und es folgten sieben Tage lang Chaos.

54.

Jean-Pierre arbeitete im südfranzösischen Atomkraftwerk *Lauseur* am Mittelmeer, als es losging. Er saß in der Leitzentrale der Anlage, als es zu flimmern begann. Er sah aus dem Fenster und war baff. Der Himmel leuchtete hell wie am Tag. Alles war blau. Jean-Pierre traute seinen Augen kaum. War er betrunken oder hatte er gar eine Halluzination? Das Leuchten sah so unglaublich, so fantastisch und wunderschön aus, dass er sich völlig in der Betrachtung jenes Naturschauspieles verlor. Dann merkte er, dass seine infizierten Kollegen zu Boden sanken - draußen der blaue Himmel und drinnen seine scheidenden Kollegen. Jean-Pierre wollte aufstehen, ihnen helfen und sie retten, doch wie verzaubert sah er nur aus dem Fenster. Dann wurde es wieder finster und er wusste, was geschehen war. Seine RMK-infizierten Kollegen hatten das Zeitliche gesegnet und ihren Lebensatem ausgehaucht. *Jetzt ist es also passiert!* Er ging zu ihnen und sah sie traurig an. Alle waren sie tot, still lagen sie da. Seltsamerweise hatten sie keine Sommersprossen mehr im Gesicht, die waren verschwunden. Dann flog die Tür auf, Philippe kam hereingestürmt und sah die Leichen, die überall auf dem Fußboden lagen.

»Ah, Jean-Pierre, wenigstens du lebst!«, rief er. »Auch bei mir drüben sind fast alle abgeschmiert!«

»Ach du Scheiße!«, stöhnte Jean-Pierre.

Da heulten die Sirenen des Atomkraftwerkes los und bedröhnten mit ihren hundertzehn Dezibel das Areal. Die Notlichter blinkten und jagten ihnen eine höllische Angst ein.

»Ein GAU?«, fragte Philippe.

Sie stürmten zu den Überwachungskameras und besahen sich die vier Reaktoren. Nichts. Alles war ruhig. Das Internet funktionierte nicht und die Telefonleitungen waren tot. Sie hatten keinen Kontakt zur Außenwelt. Die Vorgesetzten lagen tot auf dem Boden und rührten sich nicht. Draußen liefen die Leute der Nachtschicht durcheinander und kamen verunsichert herein.

»Was ist passiert?«, fragten sie erschrocken.

Philippe erklärte, dass fast alle tot seien. Angst machte sich breit.

»Abschalten, sofort abschalten!«, entschieden sie einhellig.

Der Notplan sah das so vor. Sie drehten die Sirenen aus, stellten die spärliche Notbeleuchtung an und fuhren einen Reaktor nach dem anderen herunter. Das dauerte Stunden und überall in Paris, Lyon und ganz Frankreich gingen die Lichter aus. Dann auf der ganzen Welt. Vorsichtshalber hatten sämtliche Überlebende des blauen Leuchtens in den Atomkraftwerken so reagiert und die monströsen Dinger mit den bauchigen Reaktoren und dampfenden Kühltürmen abgestellt. Dann saßen sie in da, warteten ab und rätselten, was geschehen war. *Zum Glück ist kein Atomkrieg ausgebrochen!*

Als es dämmerte, kam der erste Wagen in die totenstille Anlage hereingefahren. Es war der Bäcker, er brachte ihnen frische Baguettes und Croissants. Er erzählte, dass die ganze Küste lahmgelegt sei. Plötzlich hätte der Himmel blau geleuchtet, dann sei der Strom ausgegangen. Verdutzt kauten die Techniker ihre Croissants, tranken heißen Kaffee und grübelten.

55.

Ilkay putzte sich gerade die Zähne, als Mucki herein geschnurrt kam und miaute. Ilkay hatte keine Lust mehr, zu arbeiten. Seit über zwanzig Jahren machte er seinen Job schon und es schien noch lange keine Rente in Sicht. Von seiner Frau hatte er sich mittlerweile vollkommen entfremdet, weil er viel zu viel auf Montage unterwegs war. *Und gestern ist wieder mal niemand auf seine Kosten gekommen. Höchstens die Kinder, doch die streiken in der Schule total. Arkan wird das Abitur mit Sicherheit nicht bestehen. Wenn er Pech hat, muss er sein Leben lang so malochen, wie ich.*

Es war gerade Sonntagnacht, fünf Uhr morgens und er konnte nicht schlafen. Das fettige Abendessen lag ihm schwer im Magen und der Streit mit seiner Frau raubte ihm den ersehnten Schlaf. Er wollte mal wieder Spaß mit ihr haben und ordentlich ficken, wie früher eben. Aber sie wollte nicht.

»Du liebst mich doch gar nicht mehr. Du willst ja immer nur das eine. Ich bin doch kein Loch!«, hatte sie protestiert und ihm erbost den Rücken zugewandt.

Ilkay blickte traurig und enttäuscht in den Spiegel. *Wenigstens habe ich noch keine Sommersprossen.* Am Montag früh sollte er wieder in die Firma fahren. Von dort ging es mit dem Mannschaftsbus weiter nach Dänemark, wo sie dann die ganze Woche bis Freitagabend arbeiteten. Woche für Woche, Jahr für Jahr.

»Miau«, machte Frau Wollnschlägers alter Kater.

Seine ehemalige Nachbarin war an Blutkrebs gestorben. Ihre Tochter Karina hatte den Blumenladen verkauft und gönnte sich eine Auszeit auf den Kanaren. Sie hatte sich frisch verliebt, wie sie schrieb.

»Mensch Ilkay, was ist nur los mit dir?«, fragte der dicke Kurde sein Gegenüber im Spiegel. *Was soll das bloß für ein scheiß beschissener Sonntag werden?* Ilkay dachte an seine Eltern, die vor seinen Augen von türkischen Soldaten erschossen wurden - er fühlte sich alleine. »Jeder muss eben seinen scheiß Weg gehen«, dachte er tapfer. Ilkay hatte sich in Deutschland abgerackert und mit schweißtreibender Arbeit das Leben so einigermaßen gut hingebracht. Jetzt war er an einem Scheideweg angekommen, saß alleine in seiner Küche und hörte Radio.

Dann kam das blaue Wunder und er sah aus dem Fenster. Ilkay traute seinen Augen nicht. Er drückte seine Nase an die Scheiben und machte das Fenster auf. Frische, süß duftende Luft strömte herein. Der Himmel leuchtete und vibrierte. Ilkay war sprachlos.

Der Radiomoderator sah es auch. Der Himmel leuchte gerade, meinte er, fantastisch sei das, wie ein Feuerwerk, alles blau. Er sprach von einem außergewöhnlichen Spektakel. Ilkay, der kurdische Montageschweißer, atmete schwer. Die wenigen Autos auf der Straße bremsten und fuhren zur Seite. Ilkay fühlte sich plötzlich seltsam lebendig und aufgeregt, zugleich aber auch vollkommen entspannt. Er lehnte sich bequem auf die Fensterbank und genoss das frühmorgendliche Schauspiel. Er dachte an seine Frau und wusste ohne Zweifel, dass er sie liebte. Er dachte an seine Kinder, und wusste, dass er sie immer lieben würde. Da dachte er an sein Leben und wusste, dass er auch das liebte.

Ilkay war jetzt völlig berauscht. So etwas hatte er noch nicht erlebt. Der Radiosprecher verkündete, dass gerade eine wunderbare Nacht zu Ende gehe. Er fühle sich pudelwohl und wollte seinen Hörern schon längst für ihr Interesse an seiner Sendung und ihre jahrelange Treue danken. Sie sollten ruhig ihre Hörerwünsche einschicken, dafür sei er immer zu haben. Ilkay schüttelte den Kopf. *So ein Witzbold!* Dann fiel der Strom aus. Die umliegenden Atomkraftwerke in Biblis, Grohnde und Lingen fuhren die Reaktoren herunter. Zu viele Sommersprossen-Tote auf einmal, zu viele unbekannte Risikofaktoren. Vorsorglich abschalten, lautete auch dort die Devise.

Dafür drehten die Vögel umso mehr auf. Die Amseln vor Ilkays Balkon sangen lauter als sonst und erzählten allen, was sie soeben gesehen hatten.

Nach einer Stunde gingen die Lichter wieder an. Nur die Atomkraftwerke blieben aus. Es hatte sich herumgesprochen, dass wohl alle Sommersprossen-Infizierten bei dem blauen Leuchten ums Leben gekommen waren, aber ansonsten alles funktionierte. Die Radio-, und Fernsehsender gingen wieder auf Sendung, zwar hatten sie erhebliche Lücken im Personal zu beklagen, dafür kamen aber unverbrauchte und unkomplizierte Gesichter zum Vorschein. Schnell verknüpften sich die Menschen mit Hilfe der Medien und machten sich ein Bild von der Lage der Welt. Tatsächlich hatte die RMK mit einem Mal alle Sommersprossen-Infizierten dahin gerafft. In den letzten Minuten vor dem Flimmern hatte es viele Infektionen gegeben, die gar nicht mehr registriert wurden. Fakt war, dass es auf der ganzen Welt keinen einzigen Sommersprossen-Infizierten mehr gab. Sommersprossen gab es weiterhin, aber nur bei denen, die sie eh schon immer hatten, wie Karina, Mia und Millionen andere auch. In Berlin interviewten sie dazu den geschassten Chefarzt der *Spreeklinik* und Entdecker der Krankheit, Professor Dr. med. Alwin Reeter, und fragten ihn, was er von der ganzen Sache hielt. Doch der Mediziner wusste selbst nicht so genau, was geschehen war. Allerdings freute er sich, dass sich die RMK mit dem blauen Leuchten wieder selbst aus der Welt geschafft hatte und lachte. Auf die Frage hin, wie er das Leuchten erlebt hatte, meinte Alwin Reeter trocken, er habe geschlafen, im Bett, neben seiner Frau und wies auf die Dringlichkeit hin, die vielen Toten möglichst zeitnah zu beerdigen und keimfrei zu entsorgen. Die Journalistin wollte wissen, ob er sich vor einer neuen Krankheit fürchte, doch Alwin Reeter meinte felsenfest, da komme so schnell bestimmt nichts nach. Das gab allen wieder Hoffnung und die Menschen machten sich eifrig ans Aufräumen.

56.

Der römische Müllmann Guiseppe Pirlo hatte keine Ahnung, was ihn erwarten sollte. Die Metropole am Tiber war nach dem blauen Wunder komplett im Chaos versunken, doch Guiseppe hatte beschlossen, einfach weiter zu arbeiten. *Irgendjemand muss den Müll ja wegbringen, nun ist es halt Menschenmüll. Scheißegal, das Zeug muss weg!*

Guiseppe sollte den Vatikan anfahren. Es gab kaum Überlebende dort, so dass die Römisch-Katholische Kirche die Stadtwerke Roms um Hilfe bei der Leichenbeseitigung bat. Eine Gänsehaut huschte über Guiseppes Körper, als er mit seinem Konvoi aus sieben Müllautos samt Besatzung an den Toren des Vatikans vorfuhr. Eine Handvoll verunsicherter Priester und solche, die es keinesfalls mehr werden wollten, öffneten die Tore.

»Buongiorno«, sagte Guiseppe.

»Buongiorno, Senore Pirlo«, grüßten sie ihn und lotsten ihn zum Petersdom, wo sie die Leichen aufbewahrten.

Dort stapelte sich ein riesiger Kadaverhaufen selbsternannter Gottesmänner und stank zum Himmel hinauf. Und so, wie es den Gottesstaat der Islamisten nicht mehr gab, weil er keine Bürger mehr hatte und fast alle vermummt und so etwas von mausetot neben ihren Maschinengewehren lagen, hatte auch die Sekte im Vatikan so gut wie keine Angehörigen mehr. Alle tot, bis auf ein paar Ausnahmen. Guiseppe und seine Kollegen, allesamt Süditaliener und Emigranten mit pechschwarzen Haaren, dunkler Haut und schneeweißen Zähnen, spuckten in die Hände und gingen an die Arbeit. Zu zweit und mit Gabelstaplern warfen sie die Toten in die

Container, hängten diese an die Müllautos und kippten die Leichen hinein. Müllbeseitigung *apokalypso*. Die überlebenden Vatikaner zogen sich zum Beten zurück. Sie baten um Barmherzigkeit für die Toten und schwangen ihre rauchenden Weihrauchkessel.

Guiseppe und sein Konvoi bahnten sich mehrmals den Weg zur Müllverbrennungsanlage der Stadt. Unaufhörlich brannten die drei Hochöfen der riesigen Anlage mit ihren Brennkammern so groß wie mehrstöckige Häuser. Es gab einen gigantischen Graben, dreißig Meter tief und fünfzig Meter breit. Die Müllautos fuhren rückwärts heran und kippten ihre gruselige Fracht hinab. Unten rollte ein massives Stahlband die Müllberge und Toten der Stadt mit den sieben Hügeln ins Innere der Hochöfen. Die Werksleitung hatte entschieden, dass es Priorität war, alle Leichen zu verbrennen, um Seuchen und Epidemien zu verhindern.

Überall auf der Welt schickten sich die Menschen an, die Toten so schnell es ging, zu verbrennen. Besonders schlimm waren die Metropolen der reichen Länder betroffen. Die Wallstreet, London City und dergleichen Finanzplätze waren wie ausgestorben. Es gab eine Menge Leichen zu entsorgen, bevor sie zu stinken und zu faulen begannen.

In der Müllverbrennungsanlage konnten sie per Computer die Brenntemperatur steuern und bliesen ein Sauerstoff-Gasgemisch in die Brennkammern, um sicher zu gehen, dass eine schnelle und gründliche Verbrennung stattfand, wobei außer Staub und Asche nichts übrigblieb. Eine Leiche hinterließ im Durchschnitt sechs Gramm Asche. Per Video sahen sie auf der Brücke zu, wie seit Tagen zigtausend Tote verbrannten. Im Inneren der Brennkammern glühte und loderte das Feuer und tat seine Arbeit. Die Brennmeister befanden sich seit dem blauen Leuchten in einem mystischen

Traum, in dem sie still und andächtig die riesigen Krematorien betrieben. Alle wussten, es musste getan werden. Um weiter zu leben, mussten die Menschen ihre toten Artgenossen hinter sich lassen und sie verbrennen.

Ibrahim in Israel, Jussuf in Syrien, Lokanta in Tibet, Saim Li in Nordkorea und John in Dublin erging es da nicht anders. Die Religionen der Menschen hatten abermals einen riesigen Leichenhaufen hinterlassen - diesmal jedoch ihren eigenen.

57.

Auch gab es von jener historischen Stunde an niemanden mehr, der noch ein Gewehr in die Hand nehmen und morden wollte. Solche gab es nicht mehr. Die Überlebenden in den Kasernen und Militärbunkern der Welt waren damit beschäftigt, die gefährlichen Atomraketen und Sprengsätze zu entschärfen, welche nur auf einen Knopfdruck warteten, um ihre mörderische Mission zu erfüllen. In hoch konzentrierter Arbeit holten die Soldaten die Militärsatelliten, Atom U-Boote, Kriegsschiffe und Drohnen zu ihren Stützpunkten zurück und entschärften die Munition. Mit jeder Atombombe, die sie von einer Rakete abschraubten und aus einer Drohne schleppten, entspannten sie sich mehr und verbreiteten die News in der ganzen Welt. Die für alle Überlebenden zum Himmel schreiende Idiotie, dass es Militärs und Regierungen gab, die Massenvernichtungswaffen herstellten, aufeinander richteten und sich bedrohten, wurde behoben.

Dimitri war der Sohn eines russischen Schriftstellers, der 1970 mit seiner schwangeren Frau über Ungarn nach Amerika geflüchtet war. Dimitris Vater war mittlerweile fünfundsiebzig und lebte in einem gepflegten Altersheim in Queensland. Die Pflegeschwestern fütterten den Alten brav und ließen sich seine vulgären Annäherungsversuche gefallen. Sie leerten seinen Pisspot allerdings nur, wenn er sich benahm. Dimitris Mutter war vor einem Jahr an Lungenkrebs gestorben. Er selbst hatte nie geheiratet. Dimitri war in Washington zur High-School gegangen und hatte auf der Militärakademie in North Carolina studiert. Sein Vater hatte ihm eine gehörige Portion Hass gegen das faschistische Russland, die damalige

UDSSR, eingeimpft. Dort wurde mit Regimegegnern schnell kurzer Prozess gemacht und sie verschwanden oft auf nimmer Wiedersehen.

In Philadelphia war Dimitri mit einer jüdischen Russin, Julienka, verlobt. Sie hatte ihm erklärt, dass sie in ihrer Kindheit viel mitgemacht hatte, doch warum in aller Welt gerade er das ausbaden musste, war ihm nicht klar. Sie nörgelte unentwegt an ihm herum und vergällte ihm zahlreiche Stunden und Tage seines Lebens. So war Dimitri aufs Schach Spielen gestoßen und benutzte es als Vorwand, sich weniger mit seiner unzufriedenen Verlobten abgeben zu müssen. Dabei entdeckte er eine ungeheure Leidenschaft für jenen Denkspiel und wurde sehr gut darin. Nach seiner Trennung, die für ihn eine wohltuende Erleichterung war und von Seiten Julienkas mit viel zerbrochenem Porzellan und Geschrei endete, vertiefte er das Spiel und es wurde für ihn regelrecht zur Sucht. Nächtelang saß Dimitri in seiner Militärbasis im eisigen Alaska und spielte im Internet Schach. Er hatte den Elo eines Regionalmeisters, die Spielstärke der Weltmeister blieb für ihn jedoch unerreicht. Er liebte es ganz einfach, stundenlang aufregende Partien zu spielen, währen die anderen Soldaten schliefen, tranken oder in den umliegenden Siedlungen rumhurten. Während des blauen Wunders saß Dimitri gerade vor seinem Computer und spielte mit einem Chinesen. Der Chinese war am Zug, als es draußen zu leuchten begann. Dann gingen die Sirenen los und Dimitri musste raus. *Alarm, alle in Gefechtsbereitschaft!*

Die Partie hatte er verloren, gleichzeitig dreihundert Mann seiner Kompanie. Doch kurz darauf trank Dimitri das geilste Feierabendbier seines Lebens. Nach stundenlanger Arbeit hatte er mit einer Handvoll Kollegen die ersten Sprengköpfe von den Langstreckenraketen abgebaut und entschärft. Er ging ins Netz und teilte es der Weltöffentlichkeit und seinen alten Gegnern mit. Die waren jetzt seine neuen Kollegen. Hochzufrieden tippten seine Finger auf den Computer.

Dear Folks!
here in Nockwark, Alaska, we have dismantled 4 Cruise Missiles and some other stuff, that you don't want to know about. We expect to have all atomic bombs dismantled until end of June. Now it is time for Peace! Yours, Commander Dimitri Sorgej, from the US Nuclear Military Department in Nockwark, Alaska.

Enter, und senden. Als Dimitri jene Zeilen auf dem Monitor sah, war er froh, dass der Hass gegen die Russen, der Dimitri letztendlich nach Alaska in den atomaren Stellungskrieg gebracht hatte, endlich gelöscht war. »*Nastarowje!*«, prostete er seinen russischen Landsleuten in die Luft, als er sein erstes Bier des Tages kippte. Es ging ihm runter wie Öl und Dimitri erlebte eine innere Genugtuung und Erleichterung, die in seiner stolzen Brust und seinem strahlenden Gesicht zu lesen war. *Was für eine geile Scheiße ist das denn, dass wir jetzt abrüsten?!*

Nach jeder Atombombe, die sie abschraubten, gingen sie ins Netz.
»Hey Kumpels! Wir haben wieder eine Atlas-B Rakete und zwei Minuteman-3 entschärft.«
Und die Russen mailten nicht weniger stolz zurück: »Genial, wir haben schon fast alle Bulawas entschärft. Gratuliere.«
»Wir haben fünf CSS 4 abgeklinkt«, kam es aus China.
»Wir auch. Und zwei Atlas-B Raketen«, verkündeten die Israelis.
Die Männer machten Ernst und schraubten die Dinger einfach ab. Es gab keinen Befehl dazu, weil es keine

repräsentativen Befehlshaber mehr gab. Sie wussten von sich aus, dass es richtig war. Abrüsten. Schließlich hatten sie Kinder, Familien und ein Gewissen, das ihnen sagte, was falsch und richtig war.

Niemand ging mehr in ein Tier-KZ und schlachtete gequälte Lebewesen ab. Finito. Basta. Sie wurden frei gelassen. Binnen kürzester Zeit waren die Fleischreserven der Supermärkte aufgebraucht und keiner beschwerte sich, dass kein Schnitzel mehr auf dem Teller lag. Im Grunde waren die Menschen froh, dass sie sich an dem Verbrechen am Tierreich durch ihren Fleischverzehr nicht mehr schuldig machten. Bald waren die Masthähnchen gegessen und es gab Kartoffeln mit Salat. Die Läden waren ja voll davon, täglich kam Nachschub. Eine halbe Milliarde Mäuler weniger zu stopfen machte sich auf dem Nahrungsmittelmarkt schnell bemerkbar. So gab es für alle reichlich zu Essen. Obst, Gemüse und Getreide hörten wegen des blauen Wunders ja nicht zu wachsen auf. Im Gegenteil, auf der südlichen Hemisphäre ging gerade eine ertragreiche Ernte zu Ende und auf der Nordhalbkugel stand bereits alles im Saft. Mutter Natur meinte es gut mit den Menschen. Auch Daves Garten in La Palma quoll über und er konnte bald keine Zucchini mehr sehen.

Selbstredend auch, dass das Geld keine Rolle mehr spielte. Es war wertlos geworden. Die Bauern beschlossen, die Bevölkerung weiter zu ernähren. Sie säten weiter und sie ernteten weiter, doch diesmal versahen sie sich mehr auf das Delegieren der Arbeiten. Sie ließen die Freiwilligen ran, wiesen sie in die Grundkenntnisse der Landwirtschaft ein und brachten die überschüssigen Waren in die Läden. Die hatten weiter geöffnet und verteilten, was es gab. Ohne Lohn, ohne Preis. Jeder nahm, was er brauchte, ob er nun Tennislehrer war, oder etwas anderes. Viele hörten von heute auf morgen das Arbeiten auf, da sie ihrer eigenen Meinung nach sowieso nur Schrott produzierten und sinnlos ihre Zeit vergeudeten. Sogar die Erdölindustrie lieferte ein paar Monate weiter, bis weltweit auf umweltfreundlichere Varianten umgestellt wurde. In Russland ließen sie das Erdgas und das Öl in den Pipelines einfach weiterfließen und in Deutschland tankten die Menschen gratis. Vor dem blauen Leuchten wäre das undenkbar gewesen. Jeder nahm, was er brauchte und gab, was er konnte und wollte. Freibier für alle!

58.

Um Strom zu sparen, schalteten die Leute nachts die Straßenbeleuchtung, Reklametafeln und Lichter aus. Im Gegenzug schliefen sie besser. Schulen gab es noch, aber alles war ein *Kann* und kein *Muss*. Außerdem wollten die Pädagogen etwas Neues auf die Beine stellen. Nie wieder sollten Kinder abgeschoben, verblödet und dumm abgefertigt werden. Nie wieder sollten sie zu modernen Konkurrenzmaschinen und Robotermenschen gedrillt werden, die nur aufs Schminken, Fernsehschauen und Cola trinken aus waren, denen die Gier und der hemmungslose Konsumrausch bereits mit in die Wiege gelegt wurden.

Dave und Karina zogen im Sommer runter ins Tal und ließen sich mit Ruanda, Marlene und ein paar Freunden in einer alten Villa am Meer nieder. Den toten Greis, einen uralten Faschisten, dem die Villa vorher gehörte, verbrannten sie nach dem blauen Leuchten in einem großen Feuer. Seine Asche verstreuten sie über die Felsen am Meer. Dort unten hatten sie mehr Platz, das Klima war milder und besser geeignet, um noch mehr Obst und Gemüse für ihre Gruppe anzubauen. Sie wollten gemeinsam leben, außerdem liebten sie das Meer. Ruanda und Marlene wollten auf gar keinen Fall zurück nach Berlin, lieber sollte Marlenes Papa nachkommen. Noelljas Mutter Nadja blieb in der Schweiz, wo sich ein interessantes Kommunenleben entwickelte. Nadja war als kreative Lehrerin voll mit dem Aufbau einer neuen Schule beschäftigt und so begeistert, dass sie blieb. Auch liebte sie ihren strammen Eidgenossen mit jedem Tag mehr. Noellja durfte ihren Vater Dave so oft besuchen, wie sie wollte, das war ihr Deal. Die Frage war nur, wie sollte sie nach La Palma kommen?

Die Boeings und Airbus-Maschinen waren out, da sie die Atmosphäre verdreckten und die Ufos und Aliens waren ausgeblieben. Mehrere tausend Ufologen hatten ja das Kommen der Außerirdischen prophezeit und den Menschen Mut gemacht. *Die Außerirdischen werden es schon richten!* Doch wie so lange hielten sich die grünen Männchen auch nach dem blauen Wunder bedeckt und rückten kein einziges Ufo heraus. Sind *sie nur eine irre Gedankenblase?* Unter den Erdbewohnern gab es allerdings einige richtig helle Köpfe, die das geschmeidige Gefühl einer spritzigen Himmelsgondel recht bald in Form brachten und durchaus vorzeigbare Flugmodelle entwarfen. Alles aus freier Energie und Bio natürlich. Plötzlich war verdammt viel Genie und Kreativität da.

Vielerorts hielten die Menschen Vergebungsrituale und große Freudenfeuer ab, da sie erkannt hatten, was sie sich selbst, dem Planeten und den anderen Lebewesen Schlimmes angetan hatten. Jene Zeremonien mündeten letzten Endes immer in gigantischen Feten mit fetten Be-Be-Be-Beats und wilder Ekstase inmitten der versöhnten Natur. Die Menschen waren wieder frei und fühlten sich dementsprechend gut. Alle schnurrten gut gelaunt und harmonisch im großen Orchester. Es wurden zigtausend Hektar große Naturschutzreservate ausgerufen und die Tiere vermehrten sich wieder prächtig. Tiger, Elefanten, Wale, Nashörner, Wölfe, Bären, Büffel, und Gorillas freuten sich genauso über die neue Entwicklung, wie alle anderen Tiere, Wildpflanzen, Vögel und Insekten auch. Die Natur holte sich ihren Lebensraum zurück. Blatt für Blatt, Pflanze für Pflanze und Baum für Baum legte Mutter Erde wieder ihr grünes Gewand an und erholte sich von der Plage

»gieriger Mensch«. In den kargen Steppengebieten und Halbwüsten war die Begrünung besonders auffällig. Das neue Laub war eine regelrechte Wohltat fürs Auge und die Luft roch wieder frisch und lebenswert. Plötzlich war wieder Platz zum Leben und Atmen da. Die zähe Dämonenkrake war mit so viel Stil und Klasse von der Erde entfernt worden, dass die Götter und Menschengeschlechter noch Milliarden Jahre später davon erzählten und sich wegen des genialen Coups von Umbamal und Jinama vor Lachen krümmten.

Die Stadtmenschen machten es sich derweil in den leeren Villen, Schlössern und Ferienanlagen bequem und starteten Freiheit. Sie zahlten keine Mieten mehr und zogen zu Tausenden aufs Land. Sie bewohnten die riesigen Agrarbetriebe, Fincas und Gehöfte und bauten gesundes Obst und Gemüse an. Der Trend ging eindeutig zurück zur Natur. Ökovegetarismus, Freiheit und Liebe waren angesagt. Die Menschen wussten es nun aus eigener Erfahrung: *Wir können hier, auf diesem wundervollen Planeten Erde, alle wunderbar leben, wenn wir uns lieben, achten und zusammen halten!* Jene Erkenntnis machte sich als köstliche Stimmung auf der Erde breit und der längst überfällige erste Weltfrieden war endlich da!

Epilog

Vierzehn Erdenjahre später

Leoke reitet im vollen Galopp mit ihren Freunden durch die Prärie. Eine Staubwolke fegt hinter ihren bunten Ponys her. Die Haare der Kinder fliegen im Wind. Wie ein Trommelwirbel donnern sie durch die Mesa. Das Indianermädchen hat schon an ihrem ersten Schlangentanz teilgenommen. Ihr Vater Carlos hat ihnen heute erlaubt, alleine, ohne Erwachsene, einen Ausflug zum Little Snake River zu machen und am heiligen Schlangentanzplatz zu übernachten. Morgen vor Sonnenuntergang sollten sie wieder zurück sein. *Richtig geil!*

Alwin hat von der Sommersprossen-Geschichte eine Glatze bekommen. Nur ein dünner Kranz umrandet seinen Kopf und leuchtet im Sonnenlicht, wie ein Heiligenschein. Er ist mit Anne in Berlin geblieben und sie wohnen noch in ihrer Villa in Grunewald und haben mehrere Hühner. Halbtags arbeitet er als Unfallchirurg, aber nur, wenn Not am Mann ist. Abends spielt er am liebsten mit den Röners und seinen Nachbarn aus dem Kiez in einer Bigband und sie haben immer jede Menge Spaß. Alwin freut sich dabei schelmisch, denn in Wahrheit hat er ein großes Mysterium, nämlich die Kunst, das Leben zu genießen, erfasst.

Werner hat es auch nicht schwer, nur sein Junge verlangt ihm einiges ab, der ist ein richtiges Energiebündel geworden und braucht viel Bewegung an der frischen Luft. Mit Marion ist er noch befreundet, doch irgendwann wollte sie weiter. Er ließ sie ziehen und schreibt gerade an seinem lange geplanten Fantasy-Roman. Eine Mischung aus dem Ramayana, dem Krieg der Sterne und dem Untergang von Atlantis soll es werden.

Noellja ist mittlerweile einundzwanzig. Aufgeregt steht sie an der Reling der der Segelyacht und schaut aufs Meer hinaus. Seit heute morgen ist La Palma in Sicht. Sie will mindestens ein Jahr bleiben. *Mal gucken, was das Leben so bringt!*

Kim steht neben ihr und hält sich an der Takelage fest. Als sich herausgestellt hatte, dass seine Eltern bei den schweren Massenunruhen ums Leben kamen, hatte ihn Michelle kurzerhand adoptiert und mit nach Frankreich genommen, wo sie bei Grenoble einen Bauernhof besaß, wo sie sich um ihre greisen Eltern kümmern wollte. Dort war Kim eines herrlichen Tages der hübschen Noellja begegnet und hatte kurzerhand beschlossen, sie auf ihrem Segeltörn auf die Kanaren zu begleiten. Das hat er noch keinen Augenblick bereut. Wieder tauchen mehrere Delfine auf und springen kraftvoll durch die Bugwelle. Kim kann sogar ihre Schnalzlaute hören.

Dave sitzt in der verträumten Strandbar ihrer Finca und hört Musik. Ein junger Amerikaner spielt auf einer E-Gitarre und singt. *Mensch, morgen kommt Noelllja an!* Dave möchte am liebsten auf die Knie sinken und Gott für das Leben danken. Gelassen lehnt er sich zurück, legt die Beine hoch und lacht.

Sivi sitzt in ihrem majestätischen Baumhaus und blickt auf das schillernde Meer hinaus. Sie hat die blonden Locken ihres Vaters und die Sommersprossen und grünen Augen ihrer Mutter geerbt.

Karinas sanfte Stimme schmiegt sich in ihren süßen Tagtraum.
»Sivi, Kleines, bist du da?«, ruft sie.
Leichtfüßig klettert ihr Töchterchen den Gummibaum herunter. Ihr Kleidchen weht im lauen Sommerwind. Sie läuft ihrer Mutter entgegen, umarmt sie sogleich innig und schmiegt sich an ihr Herz.
»Oh Ma, ich habe dich sooo lieb!«, sagt sie.
Zärtlich stupst sie die Nase ihres Geschwisterchens, auf der sich auch massenhaft Sommersprossen tummeln.

Osario funkelt neben seiner Frau Ripa als blauer Stern am Firmament. In ihrer Galaxie wirbeln prächtige Sonnen im Kreis. Planeten und Monde tanzen dazu. Und wenn man ihn danach fragt, erzählt er von einem Erdenleben als Indianerschamane Osario und davon, wie er beim legendären Schlangentanz der Apoixol-Indianer in den Himmel flog und den großen Gott Umbamal sah.

Umbamal und Jinama haben sich indessen abgeseilt und wurden bisher nicht wieder gesehen.

ENDE